책밖의 작가

초판 1쇄 발행 │ 2014년 11월 20일
편저 │ 최윤정
펴낸이 │ 최윤정
펴낸곳 │ 바람의 아이들
만든이 │ 최문정 이창섭 이민영 양태종 이소희
등록 │ 2003년 7월 11일(제312-2003-38호)
주소 │ 121-841 서울시 마포구 서교동 448-29
전화 │ (02)3142-0495 팩스 │ (02)3142-0494
이메일 │ windchild04@hanmail.net

ISBN 978-89-94475-53-0 03810
    978-89-90878-67-0(세트)

「이 도서의 국립중앙도서관 출판예정도서목록(CIP)은
서지정보유통지원시스템 홈페이지(http://seoji.nl.go.kr)와 국가자료공동목록시스템
(http://www.nl.go.kr/kolisnet)에서 이용하실 수 있습니다.(CIP제어번호: CIP2014031554)」

책방의 작가

최윤정 편저

바람의아이들

차
례

편견을 위하여

'책 밖의 작가'는 바람의아이들이 운영하는 인터넷 카페 '미래의 독자'의 어느 게시판 이름이다. 이 게시판은 신간이 나올 때마다 그 작가에게 독자 혹은 편집자가 마음껏 질문할 수 있는 공간이다. 모든 작가가 작품 이외의 말을 하는 것을 즐기는 편은 아니지만 작가의 육성에서 의외로 재미있는 이야기들이 많이 나온다.

작품 이외의 어떤 이야기도 하지 않았던 프랑스 작가 모리스 블랑쇼(Mauris Blanchot)를 전공한 나는 은둔에 관심이 많다. 어떤 의미에서는 대도시에 살면서 아파트 관리인과 몇 마디 정도는 주고받아야 관심의 대상이 되지 않아 제대로 은둔할 수 있다는 데카르트식 은둔을 몸소 실천하고 있을 정도로. 그러던 내가 프랑스의 동화 작가들을 만나면서 자연스럽게 그들의 작품 밖 언어에 관심을 기울이게 되었고, 그들은 한결같이 정중하고 성실했으며 소탈했다. 바쁘고 유명한 작가라고 해도 만남에 성의를 다했고, 짧은 만남이든 긴 만남이든 문학에 관한 한 한결같고 진지한 태도를 보여주었다. 어린이문학의 특성상 프랑스 작가들은 어린이 독자, 교사, 사서와 항상 만나고 있다. 전국에서 일년 내내 열리는 크고 작은 도서전과 문학상 잔치에 수시로 초대되어 그들과 만나는 작가들은 자기를 내어주는 법을 몸에 익히고 있는 듯했다. 상금이 있는 것도 아닌 문학상을 받으러 가자면 자기 일정에 상관없이 시간을 내야 하고 따로 비용도 들여야 하지만 갈 때마다 자기 작품을 읽은 독자들과의 진솔한 만남에 한껏 고양되어 돌아온다면서 행복해하던 작가가 생각난다. 그들의 모습을 지켜보며 더듬더듬 그 언어를 음미하고 있자니 새로운 호기심이 생기고, 그들의 문화를 우리에게 접목시키고 싶은 욕구가 올라왔다. 대개 사서이거나 교사인 조용하고 열정적인 어떤 사람 하나가 부드럽게, 그러나 생생하고 뜨겁게 분위기를 달구어 책 읽는 아이들을 만들고 그 아이들과의 만남으로 자극받는 작가의 모습은, 독서교육을 국가 정책 차원에서 구현하느라 좌충우돌하고, 문학상이라는 것이 일간지에 커다랗게 실리는 광고 속에 가장 자주 등장하는 우리의 모습과는 달라도 너무 달랐다.

90년대 후반 내가 프랑스 어린이책들을 대거 직접 번역, 혹은 번역 기획한 것은 우리나라 동화에서 느꼈던 문제점들이 개선되기를 바라서였다. 그 당시만 해도 한국 동화는 아이들의 심리를 살피기보다는 아이들을 계몽의 대상으로 보는 경향이 앞섰다. 그러나 아이들의 읽을 거리인 동화는 아이들이 자기 언어로 표현할 줄 모르는 마음의 움직임을 담아주는 것이 아주 중요하다. 문학적 완성도를 포기하고 아이들 마음에 머무르는 선택을 하는 작가가 있는 것은 그런 까닭이다. 심리주의 경향이 강한 프랑스 소설의 맥을 잇는 프랑스 동화들은 우리 어린이 문학의 질적 향상에 기여한 바가 분명히 있다. 그러나 그 여파가 프랑스뿐만 아니라 국제 도서전에서는 이상하게 나타났다. 출판가의 불황으로 매출이 하강 곡선을 그리는 것이 세계적으로 보편화되어 있는 시기에 한국이 막강한 구매력으로 국제 시장의 가장 중요한 고객으로 부상한 것이었다. 이런 현실은 여기저기에서 선인세 경쟁과 같은 엉뚱한 부작용을 낳기도 했다. 프랑스의 어린이문학 전문지 '시트루이으(Citrouille)'의 번역 특집호에 실린 한국 번역자 인터뷰에 응한 것은 당시 어지러운 상황에 대한 일종의 사명감이었다.

이제 포화 상태라고 할 만큼 커져 있는 한국의 아동문학 출판은 아이들에게 좋은 책을 읽히고자 하는 학부모와 교사들의 바람과 대형 출판사들의 불황 극복 수단이라는 상반되는 욕구 때문에 혼란에 혼란을 거듭하고 있다. 올해로 창립 11주년을 맞는 바람의아이들은 그동안 137종의 책을 내었다. 출간 목록에서 국내 작품 종수가 외국 작품 종수를 넘어섰다. 처음 출판을 시작할 때의 목표가 이루어진 셈이다. 우리에겐 없는 무언가를 보여주는 외국 작품들에 대해 여전히 세심한 주의를 기울이고 있지만 여러 가지 이유로 갈수록 좋은 외서 출판을 하기 힘들어진다. 이러한 현실에서 한 발 비껴선 채 바람의아이들은 단순한 번역 출판을 한불 문화교류로 승화시키고자 애썼다. 경계선 밖의 낯선 것들을 체험하는 것이 중요한 이유는 그것들이 자기 안에 잊혀졌던 것들을 끄집어내어 주기 때문이다. 지난 십여 년간, 문학과 교육 그리고 독서에 대한 사유의 확장을 꾀하기 위해 마련한 프랑스 작가들과의 만남에서 한국의 작가, 교사, 편집자들은 자신들이 몰랐던 것을 배웠다기보다는 우리가 잊고 있었던 상식적이고 인간적이고 교육적인 어떤 것들에 대한 믿음을 새롭게 떠올렸을 것이라고, 나는 생각한다. 지속가능한 문화교류, 우정 어린 상호협력을 위해서 바람의아이들은 꾸준히 노력하고 있다. 이경혜의 청소년소설 『어느 날 내가 죽었습니다』(바람의아이들 2004)와 유은실의 동화 『마지막 이벤트』(바람의아이들 2010)가 프랑스의 유력한 어린이문학 전문 출판사에서 번역 출판된 것은 그 작은 결실이다.

　이 책의 전체 내용은 프랑스의 작가, 편집자, 아트 디렉터, 번역자 등과 공적인 혹은 사적인 여러 통로를 통해서 좌담, 대담, 인터뷰 등의 다양한 형식으로 생생하게 주고받은 이야기들을 담아내고 있다. 특이한 점은 일방적으로 그들을 취재한 것이 아니라 열정적인 한국의 아동문학 종사자들과 직접 만나게 해서 최대한의 상호 자극을 이끌어내었다는 점, 그리고 유사한 형태로 한국 작가들의 좌담 원고를 준비했다는 점이다. 일부 잡지에 이미 게재된 원고들도 있고, 새로이 만들어진 미발표 원고들도 있는데 매 꼭지마다 이 기획을 이끌어 나갔던 나의 개인적인 감상을 덧붙였다. 그때그때 힘겹게 치러낸 행사들을 이렇게 기록으로 남겨서 훑어보니 여러 가지 감회가 일어난다. 그중에서도 지난 2012년에 다녀간 미카엘 올리비에의 다음과 같은 말이 가장 진한 감동으로 남아 있다. "내 작품을 이렇게까지 주의 깊게 읽고 정확하게 질문해 주는 자리는 여태껏 경험해 보지 못했다. 이런 만남을 위해서 내가 9천 킬로미터를 날아와야 했나 보다. 빨리 집에 가고 싶다. 가서 글 쓰고 싶은 의욕이 솟아난다."

　작가에게 자기 작품을 주의 깊게 읽는 독자를 만나는 것보다 더 반가운 일은 없다. 지난 10여 년 바람의아이들은 작가에게 그런 존재가 되고자 초지일관 노력했다. 처음 시작할 때 책 고르기에 고심하고 방황하는 학부모들과 교사들을 보면서 출판사 이름만 보고 골라도 후회하지 않을 책만 만들리라 결심했었다. 순정한 자기를 바쳐서 작가의 길을 걸으려는 사람들의 편을 들어주리라 생각했었다. 누군가의 편을 들어준다는 것은 그가 옳다, 멋지다, 뛰어나다, 아름답다는 편견을 갖는 거라던 지인의 그럴듯한 농담이 생각난다. 지난 십여 년간 주로 편집자로 살아오면서 나는 바람의아이들 책이 좋다는 편견을 가지게 되었다. 그리고 이제, 나 같은 편견을 가지는 사람들이 자꾸만 늘어나는 꿈을 꾼다. '꿈'이라는 낱말에는 역시 '이루다' 보다는 '꾸다'가 어울린다!

2014년 가을의 끝자락, 서교동에서 최윤정

프랑스
작가에게 　　　　　듣는다

"

세계 곳곳에 있는 프랑스 문화원에는 서적과가 있어서 자국의 출판물을 외국에 소개하는 일에 꾸준한 노력을 하고 있다. 2008년, 수지 모건스턴(Susie Morgenstern)을 한국에서 만날 수 있게 된 것도 주한 프랑스 문화원 서적과 덕분이다. 내가 처음 니스에 있는 그녀의 집을 방문한 지 15년 만이었다. 나를 찾아온 적극적인 성격의 서적과 직원과 대화를 하면서 뭔가 특별한 기념이 될 만한 일을 하고 싶다는 마음이 생겼다. 보통 프랑스 작가들이 문화원 사업으로 외국에 가면 그곳에 있는 자기 나라 아이들을 만난다. 서울에도 프랑스 학교가 있지만 나는 그보다는 한국을 제대로 체험하게 해 주고 싶었다. 작가를 만나고 그의 이야기를 듣고 책에 사인을 받는 통상적인 행사를 넘어서 보다 깊은 교류가 일어났으면 하는 생각이 간절했다. 지난 20여 년간 프랑스를 오가면서 가졌던 몇몇 만남들이 내 인생과 사고에 적지 않은 영향을 끼쳤듯이 이 일이 한국을 방문하는 작가나 그를 맞이하는 우리들에게나 깊은 인상을 남겨 그 인상이 언젠가는 각자의 내면에서 새로운 에너지로 타오르기를 희망했다. 특별히 우리 작가들에게 그 어떤 자극이 되기를 원했다.

그러기 위해서는 아무리 생각해도 작가와 작가가 만나는 일이 가장 중요했다. 한국 동화 작가 중에서 수지처럼 음식을 좋아하고 수지처럼 유명하고 수지처럼 유머러스한 작가로 유은실을 골랐다. 두 사람이 서로를 들여다보게 하고 싶었지만 유은실의 작품을 수지 모건스턴이 읽을 방법이 없는 것이 큰 문제였다. 두 사람의 대담을 기획해 놓고 나서 나는, 순발력 강하고 재치 있지만 때로는 엉뚱하게 옆길로 새곤 하는 수지를 좀 귀찮게 하는 것이 안전하겠다고 생각했다. 유은실과 수지 모건스턴 양쪽으로 메일을 보내서 나눌 이야기들을 미리 생각해 보게 했다. 결례가 될 수도 있을 그런 작업들이 모두 부드럽고 재미있게 이루어질 수 있었던 것은 두 작가 모두가 보여 준 우정 어린 열의 덕분이다. 그렇게 오고가면서 미리 뭔가 나누었기 때문일까, 실제로 만났을 때, 두 사람은 그렇게 낯설어 보이지 않았다.

웃음 속에 차분하게 진행된 대담을 끝내고 헤어지면서 수지는 유은실의 작품을 궁금해했고, 나는 조만간 프랑스에서 읽을 수 있을 거라고 일단 덕담을 해 봤다. 그 덕담이 현실이 되리라는 것은 아직 짐작할 수 없을 때였다. 그런데 2014년 봄, 그 말은 온전히 현실이 되었다. 수지 모건스턴의 책 대부분을 펴내는 바로 그 출판사 에콜 데 루아지르(l'école des loisirs)에서 유은실의 『마지막 이벤트』가 출간되었다. 출간을 며칠 앞두고, 이 책의 매력에서 아직 헤어나지 못한 편집주간이 홍보 마케팅 담당자들과의 회의에서 흥분해서 설명했다는 메일을 프랑스의 편집자로부터 바로 어제 받고 비로소 안심이 되었다. 기뻤다. 언어 문제로 작품을 온전히 읽어 보지 못하고 출간 결정을 할 수밖에 없었던 그녀가 작품을 다 읽어 보고 나서 실망하면 어쩌나, 오랫동안 조바심을 내고 있었던 탓이다. 이제 수지는 유은실을 통해서, 프랑스와는 달라도 너무 다른 한국의 장례 문화를 통해서 정작 한국에 왔을 때는 체험할 수 없었던 깊은 한국을 보게 될 것이다. 『마지막 이벤트』가 수지에게 좋은 기억을 되살려 주기를, 그리고 수많은 프랑스 독자들에게 멋진 발견이 되기를 기대한다.

"

인생은 살 만한 가치가 있다
_수지 모건스턴과 유은실 대담

지난 10월 17일, 서울 가회동 바람의아이들 정원에서 최윤정 선생의
주선으로 동화 작가 수지 모건스턴을 만났다. 그녀는 1945년 뉴저지에서
태어난 미국계 유대인이다. 프랑스 수학자인 남편을 만나 프랑스 니스에
정착해 살면서 대학에서 비교문학을 가르쳤다. 두 딸을 기르며 어린이문
학에 관심을 갖기 시작해『조커, 학교 가기 싫을 때 쓰는 카드』(김예령 옮
김, 문학과지성사 2000),『중학교 1학년』(이정임 옮김, 바람의아이들
2000),『엉뚱이 소피의 못 말리는 패션』(최윤정 옮김, 비룡소 1997),『딸
들이 자라서 엄마가 된다』(최윤정 옮김, 웅진주니어 1997) 등 많은 베스
트셀러를 냈다. 수십 개의 문학상을 수상하고, 2005년에는 프랑스 문화

예술공로 훈장을 받기도 했다. 하지만 그 모든 경력보다 인상적인 건 그녀가 이주 여성으로, 이주한 나라 언어로 작품을 쓴다는 것이었다. 한국에 번역 소개된 수지 모건스턴 작품 중 나는 『어느 할머니 이야기』(최윤정 옮김, 비룡소 2005)를 가장 좋아한다. 시와 동화의 매력을 두루 갖춘 그 책은 2005년 여름 내 머리와 가슴을 마구 건드렸다. 『중학교 1학년』도 참 좋다. 죽음을 따뜻하게 기다리는 어느 할머니와 "학교는 인생"이라고 말하는 중학교 1학년 마르고. 두 작품이 수지 모건스턴이 바라보는 삶과 죽음을 은유하며, 등을 맞대고 있는 것만 같다. 그리고 그 사이에 이진명의 시 「집에 돌아갈 날짜를 세어보다」(문학과지성사 1994)가 슬그머니 끼어든다. 나는 그녀에게 한국에는 삶을 '학교'로, 죽음을 '집'으로 표현한 빛나는 시가 있다고 말하고 싶었다. 하지만 어느 환한 가을 아침 만난 그녀의 얼굴에서 나는 진한 피로를 느꼈다. 우리 나이로 예순넷인 그녀에게 먼 비행과 수많은 독자를 만나는 일이 벅찬 듯했다. 나는 이진명 시인 이야기와 지난 여름부터 준비했던 질문의 절반을 내려놓았다. 하지만 나머지만으로도 만남은 풍성했다.

유은실 : 먼저, 바쁜 방문 일정 중에 시간을 내주셔서 감사드려요. 저 개인적으로도 선생님을 뵙게 되어 행복합니다. 책으로만 만나다가 선생님

을 직접 대하니 무척 떨리기도 합니다. 혹시 서울에 오신 이후로 한국말을 배운 게 있으세요?

수지 모건스턴 : 서울에 오기 전에 '감사합니다'를 굉장히 많이 연습했어요. 그런데 도저히 말이 안 떨어져요. 저는 원래 미국인인데, 사실 미국 사람들은 세상에 언어라는 건 영어 하나밖에 없다고 생각하거든요. 외국어를 배우는 게 참 어려운 일이에요. 그래서 제가 처음에 프랑스에 갔을 때 말을 바꿔야 하니까 너무너무 힘들었어요. 딱 세 마디를 할 수 있었는데 '안녕하세요' '감사합니다' '안녕히 가세요' 였죠. 그런데 프랑스 말이 미국 말이랑 달라서 제가 '안녕히 가세요' 해야 할 때 '가 버리세요' 라고 했던 거예요. 사람들이 웃으니까 뭐가 잘못된지도 모르고 한참 동안 저는 수많은 사람들에게 환하게 웃으면서 계속 '가 버리세요' 하고 인사하면서 살았죠.(일동 웃음) 이런 식으로 프랑스에 갔을 땐 정말 충격을 받았어요. 언어를 배우는 건 굉장히 중요한 일인데 저는 그런 환경에 있지 못했으니 참 후회가 되더군요. 그건 프랑스 사람들의 경우도 마찬가지예요. 다른 언어를 배우려고 하질 않으니 말이죠. 제 손자들이 영어를 배우지 않는 게 저는 참 속상해요. 그런데 한국에 와서 놀란 일이 있어요. 어제 영훈초등학교에 초대받았는데, 270명쯤 되는 전교생 앞에서 영어로 강연

을 했거든요.

유은실 : 영어로만요?

수지 모건스턴 : 네, 통역이 없었는데 전혀 무리가 없더군요.

유은실 : 하지만 선생님, 한국에서는 영어를 익히는 일에 사회적으로 얽힌 문제가 많아요. 주체성을 가진 상태에서 다른 세계를 탐험하고 많은 사람들과 소통하는 수단으로 외국어를 익히는 게 아니라, 상위 계층을 차지하기 위한 수단으로 공부하는 경우가 훨씬 더 많습니다. 실제로 공교육보다 사교육에서 영어 교육이 주로 이루어지고 있어서, 외국어 교육이 계층 갈등을 유발하고 있어요. 지금 한국 사회에서 어린이 영어 교육은 굉장히 예민하고 복잡한 문제예요.

수지 모건스턴 : 음, 잘 소화하기만 한다면 그런 콤플렉스는 나쁘지 않다고 봐요. 스위스에선 아이들이 아예 어려서부터 3개 국어를 하잖아요. 사실 자기 언어밖에 모르는 미국 사람들은 참 오만한 거죠. 저도 3개 국어를 해요. 제가 원래 유대계이다 보니 히브리어를 하고, 미국인으로서 영

어를 하고, 결혼해서 프랑스에 오면서 프랑스어를 하는 거죠. 물론 잘하는 건 아니에요. 저는 42년 동안 프랑스에서 살았는데, 아직도 제 발음이 미국식이라고들 그래요. 안 고쳐져요.(웃음) 중요한 건 여러 언어를 배우고 익히는 것이 외부와 의사소통하는 데 큰 도움을 준다는 거죠. 저는 한국어가 듣기에 참 좋아요. 음악처럼 들려요.

유은실 : 작품 이야기를 좀 해 볼게요. 저는 『어느 할머니 이야기』가 참 좋아요. 이런 작품을 만나 반갑기도 하고 슬프기도 했죠. 서른둘밖에 안 된 제 삶이, 어느 할머니의 일상과 많이 닮아 있었거든요. 그때 이런 생각을 했어요. '내 안에 있는 "아흔 살 난 여자아이" 덕에 동화를 쓰고 사는구나. 그런데 서른두 살짜리 젊은 여자는 어딨지? 어디서 데려다가 연애를 하지?' 하고요. 선생님께서는 "아흔 살 난 여자아이"를 품고 있다고 느끼시나요?

수지 모건스턴 : 사실 이 책은 제가 서른 살 때 쓴 거예요. 이제야 책 속의 나이가 된 셈이죠. 새삼스럽네요. 늙는다는 건 참 두려운 일이에요. 우리 언니는 늙는 걸 너무 못 견뎌서, 주름 제거 수술 같은 데 엄청난 돈을 써요.(웃음) 사실 늙는 것이 두렵기도 하지만, 동화를 쓰기 위해선 내 안

에서 어린이가 지배하게 하는 게 중요하지 않을까 늘 생각해요.

유은실 : 그 말씀을 들으니 선생님 안의 어린이가 새삼 궁금한데요. 선생님 책 중에 『나의 바이올린』(헤이리 키즈 옮김, 주니어김영사 2004)을 재미있게 봤어요. 바이올린을 잘 켜고 싶지만 욕심만큼 실력이 늘지 않아 속상해하는 아이의 심리가 생생하게 살아 있어서 아주 인상적이었어요.

수지 모건스턴 : 저는 음악과 음식 이야기를 소재로 삼는 게 좋아요. 유은실 선생님은 주로 어떤 이야기를 쓰나요?

유은실 : 그때그때 쓰고 싶은 걸 쓰는데, 저의 첫 책 『나의 린드그렌 선생님』(창비 2005)은 아스트리드 린드그렌(Astrid Lindgren)에 대한 얘기였어요.

수지 모건스턴 : 삐삐 롱스타킹?

유은실 : 예, 삐삐 롱스타킹의 아스트리드 린드그렌이요. 제가 린드그렌 선생님 책에 반해서 동화를 쓰기 시작했거든요. 데뷔하면 꼭 린드그렌 선

생님한테 팬레터를 보내고 싶었는데, 제가 줄기차게 공모에 떨어질 때 돌아가셨어요. 그래서 린드그렌 선생님 책과 행복하게 만나는 아이 얘기를 동화로 쓴 거예요. 만나는 얘기 하니까 『우정의 조건』(이명아 옮김, 시소 2007)이 떠오르네요. 아랍인 소년과 유대인 소녀가 전화로 만나서 친구가 되는 이야기, 흥미롭게 읽었어요. 그 책 작가의 말에서 선생님이 휴대전화에 대해 얘기하신 게 인상적이었습니다. 대한민국의 휴대전화 중독 인구도 만만치 않거든요. 아동청소년과 휴대전화 때문에 전쟁을 벌이는 교사, 부모가 한둘이 아닙니다. 우선 저만 해도 휴대전화를 꺼놓고 글을 쓰다 보면 불안해질 때가 있습니다. 선생님은 휴대전화를 갖고 계신가요?

수지 모건스턴 : 휴대전화나 인터넷에 대해서라면 보통 '사람들이 노예가 되어간다'는 식으로 말하는데, 프랑스도 마찬가지예요. 물론 한국이나 다른 나라들보다는 이런 것이 생활에 끼치는 영향이 훨씬 덜하긴 하죠. 사실 저도 저항하는 뜻으로 작년까지는 휴대전화를 갖고 있지 않았어요. 지금도 제 번호를 아는 사람은 거의 없죠. 휴대전화를 가진 건 이러저러한 위급한 상황들 때문인데, 이게 생기고 나니까 딱 하나 좋은 점이 있어요. 바로 열네 살 먹은 우리 손자한테 문자메시지를 받는 거죠. 하지만 전 인

터넷은 못 말리게 좋아해요. 이메일을 체크하지 않으면 병이 날 지경이죠. 휴대전화는 아무 때나 제 생활을 점령해 들어오지만 인터넷은 그렇지 않아서 좋아요. 오히려 아주 멀리 있는 사람들하고도 교신할 수 있으니 따뜻하죠. 심지어 모르는 사람하고도 통할 수 있잖아요. 사실 저는 인터넷으로 애인도 만났어요. 컴퓨터를 긁었더니 2미터짜리 남자가 나온 거죠!(일동 웃음)

유은실 : 제 할아버지는 한국전쟁 때 창고에 갇힌 채, 불에 타서 돌아가셨습니다. 그때 나이는 서른네 살이셨어요. 할머니가 생전에 새카맣게 탄 시체 더미에서 할아버지 시체 찾던 얘기를 들려주곤 하셨죠. 할머니는 저에게 사랑과 함께 적대감, 공포, 분노, 불안을 심어 주셨습니다. 전쟁을 겪지 않은 제 삶에도 옅지만 생생하게 전쟁이 남아 있다고 생각합니다. 선생님 안에 남아 있는 아우슈비츠는 어떤 모습인지 궁금합니다.

수지 모건스턴 : 제가 아우슈비츠에 대해서 느끼는 건 『안네의 일기』에 그대로 생생하게 나와 있어요. 공교롭게도 안네가 죽은 날이 바로 제가 태어난 날이죠. 그래서인지 저는 안네에게 굉장히 공감이 가요. 그렇게 좋은 작가가 비참하게 죽었으니 참 안타까운 일이에요. 제 둘째 딸이 지

금 서른일곱 살인데, 유은실 선생님과 비슷한 말을 하곤 해요. 자신에게도 전쟁을 기억하고 두려워하는 유전자가 있는 것 같다는 것이지요. 그럴 만도 해요. 제 남편의 아버지가 아우슈비츠에 끌려갔었고, 제 남편은 어렸을 때 안네처럼 숨어서 지냈다고 했어요. 아마 이런 것들이 딸에게 감정적으로 물려진 게 아닌가 해요. 어쨌든 저는 죽지 않고 살아남았어요. 그리고 제가 살아남은 가치를 다하고 있나 하는 생각이 늘 들어요. 일생 동안 나는 내가 죽지 않고 살아 있다는 것을 증명해야 한다는 걸 잘 알고 있습니다. 그런 한편, 항상 겁이 나요. 유대 민족은 언제나 미움을 많이 받으니까요. 많은 사람들이 많은 일을 유대인의 탓으로 돌려요. 돈을 많이 갖고 있는 것도 경제적으로 열심히 활동한 것으로 보는 게 아니라 잘못이라 생각하고, 9·11사태가 일어났을 때도 유대인 잘못이라고 했는데 그런 것 때문에 항상 겁이 나죠. 그리고 집에 청소해 주시는 아줌마가 오시는데 항상 자기가 세례 받은 증명서를 갖고 다녀요. 누가 유대인을 잡아가려고 집에 쳐들어오면 자기는 기독교인이란 걸 증명하려고요.

유은실 : 살아남은 걸 증명해야 한다는 말씀에 가슴이 먹먹해집니다. 선생님의 동화를 가슴으로 읽은 아이들이라면 분명 유대 민족의 잘못으로 돌리는, 어리석고 나쁜 어른은 되지 않을 거예요.

수지 모건스턴 : 이 자리를 마련해 준 창비는 오래된 출판사라고 들었어요. 40년이라고 했나요? 어린이책도 30여 년의 역사를 지녔다고요. 아동문학에 대한 관심이 깊으니 『창비어린이』 같은 잡지도 내는 것일 테지요. 참 인상적입니다. 저는 잘 모르지만 한국에서도 아동문학에 대한 열기가 높은 것 같아요. 여기 유은실 선생님 작품을 아직 읽어 보진 못했지만, 내가 프랑스에 꼭 번역이 되어 나오게 해볼게요.

유은실 : 사실 아까 말씀드린 『나의 린드그렌 선생님』이 곧 프랑스에 번역될 예정이에요.(웃음) 그런데 선생님 작품 중에 히브리어로 번역된 것도 있나요? 그렇다면 참 남다른 기분이 들 것 같은데요.

수지 모건스턴 : 물론 그래요. 저는 제 작품이 이스라엘 쪽에서 히브리어로 번역되는 게 특별히 좋아요. 가족이 읽을 수 있으니까요. 물론 우리 친척들이 영어로 번역된 내 책을 읽을 수도 있겠지만, 그건 히브리어로 읽는 것과 전혀 다르니까요.

유은실 : 선생님이 인용한 아나이스 닌(Anais Nin)의 말을 독서노트 앞장

에 적었습니다. "작가의 역할은 우리 모두가 하는 말이 아니라, 우리가 어떻게 해야 하는지 모르는 말을 하는 것이다." 깊이 공감합니다. 그런데 이런 고민에 빠질 때가 있습니다. "내 주인공은 이제 고작 열 살인데, 이런 표현을 할 수 있을까?" 하고. 현실적인 표현력의 한계를 배제할 순 없지만, 그것에 매이다 보면 정작 문학이 전달할 수 있는 더 소중한 것들을 놓치게 된다는 생각도 듭니다. 선생님은 이와 비슷한 고민을 해보신 적 없나요? 예를 들면 『0에서 10까지 사랑의 편지』(이정임 옮김, 비룡소 2002)에서 어네스트와 같이 '대화 실조' 상태에서 자란 아이의 표현력 같은 경우처럼요.

수지 모건스턴 : 저로서는 아주 어린 애들 책을 쓸 때만 문제가 됩니다. 제일 어려운 게 그림책이에요. 네 살짜리 아이들을 위해서 쓰는 '엠마' 시리즈 같은 경우, 아주 단순한 표현을 찾아내기 위해서 고심합니다. 제 딸이 표현을 고쳐준 적이 있어요. '문제마다 다 해결책이 있다'는 표현을 네 살짜리 아이들은 알아들을 수 없다면서요. 그래서 이 말을 하기 위해서 다른 방법을 찾아내야 했죠. 하지만 좀 더 큰 애들, 어네스트처럼 열 살 정도 된 아이들을 위한 글에서는 저는 표현에 제한을 두지 않습니다. 아이들이 모든 낱말을 다 이해하지 못한다고 해도 괜찮아요. 중요한 것은

그 말들 속에 들어 있는 힘이죠. 그리고 아이들을 낮게 보거나 무조건 베풀려는 태도를 취하면 절대 안 됩니다. 저는 보들레르가 쓴 고아들에 대한 작품을 너무 싫어합니다. 작가는 매번 좀더 풍부한 낱말을 찾아내서 쓰고 있는데 그러다 보니 작품이 무슨 사전도 아니고…… 독자를 지루하게 만들지 않는 것! 이거 무지 중요합니다.

유은실 : 저는 『0에서 10까지 사랑의 편지』에서 어네스트 아버지 같은 사람이 너무 싫습니다. 괴로움을 이겨낼 힘이 없다면서, 자기는 딴 여자랑 결혼해서 애를 다섯이나 낳을 때까지 아들한테 찾아오지 않는 어른. 아이는 이미 아버지가 살았는지 죽었는지도 모르고 그렇게 지독한 세월을 보냈는데 그 길고 긴 변명을 편지로 늘어놓으면 용서받을 수 있는 걸까요?

책을 읽으면서 속으로 "어네스트, 용서하지 마. 용서하지 마. 네가 외로웠던 만큼 아버지를 괴롭히고 그다음에 용서해!" 했습니다. '가족은 반드시 용서해야 한다'는 강압적인 문화에서 자란 탓인 것 같습니다. 선생님께서는 어네스트가 좀 더 많은 갈등을 겪으며 용서하거나, 어떤 용서의 기미만 보인 채로 글을 마무리하실 생각은 없었는지요? 저는 개인적으로 이 책이 한 권 더 있어서, 어네스트가 아버지를 용서하기까지 겪는 긴 마음의 여정이 나와 있으면 좋겠어요.

수지 모건스턴 : 다음 편을 쓸 생각을 한 지는 오래되었습니다. 진짜로 그걸 쓰게 될지 어떨지는 모르겠지만요. 물론이죠, 이 아버지는 증오할 만해요. 비겁한 사람이죠! 하지만 저는 책 속에서 이렇게 말한 거예요. 부모들은 보잘것없지만 그저 자기가 할 수 있는 최선을 다하는 거라고. 부모들이라고 무조건 능력 있고 강인한 건 아니라고. 부모들도 어떤 때는 나약하고 실수도 한다고. 어네스트의 아버지는 약한 사람이지요. 그래도 매일같이 아들 생각을 하면서 기나긴 편지를 썼잖아요. 그렇다고 용서할 수 있는 건 아니지요. 하지만 어네스트는 예외적인 아이예요. 사람은 용서하지 않고도 사랑할 수 있다고 생각합니다.

유은실 : 저는 글을 처음 쓸 때부터 제일 힘든 게 애써 써놓은 걸 뭉텅 잘라내는 일이에요. 『글쓰기 다이어리』(최윤정 옮김, 바람의아이들 2008)에 보니 "여러분이 쓴 글 중에서 한 장을 골라서, 없애도 된다고 생각되는 것들을 모두 잘라 버려라"라는 구절이 나오는데요, 한국어로 출판된 선생님 작품 중에서 가장 많이 '잘라내는' 어려움을 겪은 작품은 무엇인가요?

수지 모건스턴 : 『0에서 10까지 사랑의 편지』일 거예요. 이 작품을 처음

출판사에 가지고 갔더니 편집자가 펜을 들고는 첫 6페이지에 좍좍 엑스 표시를 하는 거예요. 그리고 하는 말이 "책은 여기서부터 시작하는 겁니다."(웃음) 그런데 그러고 보니까 편집자의 말이 맞더군요. 지금 생각하면 더 많이 잘랐어도 될 걸 그랬어요. 편집자가 참 중요하죠. 지금은 사랑에 관한 책을 쓰고 있는데, 담당 편집자가 첫 원고의 20%를 덜어냈어요. 그걸 받아서 제가 고쳐서 또 보내면 편집자가 또 제안하고 저는 또 고치고. 이러길 지금 네 번 반복했어요. 그런데 그 편집자가 하는 말이 "한국에 다녀오시면 다섯 번째로 보내겠습니다"였어요. 아마 지금 제가 돌아오기만 기다리고 있을 겁니다.(웃음) 물론 이런 과정이 처음엔 참 마음이 아팠지만, 꼭 필요한 일이라는 걸 알고 있어요. 이런 편집자가 저를 보호해 주는 것이기 때문에 저는 무척 고맙게 생각해요.

유은실 : '아니, 나 같은 원로 작가한테 이럴 수 있어?' 하고 화가 날 수도 있었을 텐데 안 그러셨네요.

수지 모건스턴 : 게다가 저는 프랑스어가 모국어가 아니라 콤플렉스 같은 게 있어요. 편집자에게 여러모로 도움을 받는 셈이죠. 유은실 선생님은 작품이 많이 수정되거나 한 적 없나요?

유은실 : 물론 있지요. 마음은 아프지만 거의 다 받아들였죠. 심지어는 아예 엎어 버린 적도 있어요.(웃음)

수지 모건스턴 : 저는 그렇게 무덤으로 보낸 작품도 많아요. 거절당한 원고들 말이에요. 저에게는 '거절당한 원고들의 묘지'가 있어요. 저와 오랫동안 함께 일한 편집자가 제안하길 '거절당한 원고'라는 제목으로 책을 내는 건 어떠냐고 할 정도예요.(일동 웃음) 저는 그 사람을 참 좋아해서 그에게 충실해요. 30여 년 동안 그 사람하고만 일을 했어요. 어떤 원고를 보고 그 사람이 아니다 하면 아닌 거예요. 다른 데서 낸다고 해도 그냥 내 이름을 단 책이 한 권 더 나오는 것이니 의미가 없다고 생각해요. 그 편집자 마음에 드는 걸 쓰고 싶은 거예요. 언젠가 다른 편집자가 제게 원고를 달라고 한 적이 있는데 제가 그랬어요. "그건 마치 결혼한 여자에게 남편 말고 다른 사람을 만나 보라고 하는 것이다." 그와 함께 작업하지 않은 책도 있긴 한데, 그건 저랑 작업한 일러스트레이터의 데뷔를 위해 다른 출판사에서 낸 거예요. 그 편집자가 거절했거든요. 고민 끝에 할 수 없이 다른 출판사를 찾아갔는데 다행히 잘되었죠.

유은실 : 한국의 출판 환경에서는 그렇게 편집자와 작가가 오래 호흡을 맞추면서 일을 하기가 쉽지 않습니다. 당연한 이야기이지만 좋은 작품이 탄생하기 위해서는 출판 환경의 영향이 적지 않을 텐데요.

수지 모건스턴 : 미국도 한국과 비슷한 것 같아요. 제 작품을 미국에 소개한 편집자는 하도 여러 출판사를 다녀서 제 작품도 여러 출판사에서 출간되었어요. 어떤 작품이 어디에 소개되었는지, 어떻게 관리되고 있는지 알기가 어려울 정도예요. 그런데 글쓰기를 훈련하고 작가를 키우는 환경도 나라마다 다른 것 같아요. 프랑스와는 달리 미국에는 글쓰기를 전문적으로 교육하는 과정이 많이 있죠.

유은실 : 한국의 문예창작과 같은 것 말씀이시죠.

수지 모건스턴 : 프랑스에는 그런 게 거의 없어요. 프랑스 사람들은 작가가 하늘에서 떨어지는 거라고 생각하죠.(웃음) 글쓰기 수업이라고 해도 주제를 하나 두고 각자 글을 써서 서로 돌아가면서 읽고 코멘트해 주고 하는 정도인데 그나마도 그렇게 좋아하지 않아요. 그런데 저는 이건 좀 잘못된 것 같아요. 윌리엄 포크너(William Cuthbert Faulkner) 같은 홀

룡한 작가도 글쓰기 교실에 다녔다고 하더군요. 저는 글쓰기에도 훈련이 필요하다고 생각합니다. 물론 훈련만 계속해도 안 되겠죠. 제 미국인 친구 중에는 작가가 되고 싶다며 오랫동안 글쓰기 교실에 다니기만 한 사람도 있어요. 그 친구가 저랑 나이가 비슷해요. 그러니 그렇게 연습만 하고 언제 작가가 될 거냐고 제가 만날 물어보죠. 그 친구 말로는 뭔가 확실하게 던질 수 있어야 시작하겠다는 거예요. 그러면서 중요한 논문도 쓰고 공부도 하고 그러지만 제 생각에 그건 작가가 되기에는 시간 낭비예요. 작가가 되고 싶으면 작품을 써야죠.

유은실 : 『글쓰기 다이어리』가 바로 그런 습작생들을 위해 쓰신 책이네요.

수지 모건스턴 : 이 책은 어린이들도 그렇지만 어른들이 많이 읽었나 봐요. 이건 책에 직접 글을 쓰게 만들어졌는데, 그래서 정말 여기에 글을 써서 복사해서 제게 보내 주는 독자들도 꽤 많아요. 보내 주는 것까진 좋은데 그게, 제가 코멘트를 해 주길 바라는 것이거든요. 그 많은 걸 언제 다……(웃음) 영광에 대한 몸값이죠.

유은실 : 저는 선생님이 아동청소년문학이라는 바다에서 '혹평'이나 '거절', 그리고 '게으름', '타성'에 침몰하지 않고, 아직도 행복하게 항해하고 있는 큰 배로 느껴집니다. 저도 그렇고 우리 작가들도 제 빛깔을 잃지 않고, 풍성하고 행복하게 오래오래 항해했으면 싶습니다. 마지막으로 한국의 젊은 동화 작가들에게 하고 싶은 말씀이 있으시다면.

수지 모건스턴 : 무조건 열심히 쓰세요. 창문의 블라인드를 내려 햇빛을 가리고, 쓰세요. 달리 방법이 없어요. 콕 처박혀서 쓰는 수밖에 없어요. 제가 사는 니스는 태양빛이 아름답고 창문을 열면 바다가 보여요. 너무나 나가고 싶죠. 하지만 나가지 말고 써야 돼요. 저는 "Just do it"이라는 광고 카피를 아주 좋아하는데, 사실은 나이키보다도 제가 먼저 항상 하던 말이에요. "Just do it." 제 친구 중 이탈리아 작가가 있는데, 몇 년째 글이 안 써져서 스트레스를 받았어요. 그때 제가 하도 "Just do it" 했더니, 예수상 옆에 "Just do it"을 붙여놓고 몇 년 지나서 소설 6권을 냈어요. 친구 말이, 다 "Just do it" 덕분이래요. 늙은 작가나 젊은 작가나 마찬가지예요. 작가들은 다 자기가 뭘 하고 싶은지를 알고 있어요. 그러니까 방법은 그걸 하는 것밖에 없죠. 매일 아침에 일어나서 하는 가장 중요한 작업은 의심을 쫓아 버리는 거예요. 내가 지금 시간 낭비하는 게 아닌가, 내

인생을 잃어버리고 있는 게 아닌가, 이런 의심들을 다 쫓아 버려야 해요. 저는 3년 전까지, 니스 대학에서 영어를 가르쳤어요. 그런데 학생들을 가르치러 갈 때마다 죄의식이 드는 거예요. 아, 내가 지금 글을 써야 되는데 여기서 이러고 있어도 되나? 제 글을 쓸 때도 마찬가지였어요. 아, 내가 지금 학생들 숙제를 고쳐 주어야 되는데 여기서 이러고 있어도 되나?(웃음) 지금은 은퇴했는데, 내 인생을 온통 대학에서 보낸 게 후회가 돼요. 그러니 어서 쓰세요. 당장.

유은실 : '그냥 쓰는 것'만으로는 안 될 거고, 작가로서 선생님만의 지침이라든가 그런 게 혹시 있나요?

수지 모건스턴 : 나만의 철학이라면…… 다른 것은 몰라도 단 한 가지 금기는 있어요. 바로 염세주의(pessimism)죠. 저는 어린이들을 위해 글을 쓸 때는 꼭 인생이라는 것이 살 만한 가치가 있다는 걸 알려 주어야 한다고 생각해요. 현실을 그려내다 보면 아픔과 상처가 드러나게 마련이지만 끝내 그걸 극복할 수 있다는 걸 꼭 얘기해 줘야 된다고 생각해요. 그걸 저 스스로에게 강요하다시피 하죠.

유은실 : 선생님 말씀에 공감하는 젊은 작가가 많을 것 같습니다. 더 큰 꿈도 품게 되었을 것이고요.

수지 모건스턴 : 그렇다면 저도 좋겠습니다. 유은실 선생님은 인생에 있어서 제일 큰 꿈이 뭔가요?

유은실 : 죽을 때까지 현역 작가로 사는 거예요.

수지 모건스턴 : 그건 조금도 어렵지 않아요! 잘 쓰는 게 문제지!(일동 웃음) 오늘 이 자리가 참 좋았습니다. 이렇게 좋은 정원에서 젊은 분과 이야기를 나누다니요. 유은실 선생님과 『창비어린이』에게 고맙습니다.

유은실 : 네, 저도 행복하고 따뜻한 시간이었습니다. 고맙습니다.

수지를 만난 다음 날, 책상 앞에 "Just do it"을 써 붙일까, 내 언어주체성에 걸맞게 "닥치고 써라"를 써 붙일까 망설였다. 생각 끝에 "Just do it"은 지금보다 더 글이 안 풀리는 순간을 위해 남겨 두기로 했다. 하지만 수지의 명함은 모니터 옆에 단단히 붙여 두었다. 하트 안경을 쓴 수지가 하트의 바다에 빠져 있는 그림을 보면 피식 웃음이 나온다. 헤어지면서 내가 "이메일"이라고 큰 소리로 또박또박 말했으니, 이제 이메일을 써야 한다. 갑자기 받은 질문에 순간 "현역 작가로 사는 거"라고 대답했지만 그것 말고도 꿈이 많다고, 그리고 그 후로 내 인생에 제일 큰 꿈이 뭔지 스스로에게 자주 묻는다고 영어로 써야 하는데…… 주위에 나를 도와줄 영훈초등학교 학생이 한 명도 없다.

14년 전 사별한 남편이 사준 반지를 끼고 있던, 그녀의 커다란 손이 잊히질 않는다. 귀가 크고 키가 2미터나 된다는 남자친구 얘기를 할 때 반짝이던 눈도. 그녀는 내가 만난 최초의 외국 작가, 유대인, 이주 여성, 연애하는 할머니, 나를 '운실'이라고 불러주는 하트 안경을 낀 사람이었다. 나는 수지 모건스턴을 사랑하게 되었다. 진솔하고 유쾌한 그녀가 벌써 그립다.

이 대담은 2008년 10월 17일 바람의아이들 가회동 사무실에서 이루어졌다. 통역과 진행은 최윤정이, 원고 작성은 유은실이 맡았으며 『창비어린이』 2008년 겨울호에 실렸다.

　　　　　　　　　　　　　　　프랑스 작가에게 듣는다

"

수지 모건스턴의 방한 행사는 내게 상상을 현실로 만드는 일이었다. 흥분되고 즐거운 축제 같은 일이었다. 힘에 부쳤던 준비 작업도 잊을 수 없다. 도서관, 사서, 교사 들에게 알리고 참석을 유도하기 위해서는 보이지 않는 고생을 엄청나게 해야 했다. 네 명밖에 되지 않는 전직원이 올인해서 뭔가를 끊임없이 만들어내야 했다. 평상시의 업무가 일시적으로 마비되기도 했다. 제일 적극적으로 임하던 직원은 오로지 힘이 들어서 울었다. 울면서도 일을 멈출 수 없어 했다. 그만큼 힘들었지만 모두가 재미와 보람을 느꼈었다. 힘든 건 우리뿐만이 아니었다. 수지로서는 시차 적응도 되기 어려운 4박5일 일정에 너무 많은 행사가 있었다. 내가 한 발 물러서 있는 하루 사이에 강남 쪽 출판사의 주선으로 경기도 도지사와 함께 책 기증 행사 참여, 방송 인터뷰, 대형서점 사인회, 전교생이 영어를 할 줄 아는 초등학교에서의 강연, 대치동 어느 도서관에서의 독자와의 만남 등 등의 행사를 치렀다. 다시 강북으로 나를 찾아오던 날 수지가 했던 말이 아프게 마음에 남아 있다. "나는 더 이상 못해. 한국은 나를 헐리우드 스타처럼 대접해." 전 세계 어디든 기꺼이 돌아다니면서 자기 책에 대해서 이야기하고 새로운 사람을 만나는 것을 즐기는 그녀가 이런 태도를 보이는 것은 너무나 의외였다. 그날은 머쓱하기도 했고, 그녀가 무엇에 화가 났는지 짐작할 수 있을 것 같아 마음이 불편했다.

내가 본 프랑스의 작은 축제들은 수지가 말하는 '헐리우드 스타 대접'과는 많이 달랐다. 책에 관련된 행사들은 전국에 일년 내내 있었는데 특별히 세상에 노출되는 건 아니라서 어디서 무슨 일이 있는지 일반인들이 알기가 쉽지는 않다. 동네 사람들이 스스럼없이 아이들 손 잡고 나들이를 하고, 학교들은 단체로 참여한다. 작가들은 멀리서 모여들고 그 모든 것을 가능하게 하는 가슴이 뜨거운 사람이 중심을 지키고 있다. 대체로 사서인 그들은 조용한 얼굴의 나이 많은 여성인데 다들, '그녀는 어디서 저런 힘이 나는지 몰라'라고 혀를 내둘렀다. 그런 사람이 어디나 있는 것, 그게 내가 경험한 프랑스였다. 출판사들은 책을 파는 게 목적이 아니고 독자들은 책을 싸게 사는 게 목적이 아닌, 참여하는 사람들이 즐겁고, 책이 중요한 것으로 느껴지는 일종의 축제 분위기. 그게 내가 부럽게 구경하던 그들의 도서전이었다. 그런 문화에 익숙하던 수지가 '더 이상은 못해'는 건 당연해 보였다. 뭔가 나도 슬프고 기운이 빠졌다. 화려한 모든 것들은 항상 왜 이렇게 사람을 피로하게 만드는 것인지! 그녀를 헐리우드 스타에서 평범한 작가 1인으로 돌아오게 하는 행사를 기획해 두었던 것은 지금 생각해도 잘한 일이다.

바람의아이들과 작업하는 작가들만을 초대해서 작품과 작가 생활에 대해서 허심탄회하게 이야기 나누는 자리를 마련했다. 모든 것이 조용한 자리였다. 스타와 팬이 아니라 작가와 작가가 진솔하게 만나는 자리였다. 피곤에 지친 수지와 나를 위해서 프랑스 공무원으로서는 예외적으로, 업무가 끝난 저녁 시간에 서적과 직원이 자청해서 통역을 맡아 주었다. 소개말과 인사가 끝나고 나자 수지는 갑자기 울음을 터뜨렸다. 니스에서부터 이어져 온 우리 만남의 지난날들을 생각하며 흘리는 감동의 눈물이라고 울면서 설명했다.

눈물은 사람을 무장해제시킨다. 글쓰기의 어려움과 반려 당했던 원고들에 대한 아픔, 편집자와의 관계 같은 작업의 어려움에서부터 작가로서의 생활고에 이르기까지 다양한 이야기들을 나누는 내내, 그 공간과 사람

둘 사이에 온기가 돌았고 그 온기가 모두를 위로했다. 어디에서나 글을 써서 살아간다는 것은 힘겨운 삶을 일반인들과는 다르게 버틴다는 뜻인 만큼 우리는 특별한 우정을 나누었다. 이날의 대담에는 외부인들을 일체 초청하지 않았지만 순수 동인지인 『어린이와 문학』에게만은 취재를 허락했다.

프랑스 작가에게 듣는다

프로가 된다는 건
실망에 맞서는 일이다
_수지 모건스턴과 한국 작가들과의 만남

수지 모건스턴의 한국 방문으로 아동문학과 아동출판계가 떠들썩했다. 수지 모건스턴은 한국 방문 일정 5일 동안 기자들과 만나고, 교사들과 만나고, 도서관에서, 학교에서 아이들과 만나고, 서점에서 독자들과 만났다. 그리고 출판사 '바람의아이들' 최윤정 사장은 비공식적으로 한국 작가와의 만남을 주선했다.

만남이 있기 전날 저녁, 바람의아이들 여은영 팀장에게 "최대한 재미있는 차림으로 오세요"라는 문자 지령을 받았다. 『엉뚱이 소피의 못 말리는 패션』의 주인공 소피처럼 양말을 짝짝이로 신어 볼까, 여러 개의 벨트를 매어 볼까, 독특한 추억이 담겨 있는 옷을 꺼내 입어 볼까, 여러 가지

고민도 해 봤지만 가방 속에 챙긴 것은 고작 놀이 공원에서 산 고양이 머리띠가 전부였다. 게다가 소피가 세상에서 가장 '흔해빠진' 복장이라 말했던 티셔츠에 청바지를 입고 있었으니……. 남과 다르게 세상을 산다는 것, 남과 다르게 보이게 한다는 것이 참 어려운 일이며 큰 용기가 필요하다는 사실을 새삼 깨달았다.

수지 모건스턴은 나 자신을 위해 글을 쓴다고 했다. 그녀에게 글쓰기는 공기와도 같다. 숨쉬기 위해 필요한 산소처럼, 굶어 죽지 않으려고 먹는 빵처럼, 수지에게 글쓰기는 살기 위해 필요한 행위다. "만약 쓰는 걸 멈춘다면 스스로 견딜 수 없을 거예요. 누가 나를 독방에 가둔다고 하더라도 종이와 연필만 준다면 행복할 겁니다. 저는 책이 출간되느냐 안 되느냐를 떠나서 쓰는 것 자체만으로도 충분히 행복합니다. 제가 쓴 글이 출간된다면 좋은 일이고, 출간된 후에 그 책이 많이 읽히고 많이 팔리면 그건 또 하나의 알파예요. 그리고 그 뒤에 문학상을 타게 되면, 그리고 돈을 벌게 되면 꽤 괜찮은 일이죠. 게다가 번역되어 외국에서 출간까지 된다면 가장 좋은 일이고요. 하지만 이 모든 게 필요조건은 아니에요. 출간되지 않고, 읽히지 않고, 팔리지 않고, 문학상을 타지 못하고 돈을 못 번다고 하더라도 저는 쓰는 행위 자체가 정말 행복합니다."

수지는 어려서부터 펜을 들고 뭔가를 하는 행위를 좋아했다. 글을 쓸

프랑스 작가에게 듣는다

줄 몰랐던 어린 시절에도 종이에 동그라미를 그리며 즐거워했고, 여섯 살 때 '아름답다' '훌륭하다' '따뜻하다' '신기하다' 등 자신이 알고 있던 짧은 단어로 글을 쓰고 책 한 권을 만들기도 했다.

수지는 뭔가 생각이 날 때마다 적어 놓고, 글쓰기를 위한 소재 자료를 수집하는 등 해마다 자신만의 다이어리를 만들고 있다. 매일매일 이야깃거리를 찾아 메모해 놓았는데, 2003년 그 다이어리를 본 편집자가 책으로 내자고 제안을 했고, 그 책이 바로 『글쓰기 다이어리』다. 2007년에는 매일 그날에 어떤 일이 있었는지, 누가 태어나고 누가 죽었는지 등 역사를 적는 다이어리를 만들었다. "손자의 생일이 3월 1일이에요. 3월 1일에 무슨 일이 있었는지 찾아보니 쇼팽이 태어난 날이더군요. 손자가 피아노 치는 걸 좋아하는데, 쇼팽과 생일이 같다고 이야기해 주었더니 아주 좋아했어요."

아이디어를 적어서 가지고 다닌 시간만 15년, 그리고 출간된 책이 『조커, 학교 가기 싫을 때 쓰는 카드』이다. 몇 년간 매일매일 다이어리를 쓰고 있지만, 그 많은 아이디어 중 책으로 탄생하는 건 그리 많지 않다고 한다.

90권의 책을 써낸 베스트셀러 작가나 신인 작가나 글 쓰는 게 쉽지 않은 건 매한가지인가 보다. 수지 역시 글 쓰는 과정을 힘들고 고통스럽게 느낀 적이 있다고 했다. "물론 저도 힘들다고 느끼죠. 실망하기도 하고요.

프랑스 작가에게 듣는다

가장 실망스러울 때는 책이 이미 출간되고 나서, 내가 생각했던 것만큼 좋은 이야기가 아니라는 걸 깨닫는 바로 그 순간입니다. 가끔은 그 실망이 너무 크고 괴로워서 더 이상 새로운 소설을 못 쓸 거라는 생각이 들 때도 있어요." 이러한 생각이 단순히 자신에 대한 실망으로 끝나는 것이 아니기에 동화를 쓰는 것은 위험하고 조심스러운 일이라고 했다. "저는 아이들을 직접 만나서 함께 얘기하고 글쓰기 강연하는 걸 좋아하거든요. 그중에는 제 책을 읽는 아이들도 많이 있을 거잖아요. 제가 실망했던 그 책을 읽는 아이도 있을 테니까요."

그렇다면 수지가 쓴 책 중에서 가장 애착이 가는 책은 무엇일까? 『사랑이 지구를 돌게 한다』(이효숙 옮김, 보물창고 2007)는 제 진짜 이야기를 가지고 쓴 겁니다. 제 남편을 만난 얘기를 쓴 책인데, 그 기억 자체가 너무나 소중한 추억입니다. 즐거운 기억을 가지고 글을 쓴다는 것 자체가 참 좋았어요. 그리고 제가 가장 자주 읽는 책이기도 하고요." 이 책 말고도 좋아하는 책은 여러 권이 있는데, 좋아하는 이유는 다 다르다. 『중학교 1학년』은 자신의 둘째딸 마야가 하는 이야기를 그대로 받아 적은 책이면서 많이 팔리고(이 책은 100만 부가 넘게 팔려 그녀를 성공한 작가 대열에 오르게 해 준 책이다) 그 덕에 돈도 많이 벌었기 때문에 좋아하고, 『0에서 10까지 사랑의 편지』는 40개의 상을 수상하고, 심지어 각색되어 희

곡으로도 만들어졌기 때문에 좋아한다고 했다.

"좋아하는 책은 많이 있지만, 가장 좋아하는 책은 항상 지금 내가 쓰고 있는 책입니다. 작품을 쓸 때는 어느 목표 지점을 향해서 가는 일종의 연금술처럼 생각이 되고 저에게 기폭제 역할을 해요. 흥분 상대가 되기도 하고 뭘 제조하고 있다는 생각에 즐거워지거든요."

두 딸을 대학교수와 의사로 키워낸 수지는 큰딸의 사춘기를 겪으며 『딸들이 자라서 엄마가 된다』를 썼고, 둘째 딸이 학교에서 돌아오면 울면서 불만을 털어놓는 것을 듣고 『중학교 1학년』을 썼다. 이처럼 수지는 딸들이 자라는 모습을 보면서 써낸 글이 많다. 최근에는 손녀를 보면서 엠마 시리즈를 쓰기도 했다. 하지만 딸들이 자라서 그녀를 떠났을 때 위기가 있었고, 그녀에게도 많은 변화가 생겼다. 아이들이 떠나기 전에는 일상적인 이야기를 주로 썼다면, 그 이후에는 상상을 통해 지어낸 이야기들을 쓰기 시작한 것이다.

"최근에 쓴 소설은 다 SF예요. 얼마 전에 쓴 소설은 지구인 엄마와 외계인 아빠 사이에서 태어난 아이의 이야기예요. 아빠가 지구에 왔다가 엄마를 임신시키고 사라지죠. 아이는 여자로 태어났지만 14살이 되면 남자로 바뀌는 운명을 타고 나는데 엄마만 그 사실을 알고 있어요. 성적 정체

성을 화두로 가지고 글을 쓰고 싶었어요. 쓰면서 너무 재미있었어요. 굉장히 뜨거운 얘기예요. 아이는 남자가 되기 전에 섹스를 해야만 하거든요."

줄거리만 들었을 때는 굉장히 흥미롭지만, 이 글에는 낯뜨거운 표현이 많이 있기 때문에 차마 같이 일하는 편집자에게 보낼 수는 없었다고 한다. 그래서 다른 출판사로 보냈는데, 네 군데에서 출판 거절 통보를 받았다. 출간이 될지는 모르겠지만 이 소설이 출간되면 자기는 체포될 것 같다며, 수지는 유쾌한 농담을 던졌다.

그녀는 출판사에 보냈다가 거절당한 원고들을 '거절당한 원고의 묘지'로 보낸다고 했다. 그곳에 묻힌 원고들은 말 그대로 죽은 사람들의 운명과 같다. 그렇게 묻혀 버린 수십 권의 원고들이 다시 살아날 가능성은 희박하다. 편집자들에게 보내기 전에 이미 심사숙고해서 썼고, 많이 고치고 들여다보았기 때문이다.

"프로가 된다는 것은 모든 실망에 맞서는 겁니다. 거절당하면 상처를 받고 쓰지 않는 작가들도 있지만, 거절당하고 좋다는 얘기 못 들어도 굴하지 않고 계속 쓰는 작가가 바로 프로지요. 내가 쓰는 게, 그리고 여러분이 쓰는 게 모두 다 좋다는 보장은 없으니까요."

베스트셀러 작가인 수지 역시 출간이 결정된다 하더라도 여러 번 수정 작업을 거친다고 한다. 자꾸 고치는 게 힘들고 두렵긴 하지만, 수지는 자신을 위한 악인이 있다는 건 좋은 일이고 행복한 일이라고 했다.

수지 곁에 가장 가까이 있는 악인(?)은 바로 딸들이다. 수지는 미국에서 태어난 미국인이다. 프랑스인인 남편과 결혼해 프랑스인으로 프랑스에 살고 있지만, 아직도 프랑스어로 글을 쓰는 건 서투르다. 남편과 사별하기 전에는 남편이 고쳐 줬고, 지금은 딸들이 원고를 고쳐 주고 있다. "남편은 한 문장에 세 개 이상 실수가 있으면 '똥'이라고 적었어요. 한번은 한 페이지에 '똥'이 25번이나 있었지요. 남편이 제 원고를 수정할 때는 항상 기분이 나빠지곤 했어요. 얼마 전에는 딸이 "5년에서 10년 더 보고 나한테 갖다 주면 그때 봐 줄게."라고 하더군요. 지금도 딸이 고쳐 줄 때 기분이 썩 좋진 않아요."

하지만 딸들의 손을 거치지 않은 원고는 절대 편집자에게 보내지 않는다고 했다. 항상 손에 사전을 들고 있어야 하는 미국인이지만 프랑스어로 글을 써야 하는, 이중 국적자의 가장 큰 단점이라고 했다.

"저는 편집자에게 굉장히 많이 의존해야 해요. 딸이 봐 준다고 해도 수정을 많이 해야 하죠. 언젠가 한번은 자유를 느껴 보고 싶어서 영어로 글을 쓴 적도 있는데 그것 역시 괴롭더군요. 영어로 글을 썼다면 미국 출판

프랑스 작가에게 듣는다

사로 보내고 미국에서 출간되어야 하는데, 저는 지금 미국의 경향을 모르거든요. 미국인이지만 뿌리가 뽑힌 거죠. 지금은 미국에 속한 것도 아니고, 프랑스에 속한 것도 아니에요. 두 나라에서 모두 투표를 할 수 있지만, 제가 표를 준 사람이 뽑힌 적은 단 한 번도 없었어요."

하지만 이런 언어적인 단점에도 불구하고 프랑스에서 동화를 쓰는 것의 긍정적인 측면도 있다. 수지는 프랑스 밖에 있는 사람이기 때문에 유머를 잃지 않고 상황을 표현할 수 있다고 했다. 수지가 이 얘기를 했을 때, 좌담 초반에 한국과 프랑스의 다른 점을 이야기하던 그녀의 말이 떠올랐다. 수지는 진지하게 얘기했지만, 우리는 크게 웃을 수밖에 없었던 사건이 하나 있었다.

한국에서의 일정 중 한 사립초등학교를 방문해 한 시간 동안 아이들과 이야기하는 시간이 있었다. 수지는 한 시간 동안 똑바로 앉아서 조용히 자신의 이야기를 경청한 한국의 학생들을 보고 문화적 충격을 받았다고 했다. 서양의 학교에서는 더 이상 '엄격함'을 찾아볼 수 없고, 수업 중에 가만히 앉아 있는 아이들이 거의 없다. 그렇게 힘든 일을 한국의 아이들이 정말 잘하는 걸 보고, 선생님들의 노력에 감탄했고, 아이들이 굉장히 잘 지도되어 있고, 규범을 잘 습득하고 있다는 사실에 놀랐다고 했다.

한국 사람이라면 억압된 분위기 속에서 자라나 아이다움을 잃어버린 우리 초등학생들을 안쓰럽게 느끼는 대목이지만 수지에게는 아이들의 그러한 모습이 긍정적으로 비춰진 것이다. 이렇듯 미국인으로서 프랑스 사회를 바라보기에 프랑스 작가들과는 다른 시선으로 세상을 관찰하는 것이 지금의 수지를 만든 것인지도 모른다. 덕분에 수지의 글 속에는 유머와 톡톡 튀는 개성이 있다.

수지는 이민자의 입장에서 아이들을 학교에 보내는 일이 가장 어려웠다고 했다. 수지가 다녔던 미국 학교에서는 외국어는 가르치지도 않았고, 지리 시간에도 미국 전체가 아닌 그녀가 살고 있는 그 주에 대한 것만 배웠으며, 책이 아니라 테니스 라켓, 야구 방망이 등을 들고 등교를 했다. 학교에서는 배우는 게 없었지만 늘 행복했고, 항상 즐거웠다. 하지만 프랑스 학교를 다니는 딸들은 20톤짜리 가방을 매고 아침 일찍 학교에 가서 저녁 늦게 집에 왔고, 숙제도 너무 많았다. 『중학교 1학년』은 부모로서 느꼈던 학교에 대한 분노를 표현한 책이다. 하지만 어두운 이면을 드러내기보다는 작가 특유의 재치와 유머, 유쾌함과 아이의 발랄함이 담겨 있다.

동화는 밝고 발랄하고 유쾌하지만, 청소년소설을 쓸 때는 글이 어둡고 무거워져서 동화와 청소년소설 사이에서 혼란을 겪고 있다고 한 어떤 작가에게 수지는 "모두 다 자기만의 특별함을 가지고 있기에 자신의 성향대로 쓰면 된다"라고 했다. "저도 제 한계가 있습니다. 필립 풀먼(Philip Pullman : 『황금 나침반』의 작가)의 책을 읽으면서 이런 상상은 죽어도 못 하겠구나, 그런 생각을 합니다. 그리고 성향이 너무나 밝은 사람이라 나쁜 사람이 나오거나 어두운 느낌으로는 글을 쓸 수가 없어요. 그런 글을 쓸 실력이 안 되는 거죠." 하지만 어두운 주제로 글을 쓴다고 하더라도, 청소년문학, 어린이문학을 하는 작가라면 생활이 아무리 어려워도 살아 나갈 수 있다는 희망의 메시지를 전달해야 한다고 했다.

"처음 한국에 간다고 했을 때 딸들은 제가 나이도 많고, 한국은 너무 멀다고 많이 말렸습니다. 하지만 한국에 온 건 정말 너무나 잘한 일이었고, 이렇게 작가들과 직접 만나는 건 처음 있는 일이며 정말 좋은 아이디어였어요." 수지는 이 시간이 너무나 즐겁고 행복했다며, 작가들에게 자신이 도움되었길 바란다고 했다. 이 좌담을 주최한 바람의아이들 최윤정 대표는 수지와 한국에서 처음 만났을 때 첫 마디가 '꿈이 현실이 됐구나'였다며, "여러분도 꿈을 많이 꾸셨으면 좋겠다"라며 좌담을 끝맺었다. 두 시간이라는 한정된 시간이 너무나 아쉬운 만남이었지만, 작가 대 작가로 진솔한 이야기들이 오가는 자리였다. 예순이 되었지만 여전히 열정적이고 재치 있고 재미있는 수지 모건스턴. 그녀의 유쾌한 기를 듬뿍 받은 우리 작가들도 널리 프랑스까지 알릴 수 있는 개성 있는 작품을 세상에 내 놓게 되길 기대해 본다.

이 행사는 2008년 10월 원서동에 있는 은덕문화원에서 이루어 졌다. 최현정이 취재하고 글을 작성하여 『어린이와 문학』 2008 년 11월호에 실렸다.

"

　수지 모건스턴이 다녀간 지 4년 만에 미카엘 올리비에(Mikaël Ollivier)방한 행사가 잡혔다. 지난 경험을 되짚어 보며 어떻게 하는 것이 가장 좋을지 고민하고 또 했다. 가장 중요한 것은 역시 이 만남에서 우리가 무엇을 경험하고 그 영향으로 어떤 확장을 이루어낼 수 있을 것인가였다. 이런 행사에서 으레 가장 초점이 되는 것은 신문이나 방송 혹은 인터넷에 가장 많이 노출되는 길을 찾는 것이지만 그런 일들은 역시 피상적일 수밖에 없다. 나는 이번에는 그 반대로 해 보기로 했다. 작가가 한국에 오기 전에, 적어도 어린이청소년문학에 관심 있는 사람들에게는 그가 누구인지 어떤 생각을 하고 어떤 작품을 썼는지에 대해서 알게 하고 싶었다.

그런 고민 끝에 고안해 낸 것이 이메일 대담이었다.

이메일 대담은 피곤한 일이다. 시차도 있지만 대부분의 프랑스 사람들은 한국 사람에 비해서 느리다. 답장이 오고가는 데 일주일은 걸린다, 여러 가지 이유로. 그러나 미카엘은 달랐다. 아침형 인간이라서 한국과의 8시간 시차에 큰 무리가 없어 퇴근 전에 메일을 보내어 놓으면 특별한 일이 없으면 다음날 출근해서 답장을 받아볼 수 있었다. 아직 지면을 결정한 것도 아니었지만 어차피 한국에 오게 될 테니 한국을 보다 깊이 체험한다는 차원에서 모든 결론을 열어 놓고 해 보자, 만약 진행이 잘 안 되면 그냥 우리끼리 깊은 대화를 한 것으로 만족하자, 이런 황당한 제안을 받아들여 줄 만큼 말이 잘 통해서 이 대담은 내게도 무척 즐거운 일이었다. 마침 『어느 날 내가 죽었습니다』가 프랑스에서 출판되어 있던 터라, 대담 중에는 그것을 읽으라는 숙제까지 내주었었는데, 영화 시나리오 작업이 겹쳐서 바쁜 일정에다가 책 읽는 속도가 매우 느린 그였지만 착실하게 그 책을 읽고 대담에 응해 주었다. 이 대담은 나중에 『창비어린이』에 실렸다. 지면 관계로 약간 편집되었지만 아래의 글은 우리 두 사람 사이에 2012년 2월 13일부터 3월 23일까지 실제로 오고간 메일의 전문이다.

청소년을 위한 소설이 아니라
청소년에 대한 소설

미카엘 올리비에와 최윤정 이메일 대담

최윤정 : 안녕하세요, 이메일 인터뷰에 응해 주셔서 감사합니다. 우리 두 사람 사이에 놓인 문화적 차이와 공간적 거리에도 불구하고 이런 소통이 가능하다니 새삼 세상이 좁다는 생각이 듭니다. 요즘 『나는 사고 싶지 않을 권리가 있다』(윤예니 옮김, 바람의아이들 2012) 시나리오 작업에 무척 바쁘신 걸로 알고 있는데 어떻습니까? 작품이 어떤 식으로 영화화되었을지 궁금하네요. 원작 소설과 많이 달라지는지요? 만약 그렇다면 뭐가 어떤 식으로 변하는지 말씀 부탁드립니다.

미카엘 올리비에 : 안녕하세요, 『나는 사고싶지 않을 권리가 있다』는 어

제, 3월 12일에 촬영을 시작했습니다. 반은 벨기에(프랑스 북부 지방에서 일어나는 걸로 되어 있는 부분)에서, 나머지 반은 4월에 마요트에서 찍을 예정입니다. 시나리오는 약 1년 반 동안 썼습니다. 제가 썼던 시나리오들은 예를 들면 『나는 네가 누구인지 말할 수 있었다』(최윤정 옮김, 바람의 아이들 2009)처럼 대체로 제 소설을 각색한 것인데 이번 작품이 가장 어려웠습니다. 이 소설은 프랑스 사람들도 잘 모르는 프랑스령인 마요트 섬의 발견, 그곳에 사는 망명자들의 생활, 사회적 불평등, 사랑과 성, 그리고 '정치적' 참여, 광고와 과소비에 저항하는 투쟁 등등 테마가 다양한 작품입니다. 제작자나 저나 프랑스 텔레비전 방송사 모두 이 다양성을 지켜나가기로 합의를 했습니다. 이 모든 것을 한 시간 반짜리 영화에 담는다는 게 결코 쉽지가 않더군요! 소설에서처럼 마요트와 자이나바(작품 속의 인물)와 서구 사회를 바라보는 어린 주인공 위고가 우리의 가이드 역할을 합니다. 시나리오의 처음부터 끝까지 관객의 시선은 위고에게 밀착되어 있습니다. 그런데 또 하나의 커다란 어려움이 있었습니다. 1인칭 주인공 시점으로 되어 있는 소설에서는 독자가 주인공의 머릿속으로 들어갈 수 있지만 영화에서는 그것을 화면에 담을 수가 없다는 점이었습니다. 그래서 위고가 발전해 나가고 성숙해 나가는 모습을 눈에 보이도록 하기 위해서 없던 장면을 만들어내야 했으며 소설에서는 존재하지 않는 빅토

르라는 위고의 친구를 등장인물로 추가해야 했습니다. 마찬가지로, 소설에는 등장하지 않는 중요한 마요트인을 하나 더 만들어냈는데요, 이 사람은 그곳에 사는 백인들의 삶을 넘어서 마요트에서 산다는 것의 진정한 의미를 맛보게 해 주는 역할을 맡고 있습니다. 또 다른 커다란 변화는 이야기의 결말 부분입니다. 그런데 앞으로 이 소설을 읽게 될 독자들의 즐거움을 빼앗을까 봐 얘기하기 어렵네요! 감독을 맡은 크리스티앙 포르느, 프랑스 방송사와 마찬가지로 마요트가 소설의 첫 부분에만 나오기를 바라지 않았습니다. 소설은 분명하게 두 부분으로 구분이 되어 있습니다. 마요트에서의 삶이 위고를 완전히 바꾸어 놓았기 때문에 파리로 돌아온 위고는 사회를 바라보는 눈이 이전과 같을 수가 없었습니다. 그래서 급진주의자가 된 것이지요. 그런데 그때부터 마요트는 그의 삶에서 과거의 한 부분이 되어 버립니다. 영화에서는 이렇지가 않습니다. 구체적인 얘기를 드릴 수는 없지만 장면은 다시 마요트로 돌아가서 끝납니다. 마요트에서 시작해서 마요트에서 끝나는 셈이지요. 그러니까 영화에서 마요트의 비중은 소설에서보다 더 커집니다.

시나리오 작업은 끝났고 이제는 촬영과 편집이라는 또 다른 모험의 시작입니다. 경험을 통해서 저는 이 과정에서 영화가 만들어지기까지 이야기가 얼마나 많이 바뀔 수 있는지 잘 압니다. 제가 소설을 쓰고 시나리오도 썼지만 영화로 시각화되면 그것은 제게 또 다른 발견, 혹은 충격이 될 것입니다. 좋은 쪽일시 나쁜 쪽일지 일 수 없습니다. 그러니 지는 믿습니다. 왜냐하면 크리스티앙 포르는 재능이 있는 멋진 감독이며 저의 시나리오 작업을 꼼꼼하게 들여다보면서 굉장한 열의를 보여 주었기 때문입니다.

최윤정 : 벌써 촬영이 시작되었군요. 축하합니다! 개인적으로 마요트 풍경이 아주 보고 싶습니다만 그럴 수 있을지 모르겠네요. 시나리오에서는 위고가 마요트에 돌아가는 걸로 바꾸신다는 얘기를 듣고 자이나바 때문인 줄 알았습니다만 그게 아닌가요? 네, 저도 이 소설이 복잡한 작품이라는 데 완전히 동의합니다. 다니엘 페낙이 말했듯이 좋은 소설이란 하나의 주제로 요약될 수 없는 것이지요. 그렇긴 하지만 이 작품에서 청소년들의 사랑과 성에 대한 작가의 입장이 궁금합니다. 도망치는 위고, 임신한 채 혼자 남겨진 여자아이에 대한 프랑스 독자들의 반응은 어땠는지요?

미카엘 올리비에 : 영화가 나오기만 하면 바로 DVD를 보내드리겠습니다. 하지만 아직도 멀었어요!

네, 시나리오에서는 위고가 자나이바를 위해서 마요트로 돌아갑니다. 위고는 그녀를 진정으로 사랑하는 것이지요. 이 점이 소설과 다릅니다. 소설에서는 위고가 '사랑' 자체에 빠져들었었다는 걸 깨닫게 되잖아요. 그런 점에서 소설은 사실적이고 영화는 낭만적입니다. 저는 청소년소설에서 성에 대해서 말하는 것을 피하지 않습니다. 이유는 단순합니다. 성경험이 있든 없든 욕망이나 성은 청소년들의 삶의 일부이니까요. 어쨌든 성은 청소년들에게 호기심이고 의문이며 고통이기도 합니다. 저는, 주제에 따라 돌려 말하고 피해 가려고 하지 않고, 진실을 말하고 진짜 삶에 대해서 말하는 것이 문학의 본질이라고 생각합니다. 제 소설에서 저는 성의 문제를 다른 어떤 주제와도 다르지 않게 접근합니다. 단순하게, 그리고 최대한의 진실을 담아서.

『나는 사고 싶지 않을 권리가 있다』에서는 성이 중요한 걸 드러내는 역할을 합니다. 마요트와 파리의 삶의 방식이 크게 다르다는 걸 적나라하게 보여 주지요. 위고는 어리고, 스쳐 가는 사람, 잠깐 살다 가는 백인입니다. 그런데 마요트식의 삶에 정면으로 부딪히게 되지요. 마요트도 프랑스의 일부분이지만 그곳에서의 삶은 파리나 마르세이유에서와는 완전히 다릅니다. 청소년이라는 것도 거기서는 전혀 다르지요. 아니, 거기에는 청소년기라는 게 없습니다. 시간도 없고 방법도 없어요! 청소년기란 부자나라들에서나 있는 사치라고요! 마요트 여자아이들은 성에 일찍 눈을 뜹니다. 어린 나이에 엄마가 됩니다. 문화적인 차이지요. 회교계 전통이 남아 있기 때문입니다. 그러니 마요트에는 두 개의 세계가 팽팽하게 맞서 있는 격이지요. 위고는 이런 긴장에 대한 상징입니다. 그는 혼란스러워하고 결국은 혼란스러운 그대로 행동하게 됩니다. 스쳐 가는 백인으로요. 자나이바와의 사랑은 이 이야기의 중심에 위치합니다. 왜냐하면 마요트의 현실을 적나라하게 비춰 주는 조명이며 또한 위고가 급속하게 성숙한다는 것에 대한 상징이기도 하니까요. 마요트에 도착했을 때 위고는 한낱 어린아이였지만 마요트를 떠날 때는 거의 남자가 되어 있습니다. 이 섬에서 가속도가 붙은 청소년기를 보낸 거죠. 마요트 이전과 이후, 위고는 절대로 같은 사람일 수가 없을 것입니다.

위고가 도망치는 것과 위고 부모님들의 행동은 이 섬의 프랑스인들의 위치에 대해서 많은 것을 말해 줍니다. 이 또한 정치적인 발언입니다. 저는 조금도 낭만적이지 않은, 잔인하고 혹독한 이런 선택을 일부러 했습니다. 이 부분은 많은 독자들에게 충격을 주었습니다. 특히나 사랑을 하나의 발판으로 생각하는 어린 독자들에게요. 저는 여성 독자들이 작품의 이 부분에 주목한다는 것을 알게 되었는데요, 왜냐하면 이 부분은 마요트뿐만 아니라 다른 곳에서도 그러한 여성의 조건에 대해서 말하고 있기 때문입니다. 그렇지만 저는 위고의 도주가, 사랑에서 비롯된 이런 '불의'가 아주 사실적이라고 생각합니다. 그리고 저는 어린 독자들은 작가들이 진실을 보여 주기를, 삶을 있는 그대로 그려 보여 주기를 원한다는 것을 알고 있습니다. 어쨌든 그게 제가 작품을 쓰면서 하려고 하는 것입니다. 낭만주의라는 게 있습니다. 진실한 사랑이라는 것도 있고요. 그러나 사랑도 현실의 삶에 부딪히게 되어 있습니다.

청소년소설의 성 문제에 대해 말하는 기회를 주셨으니 한마디만 더 하고 마무리하겠습니다. 이 부분은 어른들, 교사들, 학부모들하고만 문제가 있는 것입니다. 청소년 독자들하고는 전혀 문제가 없습니다!

최윤정 : 저는 물론 당신을 완벽하게 이해합니다. 그러나 우리나라 독자들, 특히 어른 독자들이 전부 저와 의견이 같은 것은 아니라서 던져 본 질문입니다. 두 아이의 엄마로서 그리고 책으로 아이들을 잘 키우려는 편집자로서 저는 학부모들과 교사들이 오늘을 살아가는 청소년들을 참 모른다는 생각에 좌절에 빠질 때가 있습니다. 한국 사회의 커다란 문제들이 종종 여기서 파생되는데, 프랑스 학부모들도 그런 사람들이 있다니까 이거, 묘하게 위로가 되네요. 어른이든 아이든 우리들은, 정말 솔직하게, 마음을 다해서 진실을 얘기해 주는 '작가'들의 도움이 필요합니다. 제가 그

래서 당신의 소설을 좋아하는 것 아닙니까! 당신은 아무것도 감추지 않지만 자신이 지금 아이들에게 무슨 말을 하고 있는지 아주 조심하고 있기도 하거든요. 쉽지 않으리라고 짐작합니다. 청소년과 어른의 대화는 핵심을 비껴가기 일쑤니까 말이지요. 적어도 여기, 한국에서는 그렇습니다. 그래서 우리는 어른과 아이들이 서로 믿고 존중하는 법을 배워야 합니다. 그래서 말인데요, 혹시 한국 작품을 읽으신 게 있으시다면 작품 속에 나타난 한국인들의 사고방식에 대해서 어떻게 생각하실지 매우 궁금합니다. 저는 당신의 사회비판적인 시선을 매우 소중하게 생각합니다. 언제나처럼 솔직하고 성실하게 대답해 주시기를 부탁드립니다.

미카엘 올리비에 : 『어느 날 내가 죽었습니다』를 읽었습니다. 이 소설 속에 나타난 한국 청소년들의 삶을 엿보면서 제가 생각한 것을 말씀드릴 수 있을 것 같군요. 솔직히 말씀드리면 저는 한국 문화나 한국 사람들이 어떻게 사는지에 대해서 아는 것이 거의 없습니다. 그런 점에서 여행보다는 (대체로 너무 짧고, 불안정하니까요) 문학이 세상을 향해 열린 기가 막히게 멋진 문이 되어 줍니다. 내면을 향해 열린 문이요. 『어느 날 내가 죽었습니다』를 아주 관심 있게 읽었습니다. 왜냐하면 작가로서의 저의 작업, 청소년을 위해서 아니, 좀 더 정확히 청소년에 관해서 저 자신이 글을 쓸

때와 아주 흡사하다는 것을 느꼈기 때문입니다. 저의 거의 모든 청소년소설에서 서술자는 청소년 혹은 어린이입니다. 이경혜의 이 작품처럼요. 제가 이 작품을 써도 이렇게 썼을 것 같습니다. 특히 대사가 아주 특이한 울림이 있었습니다. 정확했어요. 이 작품이 보여 주는 현대의 이야기를 통해서 저는 우리 사회의 차이, 프랑스 청소년과 한국 청소년의 일상생활의 차이를 감지할 수 있었습니다. 학교생활, 학부모나 교사와의 관계 같은 건 한국에서 훨씬 엄격하더군요. 체벌 얘기도 여러 페이지에 걸쳐서 나오던데 프랑스에서는 체벌은 사라진 지 오래입니다. 그리고 부모들이 걱정하는 거나 부모들을 존경하는 것도 한국이 훨씬 더 그런 것 같습니다. 이혼에 관해서 서술된 부분만 봐도 한국과 프랑스는 많이 다르더군요. 이혼한 엄마의 딸이라는 사실이 주인공 여자아이를 뭔가 따로 노는 아이처럼 보이게 만들고 있던데, 우리나라에서는 정반대입니다! 제 나이가 마흔셋인데요, 제가 어릴 때는 우리 반에 부모가 이혼한 애가 하나밖에 없었습니다. 이 소설에서처럼요. 지금은 청소년인 우리 애들 학교에 가면 반 이상이 이혼 가정의 자녀들입니다. '정상'이 이혼이 되어 버린 거죠. 저도 이혼을 했고요……. 어쨌든 그래도 이 명백한 차이점들과 제가 여기서 일일이 거론하지 않는 다른 차이점들에도 불구하고 제가 이 소설을 놀랍게 생각하는 것은 뭔가 본질적인 것이 우리와 똑같다는 점입니다. 느낌, 감정, 사랑과 우정의 탐색, 청소년기 아이들에게 친구가 얼마나 중요한가, 진실을 추구하려는 성향 같은 것들이요. 사람들은 청소년소설을 쓰면서, 어른인 제가 도대체 어떻게 해서 아이들의 피부 속으로 들어갈 수 있는지 묻습니다. 그러면 저는 이렇게 대답합니다. 그 나이 때 제가 어땠는지 저는 낱낱이 다 기억하고 있다고요. 그리고 지금은 세상이 바뀌었다지만 우리 안 깊숙한 곳에 있는 것은 똑같다고요. 1980년이나 지금이나, 한국에서나, 프랑스에서나, 사랑에 빠진다는 것은 똑같이 내면이 뒤집힌다는 것이라고요. 사회는 진화하지만 인간성의 밑바닥을 이루는 것은 그렇지 않습니다. 바로 그 점이 우리를 세계 시민으로 만드는 것이지요.

프랑스의 문학상 그리고 미카엘 올리비에의 작품세계

최윤정 : 프랑스와 한국의 학교 혹은 교육의 차이에 대해서 말하면 우리가 밤을 새워서 이메일을 주고받아도 모자랄 것이 틀림없습니다. 이왕 한국과 프랑스의 차이에 대해서 말하는 김에 방향을 돌려서 조금만 더 가 보겠습니다. 저는 미카엘 올리비에를 처음 발견하던 날을 생생하게 기억합니다. 몽트뢰이유 도서전이었죠. 티에리 마니에(Thierry Magnier)를 우연히 만났습니다. 아마, "당신이 펴낸 책 중에 괜찮은 청소년소설 몇 권

추천해 주시겠습니까?" 뭐, 그런 평범한 질문을 던졌던 것 같습니다. 그
는 바로 『뚱보 내 인생』(조현실 옮김, 바람의아이들 2004)을 권해 주더군
요. "이거 잘 나갑니다!" 이러면서. 저는 당시, '잘 나간다'는 말에 거의
질려 있었습니다. 티에리 역시 한국 사람들이 '잘 나가는' 책을 찾아 거
기까지 왔다는 걸 알고 있었을 것입니다. 농담 투의 말도 살짝 기분이 나
빴고요. 그런데 이상하게도 저는 『뚱보 내 인생』을 읽고 말았고, 당장 좋
아하게 되었습니다. 지금 생각하면, 17개의 문학상 수상이라는 언급이 없
었다면 과연 제가 그 책을 출판했을까 저도 궁금합니다. 왜냐하면 그때가
막 제 스스로 출판사를 시작했을 때이고, 그전에 '잘 안 나가는' 좋은 책
을 많이 번역한 경험이 있기 때문입니다. 개인적인 추억담이 좀 길어졌네
요. 『어느 날 내가 죽었습니다』가 제가 펴낸 첫 청소년소설이고 『뚱보 내
인생』이 두 번째 작품입니다. 첫 번째 한국 작품에 대한 소감을 두 번째
프랑스 작가에게 듣다니 개인적으로 무척 감회가 깊습니다! 감상은 이쯤
해 두고, 질문에 들어가겠습니다. 문학상들에 대해서 좀 말씀해 주시겠습
니까? 17개의 문학상 수상이라니, 왜 그렇게 상이 많습니까? 큰 상, 작은
상이 있습니까? 혹시 당신이 받은 문학상을 다 알고는 있는지요? 누가 이
상을 줍니까? 상이 작가의 이력에 중요한 요소가 됩니까? 상금은 많은가
요? 아, 그리고 양국의 차이에 관한 질문을 끝내기 전에 한 가지만 더 묻

겠습니다. 한국 독자들은 어린이청소년문학에 있어서 외국 문학에 관한한, 보수적인 성향이 있습니다. 특히 어른 독자들이 그러는 건데요, 외국 작품보다는 한국 작품을 선호합니다. 감수성에 차이가 있다, 외국과 우리가 처한 현실과 문제들은 다르다, 이렇게들 생각을 하는 편이지요. 물론, 당신도 짐작하겠지만 어린 독자들은 그냥 이야기를 원할 뿐입니다. 작가 이름이 뭔지 외국 작품인지 한국 작품인지는 관심이 없습니다. 그냥 재미있나, 없나만을 따지지요. 프랑스에서는 어떤가요?

미카엘 올리비에 : 네, '문학상'은 확실히 프랑스의 병입니다! 상은 점점 더 많아지고 있습니다. 제가 보기에는 두 가지 타입의 상이 있습니다. 전문가들(작가나 기자들)이 심사하는 상이 있고, 독자들이 심사하는 상이 있습니다. 일반 문학에서는 공쿠르 상이나 페미나상처럼 작품의 운명을 바꾸는 아주 중요한 상들이 있습니다. 이 상들을 받으면 갑자기 판매량이 늘어나거든요. 볼 만합니다. 그러니까 '정상'인 책이 며칠 만에 '베스트셀러'가 되는 거죠. 작품이 좋건 나쁘건 상관없이 말입니다! 모든 출판사들이 동경하는 상이고 출판사들은 그 심사위원들 마음에 들려고 안달을 하지요! 어린이청소년 문학상은 좀 다릅니다. 왜냐하면 실제적으로 이 상들이 아이들에게 책 읽기를 권장하고, 책을 읽고 싶은 마음이 들도록 하

자는 취지에서 만들어졌기 때문입니다. 제가 『뚱보 내 인생』으로 받았던 상 중에 가장 잘 알려진 상이 '엥코뤼티블상'(le prix des Incorruptibles) 입니다. 수십만 명이 움직이는 전국적으로 조직화되어 있는 상이지요. '엥코뤼티블' 조직위원회는 나이대별로 십어 권의 책을 선택하고, 자기네 학생을 참여시키고 싶은 전국의 초, 중, 고등학교는 해당 책들을 사서 일 년 내내 읽게 합니다. 때로는 해당 작가를 학교로 오게 해서 작가와 어린 독자와의 만남을 열기도 하고요. 대단한 조직력이지요. 그러나 나머지 대부분의 상들은 소박합니다. 지역적이거나 구에서 자치적으로 행하기도 해요. 교사들이나 구청 혹은 도서관이 주체가 되어서 문학상을 조직하는데 어쨌거나 그 목적은 아이들의 책 읽기를 독려하기 위한 것입니다. 이 모든 상들이 수상작을 결정할 때는 최종적으로 아이들이 자기 의견을 밝히면서 자기가 좋아하는 책에 투표를 합니다. 그 과정에서 아이들은 바짝 책에 대한 관심이 생기지요. 제 눈에는 이런 상들이 중요하게 보입니다. 어떤 때는 몇 학급이 참여할 뿐이지만 이런 상들에는 거짓이 없으니까요. 어린 독자들은 자기들이 생각한 대로 말합니다. 그리고 자기가 좋아했던 책에 투표를 합니다. 단순하고 직선적이지요. 작가에게는 보람된 일이고요. 이중에는 상금이 있는 상도 있고 없는 상도 있습니다. 상금의 액수는 1000유로일 때도 있고 2000유로일 때도 있습니다. 상금이 없고 그냥 포스티 한 장만 붙는 경우도 많습니다. 그냥 '선물' 같은 거죠. 중요한 것은 책이 읽혀졌다는 거고, 그 상이 어린 독자들로 하여금 책 읽는 즐거움을 발견하도록 만들었다는 것입니다. 프랑스도 한국처럼, 어린 독자들에게 중요한 것은 이야기입니다. 작가가 누구인지 어느 나라 책인지가 중요하지 않습니다. 물론 유행이 되어서 매스컴의 주목을 받는 몇몇 인기 시리즈의 경우는 예외고요. 아이들은 누가 뭘 썼는지에 통 관심이 없습니다. 그냥 책을 읽고 좋아하고, 좋으면 친구한테 얘기하고, 그렇게 해서 성공이라는 게 생기는 거지요. 어린이청소년책 '작가' 들은 어린이청소년보다는 그 부모나 교사들에게 더 알려져 있습니다! 어린이청소년 작가들 중에는 스타가 없습니다. 책이 스타가 되는 겁니다. 이렇게 되는 게 아주 좋습니다! 프랑스에서는 외국 문학이 아주 잘 나갑니다, 대중적인 인기가 있습니다. 독자들은 외국 작가들에게 호기심이 있습니다. 어린이청소년문학에서는, 대대적이고 상업적인 전략에 의해서 영국 책들이 서점가를 점령하고 있다는 사실을 인정할 수밖에 없네요. 몇 년 전부터 영미 계열의 마법사와 흡혈귀들이 프랑스 어린이청소년들에게 굉장히 유행입니다!

최윤정 : 우리 나라와는 완전히 다른 문학상 이야기, 매우 흥미롭습니다! 상의 의미에 대한 본질적인 차이라고 봐야겠군요. 엥코륍티블 상은 한국

에도 상당히 알려져 있습니다. 한국 작가 김진경이 『고양이 학교』(문학동네어린이 2001)라는 작품으로 이 상을 수상했거든요. 혹시 들어 보셨는지요? 근데, 이 상은 이름이 왜 이렇게 이상한가요? (Incorruptible 은 '부패할 수 없는' 이라는 뜻) 개인적으로 제게는 전혀 예쁜 이름이라고 느껴지지 않는데 프랑스인들에게는 괜찮은 이름으로 들리나요? 당신은 어떻게 생각하시는지요?

미카엘 올리비에 : 이 상의 이름은 아름답지 않습니다. 의미가 중요하지요. 직업적인 심사위원들이 주는 전통적인 문학상과의 차이가 바로 이 이름에 나타나 있습니다. 아이들은 부패가 불가능합니다. 우리는 아이들의 선택을 좌지우지할 수 없습니다. 아이들을 부패하게 만들 수 없습니다. 아이들은 자기가 생각한 대로 말하고, 좋은지 싫은지 말합니다. 엥코뤕티블이라는 이름은, 이 상을 조직한 사람의 의지를 나타내고 있습니다. 엥코뤕티블은 아이들과 책 사이에 연결 고리를 만들어 나가는 상입니다. 그렇네요, 그러고보니 이상한 이름인데 저는 익숙해져서 못 느꼈네요! 『고양이 학교』는 읽지는 않았지만 들어본 적은 있습니다.

최윤정 : 그럴 줄 알았습니다! 그러니까 굉장히 강한 이름이네요. 아이들

도 그걸 알고 있을 거고요. 정확하게 얘기해 주셔서 감사합니다. 문학상 뿐만 아니라 인간의 삶이나 사회에서 부패가 근본적으로 문제를 일으키는 요인이지요. 아이들은 원하든 원하지 않든 어른으로 자라나게 되어 있습니다. 인격적인 성장, 정신적인 성숙을 위해서 윤리와 도덕이 중요하지 않을 수 없습니다. 그러나 윤리와 미학은 사이좋게 어우러지기가 쉽지 않습니다. 어린이청소년소설을 쓰는 작가들의 진정한 고민이 여기에 있지요. 『뚱보 내 인생』처럼 심리주의 경향의 소설이나, 『이덴』(박희원 옮김, 바람의아이들 2010)처럼 미래 소설, 『나는 내가 누구인지 말할 수 있었다』처럼 추리소설, 그리고 『나는 사고 싶지 않을 권리가 있다』처럼 사회적인 성장소설(글쎄, 이렇게 불러도 될까요?)에 이르기까지 독자들은 당신을 발견하고 재발견하는 즐거움을 누리고 있습니다! 당신은 어떤 장르의 작품 속에서도 어린 독자들이 도덕적 중심을 잃게 만들지 않으면서 비판적인 시선을 유지하고 있더군요. 가슴과 머리 사이에서 균형을 잡는 게 쉬운 일이 아닐 텐데 언제나 성공하고 있습니다. 어떻게 하시나요? 이렇게 서로 다른 소설들을 써내신 작업 과정에 대한 이야기를 좀 듣고 싶습니다.

미카엘 올리비에 : 제게는 다양성이 중요합니다. 저는 좋은 장르, 나쁜

장르가 있다고 생각하지 않습니다. 다만 좋은 책과 나쁜 책이 있을 뿐이지요. 그러나 장르가 달라도 제가 쓴 모든 책을 관통하고 있는 것은 인간의 내면을 깊숙이 들여다본다는 점입니다. 이야기가 서스펜스에 의해서 이어지는 『이덴』이나 『나는 내가 누구인지 말할 수 있었다』같은 작품까지도 제게는 그렇습니다. 어떤 종류의 이야기를 시작하든 저한테 중요한 것은 인물입니다. 그들이 어떻게 느끼는지, 그들이 느끼는 것을 독자들에게 전달해 내는 것이 가장 중요합니다. 지난번에 진실을 담아내려 애쓴다는 말씀을 드렸었지요. 제가 보기에는 문학 작품에서는, 게다가 어린 독자들을 위해서 쓰는 작품에서는 진실을 드러내는 것이 가장 중요한 것 같습니다. 진실과 비판은 종종 짝을 이룹니다. '비판적인 시선'도 그렇고요. 진실을 말한다는 것은 또한 무엇이 잘못되었는지를 말하는 것이며, 얼굴을 가리지 않고 성실하고 솔직하게 바라본다는 것입니다. 위에서 언급하신 네 권의 소설은, 그렇군요, 타인에 대한 시선, 편협함, 부모의 역할, 어른들의 타협, 과소비와 광고 등등에 대해 상당히 비판적이네요. 네, 당신 말이 맞습니다. 저는 젊은 독자들의 도덕적 중심을 잃게 만들지 않습니다. 제 소설에는 도덕이 없으니까요. 저는 뭐가 좋고 뭐가 나쁜지 말하려는 생각이 없습니다. 최선을 다해서 사물과 사태를 객관적으로 묘사하려고 할 뿐입니다. 아무것도 실제 삶에서처럼 선명한 흑백이 아닙니다. 그리고 저 자신도 도덕적 중심을 잃고 있지 않습니다! 저는 세상을 있는 그대로 보려고 노력합니다. 어쨌든, 제가 이해하는 한에서는, 좋은 거나 좀 덜 좋은 것도 그대로 보려고 애씁니다. 다만, 저는 인간에 대한 다치지 않은 믿음을 가지고 있습니다. 인간성을 실험대에 올려놓았던 적은 한 번도 없었으니까요. 그렇다고 인간에 대해서 과대평가를 하는 것은 아닙니다. 저는 인간의 실패, 약점, 비열함에 이르기까지 인간성을 이루는 모든 것들을 사랑합니다. 저는 타인에 대해서 관대한 것 같습니다. 그러니까 저 자신에 대해서도요! 인류에 대한 야심은 있지만 인간에 대해서는 너그러운 것입니다. 어떤 소설을 시작할 때든 저는 인간적인 측면에서 접근합니다. 인물들, 대개는 주인공의 시선에서 시작합니다. 저는 인간의 몸을 떠난 시선(전지적 작가시점)의 화법은 절대 쓰지 않습니다. 그 반대로 저는 한 사람의 몸 속으로 들어갑니다. 그 사람의 인간성, 그 사람의 장점과 단점과 모순 들을 옷처럼 걸쳐 입습니다. 그리고 그 사람의 목소리 뒤에서 저 자신을 지워 버립니다. 그렇게 하기 위해서는 그 인물을 사랑해야 합니다. 그러므로 어떤 의미에서는 그가 자기를 둘러싼 세상을 받아들이는 방식을 사랑해야 합니다. 그런다고 비판적인 시선이 방해 받는 것은 아닙니다. 소설을 한 권 시작할 때마다 제가 저 스스로에게 던지는 질문은 "뭐에 대해서 말하지?"도 아니고 "누구에 대해서 말할까?"도 아닙니다. 다만

"누구를 통해서 말을 할까?"입니다.

최윤정 : 잘 들었습니다. 당신의 설명에 당신의 작품이 그대로 오버랩됩니다. 대단하십니다, 그 정확성과 성실성이요. 한국인으로서 한국 작품의 문제점들, 청소년소설에 대한 의문은 제 머리를 떠나지 않습니다. 그래서 결국 우문현답이 된 것 같습니다. 마지막으로 한국 독자들의 호기심에 대한 책임감으로 몇 가지 질문을 드려 보겠습니다. 그 다양한 작품의 소재들을 어떻게 구하시는지요? 순전한 상상일지, 취재를 하시는지 궁금합니다. 일반 소설, 시나리오, 어린이청소년소설 등등 매우 다작이신데, 항상 글을 쓰시는지, 하루에 몇 시간이나 집필 활동에 사용하실 수 있는지요? 어른을 위한 소설과 어린이청소년을 위한 소설을 쓰시는 게 다를 텐데, 개인적으로 어떻게 다르다고 생각하십니까? 작가로서의 이력과 자연인 미카엘 올리비에, 그리고 어린 시절까지 두루 궁금합니다만, 질문을 하고 보니 너무 방대하군요! 또 한 번, 우문현답을 기대하겠습니다.

미카엘 올리비에 : 내 소설의 소재는 일상과 타인과 나 자신에 대한 관찰에서 옵니다. 『뚱보 내 인생』처럼 추억에서 올 때도 많고, 『나는 사고 싶지

않을 권리가 있다」처럼 여행에서 올 때도 있습니다. 한 마디로 생활에서 오는 거지요. 의식을 하든 안 하든 작가란 끊임없이 뭔가 지키고 있다가 스쳐 지나가는 것을 낚아채는 사람입니다. 어떤 시선, 표현, 순간적인 불빛, 그때그때의 기분 같은 것들이요……. 작가에게는 모든 것, 좋은 것뿐만 아니라 나쁜 것도 다 작품의 재료가 될 수 있다는 생각을 하는 게 커다란 위로가 됩니다. 저는 상상력이 별로 없는 것 같습니다. 아마도 제가 혼자 쓴 것도 아닌 『이덴』을 제외하고는 제 작품들은 사실적이고 아주 '평범' 합니다. 제가 뻔뻔하게 실제 생활에서 훔쳐온 이야기들이지요. 저는 제가 세상에 대해서 이해하는, 얼마 안 되는 것들이 날아가 버리기 전에 움켜쥐려고, 붙들어 놓으려고 노력하고 있다는 것이 맞는 표현인 것 같습니다. 잊기 전에, 또한 모든 것이 너무 빨리 사라져 버리기 전에요. 저는 사소한 일상에서부터 거창한 형이상학에 이르기까지 고민이 아주 많은 사람입니다. 그래서 글을 쓰는 일, 그러니까 베끼고, 등록하는 작업이 마음을 가라앉혀 줍니다. 저는, 작가는 번역가 같은 거라는 생각을 하곤 합니다. 우리 모두에게 이방의 언어로 여겨지는 인간이라는 존재의 번역가요.

저는 조사는 잘 안 합니다. 제 자신의 감각과 기억에서 모든 걸 끌어냅니다. 저는 글을 쓰고 있을 때가 좋습니다. 저는 제 인물들의 껍데기를 쓰고 사는 것을 즐깁니다. 그러나 일이 쌓이는 것은 싫어합니다. 제게는 각종 조사나 준비가 글이 '만들어지는 것'이라는 걸 강조하는 듯이 인위적으로 느껴집니다. 어떤 장면을 그려 내고 있을 때 저는 제가 작가라는 사실을 잊어버립니다. 그냥 제가 그 장면에 있습니다. 저는 글을 많이 씁니다. 공백이 겁이 나서요. 이것도 고민이지요. 소설은 물론이고 시나리오도 쓰거든요. 저는 아침에 아주 일찍 일어납니다. 그래서 남들의 하루가 시작되기도 전에 벌써 한 챕터를 쓰는 경우도 많습니다. 이상적인 경우는 점심 때까지 글을 쓰고 오후에는 쓴 것을 다시 읽어 보고, 그다음에 대해서 생각해 보면서 그다음 날까지는 다른 일을 합니다. 불행히도 제게는 한꺼번에 해야 할 일이 아주 많거든요. 특히 영화 시나리오를 쓸 때는 하루가 엄청나게 길어집니다. 어렸을 때는 책 읽는 거 싫어했습니다. 책을 피해 다녔습니다. 책이랑 학교랑 같은 건 줄 알았거든요. 우리 집에는 책이 많았습니다. 부모님이 꽃집을 하셨는데 책을 좋아하셨어요. 전혀 예술가는 아니셨지만 예술을 전반적으로 좋아하셨지요. 우리 형은 책을 엄청 읽었는데 저는 전혀 안 읽어서 그 콤플렉스가 말도 못했습니다. 그래서 점점 더 문학이 싫었었죠. 저는 그냥 학교가 싫듯이 문학이 싫은 거라고 생각했었습니다. 저를 글쓰기, 이야기로 인도한 것은 영화였습니다. 열다섯 살에 저는 영화광이 되었습니다. 제 고향 베르사이유에서 알프레드 히

치콕(Alfred Hitchcock) 특별전이 있었습니다. (학교 빼먹고 몰래 가서 봤어요.) 정말 충격이었습니다. 그 당시 저는 '떠도는' 청소년이었습니다. 어떻게 살아야 하는지, 학교는 어째야 하는지 아무 생각도 없고 여자애들만 좋았는데 여자애들은 저한테 전혀 관심이 없었거든요. 그런데 갑자기 인생이라는 게 통째로 스크린 위에 있더라고요. 실제보다 더 아름다웠습니다. 그때부터 저는 옛날 영화고, 새로 나온 영화고 할 것 없이 영화란 영화는 다 보러 다녔습니다. 영화 감독들 목록을 만들고 감독 한 사람 한 사람 특유의 표현, 그 사람의 생각, 목소리 같은 것에 관심을 가지기 시작했습니다. 제가 영화관처럼 편안하게 느낄 수 있는 곳은 세상 어디에도 없었습니다. 영화관은 제 방처럼 편안하면서도 세상으로 나갈 수 있는 문을 열어 주는 곳이었습니다. 책도 영화처럼 그렇다는 걸 저는 아주 늦게 이해했습니다. 그때 저는 음악 공부를 하고 있었습니다. 그래서 바칼로레아 통과 후에 감독이 되려고 등록한 영화 학교 수업료를 내기 위해서 피아노 레슨을 할 수 있는 수준이었습니다. 고등학교를 졸업하고 나서야 저는 문학을 공부나 숙제와 섞어서 생각하지 않을 수 있게 되었습니다. 아무도 저더러 책을 읽으라고 강요하지 않자, 제가 문학을 하게 된 겁니다. 독서의 즐거움을 발견하고 소설이 영화만큼이나 제게 가져다주는 게 많다는 걸 알게 되었습니다. 방송국에서 몇 년 일을 한 후에 입대했는데, 완전 충격이었고 너무 힘들었습니다. 그 경험으로 저의 첫 소설을 썼습니다. 스물다섯 살에 제대하면서 발표했죠. 그때 결심했습니다. 꿈을 실현하기로 했습니다. 다시는 다른 일을 하지 않고, 히치콕 영화가 열다섯 살의 제 삶 속으로 들어왔던 것처럼 다른 사람의 삶 속으로 들어갈 수 있는 이야기를 하겠다고요. 시나리오를 썼습니다. 피에르 로티(Pierre Loti)의 소설도 각색하고 제 첫 소설도 시나리오로 만들어 보았습니다. 제작자가 하나도 안 나서더군요. 제 소설을 책으로 내주겠다는 출판사도 없었습니다. (결국 10년 후에 출판이 되었지만요.) 그렇지만 저는 고집스럽게 재정난을 버텨냈고, 그렇게 몇 년을 지낸 후에야 텔레비전 방송국에서 처음으로 원고료를 받을 수 있었습니다. 아이들을 위한 개그 원고를 썼었지요. 그 일 덕분에 그때 막 어린이문학 전문 출판사를 창업한 티에리 마니에를 만났습니다. 그를 만나기 전에는 청소년소설 같은 걸 쓴다는 생각을 해 본 적은 없었지만 한번 써 봤습니다. 『아빠가 집에 있어요』(최연순 옮김, 밝은미래 2009)라는 원고를 썼더니 티에리가 좋다고 해서 출판을 했는데, 책도 성공했지만 무엇보다도 쓰는 게 아주 재미있었습니다. 제가 열한 살짜리 아이의 껍데기를 쓰고 살아 본 건데 거기, 제가 청산할 빚이 있더라고요! 그다음 해에 『뚱보 내 인생』을 발표했는데 프랑스에서 베스트셀러가 되고 여러 나라에서 번역 출간되었습니다. 그렇게 해서 저는 동화 청소년소설 작가가 되었고, 이어서 소설가가 되었습니다. 저는 기꺼이 이 경계를 넘나들며 작업을 합니다. 저 자신을 위해서도 두 가지가 똑같이 중요하다고 생각됩니다. 유일한 차이는 제가 서술에 접근하는 방식인데요, 어린 독자들을 위한 책에서는 거의 항상 저는 어린이나 청소년을 서술자로 선택하고 그의 목소리에 저를 길들이고, 제 자신을 지워 나갑니다. 그렇게 하면, 결국 청소년을 위한 소설이라기보다 청소년에 대한 소설이 됩니다. 세상과 인생에 관한 젊은(어린) 시선을 지니는 소설이 되는 거지요. 저는 지금 마흔넷입니다(오늘부터요!). 그동안 책을 많이 냈습니다. 어린이, 청소년 그리고 어른들을 위해서 썼고, 영화 시나리오도 계속해서 쓰고 있습니다. 하지만 매번, 불평을 터뜨리고 싶고, 매번 의심의 순간들을 건너야 하고, 열다섯 번째 수정 작업을 요구하는 영화 감독이 있기에 저는 다음과 같은 사실을 잊지 말자고 스스로 다짐하곤 합니다. 나는 세상에서 가장 운이 좋은 사람 중의 하나다. 왜냐하면 매일 아침 내가 좋아하는 일을 하기 위해서 침대에서 일어나니까.

최윤정 : 이건 진담인데요, 혹시 당신이 내 생각을 받아쓰기한 게 아닐까 하는 의심이 순간적으로 듭니다. 우리 두 사람의 유일한 차이가 있다면, 당신은 작가고 나는 아니라는 엄연한 사실! 지면이 부족해서 다행이군요.

아니라면 지금부터 제가, 작가가 되지 못한 번역가의 불만을 자세하게 늘어놓을 위험이 있으니까요. 인터뷰 내내 보여 주신 열의에 대해 우정 어린 감사를 드립니다.

미카엘 올리비에 : 이 작업, 즐거웠습니다. 진짜예요. 감사합니다.

이 대담은 2012년 2월 13일부터 3월 23일까지 이메일을 통하여 이루어졌다. 번역 및 원고 정리는 최윤정이 맡았으며 『창비어린이』 2012년 여름호에 실렸다.

"

자료들을 모아서 정리하다 보니 미카엘 올리비에에 관한 자료가 다른 것들보다 현저하게 많다. 원고의 양이 많은 것이 이 작가를 가장 비중 있게 다루는 셈이 되는 게 아닐까 마음이 쓰인다. 그러고 보니 맨 처음 몽트뢰이유 도서전에 갔을 때, 프랑스 작가들과 편집자들에게 너네 나라에서 제일 유명한 혹은 공신력 있는 어린이문학상이 무엇이냐고 묻고 다니던 생각이 난다. 케이트 그린어웨이상(Kate Greenaway Medal), 칼데콧상 (Caldecott Medal), 카네기상(Andrew Carnegie Medal) 수상작들을 한국 출판사들이 앞다투어 펴내고 있던 실정이라 프랑스에도 그런 상이 있을 거라는 생각이었다. 이상하게도 대부분의 그들은 어깨를 으쓱했다. 나

중에 안 일어지만 그들에게도 몽트레이유(Montreuil), 탐탐(Prix Tam-
tams du Livre de Jeunesse), 소르시에르(Prix des sorcières), 엥코륍
티블을 비롯한 수십 개의 상이 있었지만 그 상들에 대한 태도는 우리와는
많이 달랐다. 너네 나라의 대표적인 작가를 소개해 달라는 주문에 대해서
도 마찬가지였다. 이 질문에 대해서 가장 시원하게 속내를 밝혀 준 사람
은 역시 수지 모건스턴이었다. 그녀의 대답에 의하면, 어린이문학에는 일
반 문학과 달리 스타가 없다. 많은 작가들이 열심히 쓰고 있지만 일반 문
학에서처럼 유명해지는 일이 좀처럼 일어나지 않는다. 약간 자조적으로
그렇게 말하면서 그녀는 "그래도 우리는 불평하지 않는다"고 웃으면서
말했다. "우리가 쓴 책들은 오래 살아남고, 우리는 우리의 독자들인 어린
이들과 만나기 위해서 항상 초대되고 있다. 그래서 행복하다"면서. 자세
히 들여다보니 과연 그랬다. 90년대 처음 프랑스 어린이문학을 한국에 소
개할 때와는 달리 나도 이제는 많은 작가들의 많은 책을 읽거나 출판하는
일보다는 몇몇 작가들과 깊이 있는 교류를 통해서 서로에게 영향을 미치
는 일 쪽에 관심과 정성을 기울이게 되었다. 수지 모건스턴 행사를 경험
하면서 쌓인 생각들을 바탕으로 진행한 미카엘 올리비에 방한 행사는 더
욱 실속있었고, 그런 만큼 기록으로 남은 자료가 많다. 다음의 자료는 각
각 프랑스 문화원과 서울 국제도서전에서 동시통역으로 진행되었던 작가

와의 좌담회 내용을 현장 기록하여 주요 내용 위주로 편집한 것이다. 분량 문제로 사회자의 말과 청중과의 질의응답은 생략했고 패널들과 작가의 대담만을 실었다.

미카엘 올리버에는 도착하는 날로 바로 안양의 수리고등학교 학생들과 뜨거운 만남을 가졌으며 이 두 번의 좌담회 외에도 주말에 『학교 도서관 저널』 교사들과 가졌던 인터뷰에서도 시종일관 진지하고 성실한 태도를 보여서 사람들의 존경심을 샀는데 그의 입장에서 보면 우리 패널들과 인터뷰어들도 마찬가지였던 모양이다. 정말 놀랍고도 감사하다고 내게 말해주고 떠났다. 8명이나 되는 패널들을 들들 볶았던 보람이 있었다. 패널들과 작가의 대화를 지켜보면서, 전혀 작가를 모르는 상태에서 작품을 분석적으로 독서하는 과정을 통해 작가가 말하고자 하는 것, 즉 글쓰기의 핵심에 닿을 수 있다는 것, 그래서 결국은 서로 이해하고 공감할 수 있다는 것이 어떻게 보면 당연한데도 생생한 현장의 감동으로 다가왔다.

"

프랑스 작가에게 듣는다

모든 인간에 대한 어느 정도의 관대함
_미카엘 올리비에와 한국 청소년 전문가 좌담회

김지은(아동문학평론가) : 미카엘 올리비에의 작품은 모두 1인칭 시점을 쓰고 있는데, 이것은 독자의 내적 고백을 자극합니다. 청소년기는 고백의 의미를 알기 시작하는 시기일 텐데, 미카엘 올리비에는 청소년에게 고백하기를 격려하는 작가죠. 생각한 대로 자유롭게 말을 해 보라고 말입니다. 한편 미카엘 올리비에의 작품은 정직한 시선으로 이루어져 있습니다. 어떤 인물이든 자기 내면의 위선을 가감 없이 드러냅니다. 어른들의 부분적, 혹은 전체적인 거짓말이 항상 아이들의 눈에는 사실대로 보여지는데, 미카엘 올리비에의 책에서는 같은 방식으로 사람들 안의 위선을 드러냅니다. 또한 미카엘 올리비에는 독자가 스스로에게 던지는 질문이 세상을

프랑스 작가에게 듣는다

변화시킨다고 믿는 것 같습니다. 그리고 자신을 정직하게 대면하고, 까다로운 질문으로 자신다운 것과 자신답지 않은 것, 혹은 진실과 진실이 아닌 것에 대해 끈질기게 고민하는 일의 중요성을 역설하는 것 같습니다. 저의 질문은 다음과 같습니다. 1인칭 시점을 선호하는 이유가 있다면 무엇일지, 등장인물들에게 높은 강도의 정직함을 요구하시는데 지금 우리 사회에서 벌어지는 문제들과 정직함 사이의 관계에 대해서 어떻게 생각하시는지 궁금합니다. 또한 청소년기는 자신을 지나치게 과장하거나 지나치게 위축되는 등 극단적인 시기입니다. 이때 자신을 똑바로 바라보기 위해 어떻게 해야 할지 조언을 해 주실 수 있는지요. 마지막으로 프랑스 청소년의 가장 큰 고민은 무엇인지도 궁금합니다.

미카엘 올리비에 : 저는 청소년소설을 쓸 때는 1인칭 시점을 고집합니다. 청소년에 대한 소설이 아니라, 청소년의 삶을 쓰고 싶었기 때문입니다. 사회에 만연한 실업 문제, 직업을 구하기 힘든 현실 혹은 실업자가 있는 가정의 문제 같은 것들을 청소년들의 입장에서 그들에게 전달하고 싶었습니다. 1인칭 시점을 고집하는 것이 작가 중심적이라는 측면에서 이기적일 수도 있지만 저는 이것이 가장 진실을 가깝게 다루는 방법이라고 생각합니다. 또 제가 글을 쓰는 것이 저의 어린 시절을 회상해서 묘사하는 과

정과 밀접하기 때문일 것도 같습니다. 글쓰기는 개인적으로 저 자신에게도 중요한 작업입니다. 글을 쓰는 것은 참 흥미롭습니다. 내가 어떻게 이런 사람이 되었는지, 저를 재정의하게 되기 때문입니다.

저는 멋진 책을 쓰기보다 정직하게 감동을 주는 글을 쓰고 싶습니다. 그래서 저는 글을 쓰는 과정에서 등장인물들의 모든 감정과 심리를 같이 느끼려고 최대한 몰입합니다. 주인공에게서 위선적인 모습을 볼 수 있다고 하셨는데, 네, 맞습니다. 저는 약점이 있다는 것이 인간적인 것이라고 생각합니다. 그것이 현실적인 모습이기도 하고 또한 그래서 매력적이라고도 생각합니다. 그리고 이런 모습이 잘 드러날 때 감동을 준다고 믿습니다. 씨오랑(Cioran)이라는 작가는 우리가 말할 수 없는 것들에 대해 책을 써야 한다고 말했습니다. 저는 이 말이 꼭 맞는 말이라고 생각합니다. 모두가 껄끄러워하는 것이더라도 그것이 우리의 내면세계에 관한 것이라면 그것에 대해 이야기하는 것이 문학의 역할이라고 생각합니다.

청소년들에게 조언을 부탁하셨는데, 저는 제가 조언하고 가르칠 수 있는 입장은 아니라고 생각합니다. 저는 더 많이 공유하기 위해서 글을 씁니다. 하지만 제가 전달하고 싶은 메시지가 있다면 삶을 믿고 너무 겁내지 말라는 것입니다. 저는 한국에 와서 학생들과 이야기한 후 그들이 특히 입시에 대해 많은 부담을 가지고 있다는 걸 알게 되었습니다. 학생들

의 이야기에서 공통적으로 절실한 걱정과 고민, 때로는 고통 같은 것들을 느꼈습니다. 인생은 우리가 어릴 때 보는 것처럼 단순하지 않고, 청소년기에 접어들면 더욱더 혼란스럽게 보이기 시작합니다. 각자의 환경은 매우 다르지만 인생을 믿는 것은 굉장히 중요하다고 생각합니다. 인생에는 굉장히 많은 길과 기회가 있는데, 청소년들이 고민하느라 움츠러들기보다는 이를 충분히 맛보고 풍요롭게 살기를 바랍니다.

신영선(수리고 교사) : 저는 작가님께 『뚱보 내 인생』에 대해 세 가지 질문을 드리려고 합니다. 저는 작품의 마지막 부분, 즉 뱅자멩이 접시를 밀어내면서 미소를 짓는 데서 뱅자멩이 클레르와의 사랑을 통해 자존감을 회복하고 자신의 몸을 긍정적으로 바라보게 되는 것으로 끝을 맺는다고 이해했습니다. 사실 뚱뚱한 뱅자멩과 인기 있는 클레르의 사랑은 비현실적인 조합입니다. 그런데도 클레르가 뱅자멩에게 마음을 열게 된 것은 뱅자멩 마음의 본질을 헤아린 것이라고 생각합니다. 상대방 마음의 본질을 본다는 것은 쉬운 일이 아닙니다. 『뚱보 내 인생』이 작가님의 자전적인 이야기라고 알고 있습니다. 혹시 작가님도 학교를 다니면서 놀림을 받으신 경험이 있는지, 우리 아이들이 자라면서 나와 다른 모습을 가진 사람들을 어떻게 바라보아야 할지에 대해 도움말을 부탁드리고 싶습니다. 한국은

이혼율이 꽤 높은 나라이고, 한국의 청소년들에게 부모의 이혼은 자신의 모든 것을 놓아 버릴 정도로 큰 문제가 되기도 합니다. 프랑스에서는 청소년들이 부모의 이혼을 어떻게 바라보는지 궁금합니다. 또한 부모의 이혼으로 자신의 인생이 송두리째 흔들릴 정도로 절망을 겪는 청소년들에게 어떤 이야기를 해 주고 싶으신지 여쭤 보고 싶습니다.

미카엘 올리비에 :『뚱보 내 인생』이 자전적 소설이라고 하셨는데, 맞습니다. 벵자맹을 통해 제 어린 시절의 이야기를 하려던 것은 아니지만, 글을 쓰다 보니 제가 벵자맹과 정말 비슷하다고 느끼게 되었습니다. 아무래도 뚱뚱한 청소년기를 보냈던 경험이 있기 때문에 그런 것 같습니다. 저는 정말 바뀌어야 할 사람들은 뚱뚱한 사람이 아니라 뚱뚱하지 않으면서 뚱뚱한 사람들을 놀리는 아이들이라고 생각합니다. 남을 자신의 입장에서만 바라보고 판단하는 것은 옳지 않기 때문입니다. 또한 몸무게를 줄이는 것보다는 남을 바라보는 시선을 고치는 것이 더욱 빠르다고 생각합니다. 살을 빼는 것이 그만큼 쉽지 않다는 말입니다.(웃음) 개인적인 경험에서 말씀드리자면, 살이 찌는 것은 심리적으로 편안하지 않은 상태이기 때문이라고 생각합니다. 무언가 충족되지 않기 때문에 비만으로 연결되는 경우가 많습니다. 제가 보기에 서울은 파리에 비해 비만인 사람들이 매우

적은 것 같습니다. 대체적으로 유럽의 도시들에 비해 아시아가 그런 것 같은데, 저는 이것이 심리적 결핍을 받아들이는 방식의 차이에서 기인한 다고 생각합니다.

벵자멩이 학교에서 제일 예쁜 클레르와 사랑하게 되는 이 책의 결말이 다소 비현실적인 측면이 있다는 점은 저도 알고 있습니다. 클레르처럼 예쁜 여학생들은 저에게 키스한 적이 없기 때문입니다.(웃음) 제가 겪지 못한 것을 벵자멩을 통해 실현했다고 하는 것이 맞는 말일 수 있습니다. 하지만 이 책에서 제가 정말 중요하다고 생각하는 점은 벵자멩이 끝까지 살을 빼지 못한다는 것입니다. 벵자멩은 뚱뚱하지만 그것만 빼고는 매우 잘 살고 있는 청소년입니다. 벵자멩은 먹는 것, 요리하는 것을 좋아하고 요리사가 되길 원합니다. 하지만 클레르를 좋아하게 되면서는 자신의 뚱뚱한 몸(때문에 놀림을 받는 것)이 클레르와 만나는 데 장애물이라는 것을 인식하게 되고 매우 괴로워합니다. 그래서 살을 빼려고 노력합니다. 저는 다이어트를 하는 사람의 심리 상태와, 그 노력과 고통의 과정을 매우 정확하게 묘사하고 싶었습니다. 그리고 클레르가 결국 벵자멩을 있는 그대로 받아들이게 되는 점을 강조하고 싶었습니다. 프랑스에서 이 책에 대해 이야기할 때 한 소녀가, 그 반에서 제일 예뻤고 정말 누가 봐도 예쁘다고 할 만한 소녀가 자신의 외모에 대해 고민이라고 말하는 것을 들은 적이

프랑스 작가에게 듣는다

있습니다. 그녀가 클레르가 아니라 벵자멩에 공감했다고 말하는 것을 보고 저는 미모의 절대적인 등급이라고 해야 할까요, 그런 외적인 것보다 내면의 자신감, 자존감이 중요하다고 느꼈습니다. 동시에 다른 사람을 관대하게 바라보는 것, 그리고 자기의 신체가 설령 예쁘지 않더라도 자기를 있는 그대로 사랑하는 것이 중요하다고 독자에게 전달하고 싶었습니다. 그런 면에서 제목 'la vie en gros'도 이중적인 의미를 담고 있다고 할 수 있을 것 같습니다. 뚱뚱한 사람의 인생이라고 읽을 수도 있지만, 일반적인 삶 (la vie en générale)이라고 볼 수도 있기 때문입니다. 저는 삶을 바라보는 태도에 대한 메시지를 담고 싶었습니다.

이혼은 프랑스에서도 마찬가지로 큰 문제입니다. 이혼은 이제 사회적으로 일반적인 현상이 되었지만 아이들에게는 받아들이기 어려울 정도의 큰 쇼크로 다가오는 것이 사실입니다. 하지만 이혼은 이제서야 막 사회의 큰 문제로 부각된 상태라서, 이 현상의 결과와 여파는 이 시대의 아이들이 커서 가정을 형성할 때 더 잘 알 수 있을 것이라고 생각합니다. 지금 부모의 이혼을 겪고 있는 과반수의 아이들은 우리 세대와는 다르게 새엄마, 새아빠, 새동생같이 새로운 가족 구성원들을 경험하고 있으니 앞으로의 가족 형태, 가족관, 결혼, 그리고 이혼에 대한 인식 같은 것이 지금과는 확실히 다르지 않을까 생각합니다.

백화현(봉은중 교사) : 저는 작가들이 항상 시대를 앞질러 간다고 생각합니다. 『이덴』을 읽고 재미있으면서 동시에 섬뜩한 느낌이 들었습니다. 우리나라는 게임 중독이라는 현상이 팽배한 상태인데요, 아이들은 가상 세계에 중독이 되고 그 세계에서 혼자 살아갑니다. 돈을 버는 데 혈안이 된 기업인들과 가치에 대한 고민이 없이 무서운 속도로 신기술을 개발하는 과학자들, 바쁜 부모와 방치된 아이들, 이 모든 상황이 결합된다면 『이덴』이 그리고 있는 세상이 머지않아 올 수 있다고 생각했습니다. 그래서 작가님께서는 『이덴』의 상황이 정말 현실이 될 수 있다고 생각하시는지, 그리고 만약 그렇다면 이것을 해결할 수 있는 방법이 있을지 여쭤 보고 싶습니다. 두 번째로는 이 작품에서는 공동 작업을 하셨는데, 그 과정에서 어려움은 없었는지, 또 좋은 점은 무엇이었는지 궁금합니다. 제가 우리나라의 청소년 소설을 읽으며 아쉽다고 생각하는 것은 항상 시선이 주변에 머물러 있다는 점입니다. 반면 미카엘 올리비에 선생님의 경우는 청소년을 중심으로 사건을 전개하지만 늘 그 주제가 삶의 문제를 다루고 있습니다. 그리고 항상 본질적인 부분을 뚫고 나가기 때문에 재미있게 읽은 후에 생각을 하게 합니다. 이 고민을 하게 하는 힘이 과연 어디에서 나오는 것인지, 한국의 청소년문학이 재미를 넘어서 깊이까지 가지려면 어떤

프랑스 작가에게 듣는다

노력이 필요할지에 대해 들어 보고 싶습니다. 마지막으로 저는 선생님의 작품을 읽으며 어딘가 할리우드 영화 같다는 느낌을 받았습니다. 그 이유는 마지막이 다 해피엔딩으로 마무리가 되기 때문인 것 같습니다. 사실 현실은 그렇지 않은 경우가 많은데 말입니다. 항상 해피엔딩으로 끝맺는 이유가 있으신지, 혹시 청소년소설이어서 그런 것인지 질문 드립니다.

미카엘 올리비에 : 제가 쓴 청소년소설이 모두 해피엔딩으로 끝나지는 않습니다. 읽으신 작품들은 그렇게 보일 수 있지만, 저는 반쪽짜리 해피 엔딩이라고 생각합니다. 자세히 보면 작품 내의 모든 문제가 해결되지는 않습니다. 저는 삶에 있는 행복한 순간, 불행한 순간 모두를 책 속에서 잘 섞으려고 노력했습니다. 『이덴』의 공동 집필을 시작하면서 우리는 마약과 가상현실 같은 상황들을 현실적으로 표현하면서도 너무 비관적이거나 무섭게 묘사하지는 말자고 생각했습니다. 다큐멘터리를 만드는 것이 아니기 때문에 심각한 문제들이라고 꼭 무겁고 어두울 필요는 없습니다. 그런 문제들을 깊이 있게 다루면서도 효과적으로 읽히게끔 하고 싶었습니다. 또한 저는 『이덴』이 독자들에게 교훈을 주기보다는 위험한 모험과 사랑 이야기들을 통해 흥미를 유발하고 또 자연스럽게 이 주제들에 대해 진지하게 생각할 기회를 마련해 주길 바랐습니다. 근본적으로 제가 낙천적

인 성격이라 그랬을 수 있다는 생각이 듭니다. 저는 사람을 믿습니다. 그래서 등장인물들 앞에 완전히 절망스러운, 막다른 길을 설정하고 싶지는 않습니다. 제가 믿는 캐릭터들을 위해, 항상 빠져나갈 길을 조금은 열어 두게 된 것 같습니다. 제가 항상 극현실주의나 낙관주의를 고집하지는 않는다고 말씀드리고 싶습니다.

공동 작업에 대해서는, 사실 두 사람이 책을 같이 쓴다는 것은 정말 복잡한 일이 맞습니다. 이야기를 만드는 것이 어려운 것은 아닙니다. 두 명이 모이면 상상력은 배가되는 면이 있기 때문입니다. 또 저는 혼자 글을 쓸 때 느끼는, 정말 완성할 수 있을지와 같은 막연한 불안함을 해소할 수 있어 좋았습니다. 이야기를 나누다 보면 제가 가지고 있던 아이디어가 발전하는 경우가 많았기 때문에 도움이 많이 되었는데, 정말 어려운 부분은 혼자 돌아와서 그것을 글로 옮기는 것이었습니다. 레이몽 클라라는 저와 다르게 생각하고, 다른 단어를 사용하며 다른 방식으로 글을 쓰기 때문입니다. 서로 다른 두 에고가 개입하기 때문에 그것을 저 자신의 언어로 풀어내는 것이 어려웠습니다. 공동으로 책을 쓸 경우에는 우선 그 책이 혼자 작업할 때처럼 쓰여지지 않을 것이라는 점을 받아들여야 합니다. 책이 어떤 방향으로 갈지 열려 있다고 말할 수도 있겠습니다. 또한 공동 작업자의 비판을 수용할 줄 알아야 합니다. 그런 면에서 저와 레이몽은 잘 맞

는 편이었습니다. 그리고 이 작업이 조금 더 수월했던 이유는 『이덴』에 서술자가 2명 등장하기 때문이기도 합니다. 고랑과 그의 아버지인 세르주를 저와 레이몽이 각각 맡아서 작업했기 때문에 파트를 나누기가 비교적 쉬웠습니다. 하지만 공동 집필의 과정에서 작가들의 사이가 틀어져 평생 안 보게 되는 경우도 분명 있습니다. 제 배우자도 청소년소설과 일반소설을 모두 쓰는 작가입니다. 그래서 많은 편집자들이 공동으로 책을 집필할 계획이 없느냐고 묻는데 저는 절대로 공동 작업을 하지는 않을 생각입니다. (웃음)

저는 우리 사회가 특히 마약의 문제와 관련해서 어쩌면 『이덴』처럼 흘러갈 수도 있다고 생각합니다. 50년 후 미래가 될 수 있는 하나의 가능성이라고 할까요. 그리고 원하는 대로 가상현실을 구현할 수 있다면 그것은 비만이라는 문제의 해결책으로 작용할 수도 있다고 생각합니다. 하지만 벵자멩은 노인이 되어서도 여전히 뚱뚱하고, 행복하고, 뚱뚱한 모습에도 불구하고 사랑받는 모습으로 등장하고 저는 이 점이 정말 중요하다고 생각합니다. 다시 원래의 질문으로 돌아오자면, 각종 유전적 질병들을 사라지게 할 수 있다는 점에서 『이덴』에 등장하는 사회를 유토피아적으로 보이게 할 수도 있습니다. 하지만 자세히 볼수록 그 허점이 드러나기 시작합니다. 파리나 서울 같은 대도시는 이미 굉장히 높은 수준의 치안과 질

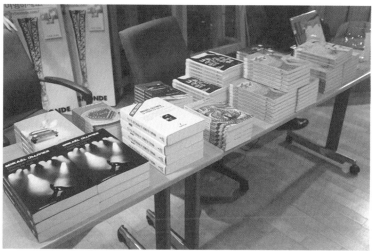

프랑스 작가에게 듣는다

서를 유지하고 있습니다. 온통 CCTV를 통해 관리되고 있기 때문입니다. 한편 『이덴』에 등장하는 샤르트르, 파리에서 100km 떨어진 이 지역은 무법 지대로 나타납니다. 파리에서 쫓겨난 부랑자들이 모이면서 가난과 폭력 같은 문제들이 쌓이게 되는 것입니다. CCTV와 감시, 자유가 사라진 도시의 생활과 샤르트르 같은 무법 지역이 생기는 것으로 저는 유토피아의 반작용, 부작용 같은 것을 그리고 싶었습니다.

청소년소설의 재미와 깊이에 관한 질문은, 결국 독자를 어떻게 바라볼 것인지에 대한 시선의 문제라고 생각합니다. 청소년들을 과소평가하지 말아야 합니다. 이 말에 모든 것이 다 들어 있습니다. 청소년들도 모든 것을 읽고, 이해할 능력이 있습니다. 성인이 되어야 더 많은 것을 이해하는 것은 아닙니다. 삶의 특정 부분을 생략하거나 미화해서 글을 쓸 필요가 없다는 말입니다. 현실을 직시하고 그에 최대한 가깝게 쓰는 것이 중요하다고 생각합니다.

이지영(중앙일보 기자) : 『나는 내가 누구인지 말할 수 있었다』는 추리소설입니다. 범인이 누구일까를 파헤치는 것이 주 골격이죠. 하지만 범인을 찾아가는 서술 방식은 청소년의 눈높이에 맞추어져 있습니다. 단지 길이가 짧기 때문에 청소년용이 된 것이 아니라, 담고 있는 컨텐츠가 청소년

눈높이에 맞다고 봅니다. 이것은 청소년인 마르텡 자신의 1인칭 시점으로 서술이 되기 때문일 것입니다. 청소년이기 때문에 몰라도 되는 부분은, 마르텡이 모르기 때문에 책이 다루지 않아도 됩니다. 또 진짜 나쁜 사람인 '악인' 캐릭터가 없는 것도 이 책의 특징입니다. 하지만 추리소설로서 좀 얼렁뚱땅 넘어간다는 생각이 드는 대목이 있었습니다. 이 책이 청소년 추리소설이라서 박진감이 떨어지는 것이 단점이라면 청소년용이기 때문에 더욱 빛나는 부분도 있습니다. 바로 주제 의식입니다. 이야기가 다 끝난 뒤, 즉 진범이 잡힌 뒤에도 모든 일은 원점으로 돌아가지 않습니다. 삶이라는 것이 원래 앞으로만 갈 수 있는, 그런 가차없는 일방통행 길이기 때문에 돌이키지 못하는 결과를 낳게 되는 것이라고 생각합니다. 그 무시무시한 삶의 속성이 이 짧은 소설에 명확하게 드러납니다. 청소년들에게 꼭 전하고 싶은 귀한 메시지라고 생각합니다. 무엇보다도 이 책의 큰 특징은 재미있다는 점입니다. 그리고 간결합니다. 책의 분량은 144쪽으로 추리소설치고는 아주 짧습니다. 설명이 많지 않아서 상상의 여지와 여운이 많이 남았습니다. 특히 살인자인 로익 라스칼에 대한 여운이 아주 짙습니다. 연쇄살인범이 로익이라는 사실을 알게 된 독자들은 로익이 가엾다는 생각을 하게 됩니다. 살인자에게 감정이 이입되는 생소한 경험입니다. 40대 주부인 저에게는 이 소설이 불륜은 비극의 씨앗이라는 그런 교

프랑스 작가에게 듣는다

훈을 남기기도 했습니다. 청소년에게도 그런 효과가 있을지, 작가님도 그렇게 생각하셨는지 궁금합니다.(웃음) 제가 질문을 드리고 싶은 것은 세 가지입니다. 청소년들에게 추리소설이라는 것이 어떤 효과가 있을까, 책을 재미있게 읽게 함으로써 책과 가까워지게 하는 효과가 있을까, 아니면 추리능력을 키워 주는 효과가 있을까, 어떻게 생각하시는지 궁금합니다. 또 중간에 말씀드렸듯 추리소설인데도 스릴이나 반전이 적어서 박진감이 떨어지는 느낌을 받았는데, 일부러 의도하신 것인지 알고 싶습니다. 로익 라스캉의 삶은 평생을 생부에 대한 복수의 칼날을 갈며 시간을 허비하는 것으로 보였는데, 작가가 이 인물을 만들어낸 이유는 무엇인지, 이 책을 통해서 궁극적으로 말하고 싶었던 것은 무엇인지에 대해 질문 드립니다.

미카엘 올리비에 : 특별히 전달하려는 메시지가 있었던 것은 아닙니다. 저는 우선 재미있을 것 같은 주제를 정하고, 어떻게 풀어나갈 것인지 살을 붙여 이야기를 만들어 나갑니다. 『나는 내가 누구인지 말할 수 있었다』는 시작 부분이 어느 날 갑자기 떠올랐습니다. 누가 봐도 평화로운 삶을 살고 있는 평범한 가정에 그 구성원 중 하나가 살인을 저지른 괴물이라는 소식을 경찰에 의해 전해 듣게 되는 장면이었습니다. 저는 사회가 괴물이라고 치부하는 사람들의 이면에 어떤 고통이 있었을지, 선악 가치

판단의 기준에 어떤 영향을 받았을지 많이 고민한 결과 작품으로 써내기에 이른 것 같습니다. 로익이 죄를 지었다는 것은 분명합니다. 로익은 '괴물'이 맞지만 그것은 정신적인 문제에 기인합니다. 그가 가엾다고 하셨는데 맞습니다. 그가 저지른 짓이 용서받을 수 없다는 점은 맞지만 그가 어린 시절에 겪은 고통과 (피의자인 동시에) 사회의 희생자라는 측면도 충분히 조명하고 싶었습니다. 저는 현실에서 선과 악을 저울질하는 것은 그렇게 단순한 문제가 아니라고 생각합니다. 항상 인간에 대한 어느 정도의 관대함을 가져야 한다고 생각하며 부정적인 것, 악한 것 속에도 약함이 있다는 것을 말하고 싶었습니다. 이해받을 수 있는 여지라고 할까요. 사실 이것은 제가 모든 소설에 담는 메시지이기도 합니다.

일반 추리소설에 비해 디테일이 부족한 것은 맞습니다. 저는 청소년소설이기 때문에, 그리고 주인공들의 내면이 더 중요하다고 생각했기 때문에 범죄현장에 관한 묘사 같은 것은 많이 생략했습니다. 그리고 사실 그런 데 관심이 많지 않았습니다. 추리소설이든 일반 소설이든, 저는 항상 등장인물의 내면을 묘사하는 데 집중하는 편입니다. 그 결과 범죄의 기술적인 면이나 현장에 대한 묘사가 약해진 것 같습니다. 청소년 추리소설은 프랑스에서 굉장히 인기 있는 장르입니다. 가장 많은 수의 책들이 나오고, 많이 팔립니다. 제가 어렸을 때는 가지고 놀 거리가 많지 않아 심심할

때 책을 잡고 읽는 것이 자연스러웠습니다. 하지만 요새는 여가와 유흥거리가 많은 탓에 아이들이 예전만큼 책을 많이 읽지 않습니다. 당연한 현상이라고도 생각이 됩니다. 하지만 경제 위기에도 불구하고 청소년 책은 지속적으로 많이 팔리고 있습니다. 물론 판매량의 많은 부분을 판타지, SF, 추리소설이 차지하고, 저는 매우 사실적으로 글을 쓰는 것을 좋아하지만, 그래도 이 상황이 희망적이라고 생각합니다. 문학 작품의 근원은 스토리텔링입니다. 줄거리가 모든 것의 기본이고 그만큼 중요하다는 말입니다. 추리소설이 인기가 있는 이유는 스토리가 탄탄하고 흥미롭기 때문입니다. 게다가 그 안에는 세상사의 여러 모습이 담겨 있어 많은 사람들이 공감하기가 쉽습니다. 『나는 내가 누구인지 말할 수 있었다』도 추리소설답게 굉장히 많이 팔렸습니다. 또 저는 독자들로부터 이 책이 처음으로 끝까지 다 읽은 책이라는 소감을 들은 적이 많습니다. 그래서 저는 추리소설이 충분히 가치가 있으며, 아이들이 책을 읽기 시작하는 데 도움이 된다고 생각합니다.

이경혜(작가) : 저는 『나는 사고 싶지 않을 권리가 있다』에서 주인공이 외딴 곳, 현대 문명이 아직 완전히 닿지 않은 곳에 가는 설정이 매우 흥미로웠습니다. 저도 그런 구상을 해 보았기 때문입니다. 원시적으로 생활하며 본질적인 삶과 대결하는 내용에 대해 써 보고 싶다는 생각을 자주 했습니다. 이 책의 원제목은 'Tout doit disparaître'로, 직역하자면 "모든 것은 사라져야 한다"라는 뜻이라고 알고 있습니다. 또한 상가에서 세일을 할 때 쓰는, 우리나라의 '몽땅 처분', '폐업 정리' 등에 해당하는 말이기도 합니다. 저는 이 제목이 현대 사회의 무분별한 소비 생활을 비판하는 동시에 삶의 모든 부가적인 것을 없애야 한다는 이중적인 메시지를 담고 있다고 생각해 보았습니다. 그 부가적인 것의 대표격이 소비문화일 텐데요, 마요트의 원시적 생활과 소비문화에서 벗어나지 못하는 본토 사람들의 모습이 제목을 통해 대비된다고 보았습니다. 한편, 처음 책을 읽을 때 저는 1부와 2부의 연결이 매끄럽지 못하다고 느꼈습니다. 1부에서 마요트 생활의 풍부한 이야기가 펼쳐진 데 비해 2부에서는 반소비문화에 대한 이야기로 폭이 좁아진 느낌이랄까요. 특히 본토로 돌아온 위고가 자기 내부의 모든 갈등을 소비문화에 대한 반감으로 간단히 대치하는 것이 어색했습니다. 하지만 두 번째로 읽으며 위고가 청소년임을 감안할 때 그 행동이 불가피한 선택이라는 것을 깨달았습니다. 제가 처음에 느낀 어색한 감정은, 2부의 내용을 1부의 문제 제기에 대한 답이라고 생각하기 때문이었습니다. 저도 작가이면서 교훈과 답을 찾는 실수를 했던 것입니다. 다시 읽으니, 자이나바의 임신과 본토로의 강제송환이라는 극단적인 문제

프랑스 작가에게 듣는다

상황은, 위고에게 현상의 본질을 보게 해 주는 계기였음을 알 수 있었습니다. 프랑스에 돌아온 위고가 세일 때면 필요하지도 않은 물건을 사러 무작정 달려나가는 가족들을 보며 소비 욕망이라는 것이 두 사회의 가장 두드러진 본질적 차이라고 느꼈을 거라는 것도요. 저는 이 부분에서 우리나라 청소년들의 소비에 관해 생각해 보았습니다. 사람들의 소비 욕망은 광고와 사회적 분위기에 의해 조작되고 있다는 것도 맞지만, 동시에 다른 것으로 채워지지 않는 욕구를 해소하는 수단이기도 합니다. 저도 한때 인터넷으로 중고 물품을 마구 사들인 적이 있습니다. 그런데 인터넷으로 물건을 고르는 일에는 열중하는 반면 실제로 배송되는 물건에는 그다지 관심이 없다는 사실을 깨닫고, 제가 다른 면에서 해소되지 않은 불만을 인터넷 쇼핑을 통해 해결하고 있다는 것을 알게 되었습니다. 사람들은 무언가를 사는 행위 자체에 중독될 수도 있다는 것입니다. 다시 청소년들의 이야기로 돌아오자면, 우리나라의 청소년들에게 소비는 존재를 증명하는 유일한 수단이 되었다고 생각합니다. 청소년들은 상품의 구매를 통해 자신을 드러냅니다. 또한 그들에게 소비는 또래와 소통하는 방법이고 관심을 얻고 인정받는 수단입니다. 이런 현실적인 점을 고려했을 때, 저는 위고가 반소비 운동을 벌이는 것은 남을 전혀 이해하지 않고 옳은 소리로 비판만 한다는 점에서 미성숙하다고 생각할 수도 있다고 봅니다. 작가님께 드리는 제 질문은, 위고의 행동이 소비문화에 대한 바람직한 저항 태도라고 생각하시는지, 그래서 위고를 그렇게 묘사하셨는지입니다.

미가엘 올리비에 : 직접적으로 답변을 하기에 앞서 말씀드리고 싶은 점은, 제가 인물에 대한 고민이 상당히 많다는 점입니다. 저는 주인공에 완전히 몰입하고, 제가 그 인물과 일체화되어야만 자연스러운 글쓰기를 할 수 있습니다. 그런 맥락에서 저는 이 작품을 쓸 때 특정한 플롯을 짜놓기보다는 최대한 위고를 성장시킬 수 있는 구성을 고민했으며, 그 과정에서 이런 결과가 나왔다고 설명하고 싶습니다. 마침 그 시기에 소비문화를 비판하는 책을 읽고 큰 영향을 받기도 했습니다. 1부와 2부의 연결에 대해 지적해 주신 것처럼 저도 그 부분에 대해 고민이 상당히 많았습니다. 마요트에서의 원시적, 본질적인 삶의 모습과 현대의 소비문화는 제가 쓰고 싶었던 두 개의 큰 주제였고, 이것을 어떻게 연결해야 할지 정말 막막했습니다. 머리가 많이 아팠지만, 제가 어렸을 때의 경험과 위고를 일체화했고, 그것을 바탕으로 위고가 어떻게 행동할지를 상상한 결과 이런 전개가 나왔다고 말씀드리고 싶습니다. 어떤 답을 내리거나 교훈을 주려는 의도는 없었습니다. 또 위고의 급작스러운 반소비 운동이 미성숙하다고 하셨는데, 그것도 맞는 말씀입니다. 저는 열다섯 살의 미성숙한 청소년이

의식을 가지고 행동했을 때의 자연스러운 결과를 상상했습니다. 그 결과 다소 경직된 사고와 입장을 가지는 것이 현실적인 모습이라고 생각했습니다. 마요트의 선생님과 나누는 대화를 보면 선생님이 불합리한 것들조차도 너그럽게 받아들이는 태도를 강조하는 것을 알 수 있습니다. 저는 그것이 성숙한 태도라고 생각합니다. 네, 그런 맥락에서 다른 사람들의 사정을 고려하지 않고 비판을 쏟아내거나 광고를 떼어내는 위고는 미성숙하다고도 볼 수 있을 것 같습니다.

이 원고는 2012년 6월 22일 프랑스 문화원과 23일 코엑스 컨퍼런스룸에서 있었던 두 번의 좌담회를 정리한 것이다. 독자의 편의를 위해서 두 좌담회의 내용을 간추려 하나의 원고로 만들었다.

두 좌담회 모두 사회는 최윤정, 녹취 및 원고 정리는 인의진이 맡았다.

"

서울에서 파리는 멀다. 무엇보다도 시차에 적응하지 못하는 몸이 가장 먼저 그걸 알려준다. 아무리 의욕이 넘쳐도 무너지려는 몸을 정신이 버티기 힘들다. 경험상 서울에서 파리로 갔을 때보다 파리에서 서울로 왔을 때 더 그렇다. 그러니 4박5일 일정에 두 개의 좌담회뿐 아니라 일간지 인터뷰, 한국과 프랑스 두 개의 고등학교 방문, 서점 사인회, 잡지 인터뷰라는 일정은 모든 일의 리듬이 우리보다 몇 배는 느려 보이고, 쉬고 즐기는 것이 매우 중요한 프랑스 사람에게는 지나쳐 보일 수 있다. 조용한 성격의 미카엘은 내가 짜놓은 스케줄에 불평 없이 임했지만 엄습해 오는 피로감은 어쩔 수가 없는지 하루는 잠깐 자야겠다고 말했다. 정신이 멍해지는 그 느낌을 잘 아는 나는 일정에 없이 잡힌 인터뷰를 취소해야 할 것 같았다. 작가들이 대체로 '관광'에는 관심이 없다는 걸 알지만 유난히 애처가인지라 아내에게 줄 선물을 사고 싶으니 도와달라는 그의 청도 들어줘야했다. 이 인터뷰를 하던 날, 만난 지 얼마 안 되어 다시 호텔로 돌아가더니 거짓말처럼 딱 한 시간을 자고 나타난 그는 보일 듯 말 듯 산뜻해져 있었다. 『학교 도서관 저널』을 위한 이 인터뷰는 망중한도 즐길 겸 성북동 언저리의 오래된 한옥을 개조한 찻집에서 이루어졌다. 미카엘도 진중하게 말을 이어 나갔지만 학부모와 교사들로 이루어진 인터뷰어들은 사뭇 진지했다. 여느 기자들과는 달랐다. 다음의 인터뷰 기사는 참여한 사람들 모두가 행복했던 그날 오후의 기록이다.

”

왜 사람들은 청소년 시절을 잊을까요?

_미카엘 올리비에와 한국 교사들의 좌담회

강애라(대치중 교사) : 우리나라에서 어른들은 청소년들이 입시와 관련된 책을 읽으면 좋게 생각하지만, 청소년문학을 읽으면 조금 불안해하면서 부정적으로 보는 편인데, 프랑스는 어떤지 궁금해요. 프랑스에서는 청소년문학이 입시와 관련이 있나요? 또, 학교 교육과정과는 어떤 관련이 있는지 궁금하네요. 그리고 청소년문학이 어떤 경로로 아이들에게 다가가는지도 궁금해요.

미카엘 올리비에 : 프랑스와 한국은 많이 달라요. 소설을 대하는 태도가 특히 그래요. 프랑스에서 부모들은 아이들이 소설 읽는 것을 논다고 생각

프랑스 작가에게 듣는다

하지 않아요. 아이들이 소설을 읽으면서 삶을 배우고 문화를 배운다고 생각해요. 오히려 소설을 읽지 않는 것을 걱정해요. 학교 선생님도 자신의 수업 도구로 소설을 활용해요. 소설로 문화적인 소양을 배우지만 문법적인 요소도 많이 배워요. 이런 면에서 프랑스와 한국은 기본적인 차이가 있어요.

문학은 학교 교육에서 중요해요. 프랑스는 학생들에게 적어도 일 년에 일곱 권에서 여덟 권의 소설을 읽도록 해요. 그리고 시험도 이와 관련해서 보고요. 한국처럼 수능시험을 보는 것이 아니라 소설의 구조를 물어보기도 하고 읽은 작품 중에 아이가 선택해서 특정한 작품에 대해 쓰게도 해요. 초등학교에 입학하고부터 고등학교를 졸업할 때까지 고전 작품부터 프랑스 문학 전체를 읽지 않으면 안 돼요. 아이들이 프랑스 교육 시스템 안에 있으면 반드시 소설을 읽어야 하는 거예요.

강애라 : 한국도 학교에서 문학을 전혀 다루지 않는 건 아니에요. 고전부터 현대문학까지 다루고 있어요. 그런데 그것들이 아이들의 삶과 동떨어져 있어서 아이들이 관심이 없는 편이에요. 문학에 대해 흥미를 느끼지 못하고 공부로만 생각하고 있어요. 프랑스에서는 청소년문학이 실제로 학교 교육과정에 적용이 되는지 궁금해요.

미카엘 올리비에 : 그런 문제가 프랑스에도 있어요. 하지만 프랑스에 비하면 한국은 변화가 많아서 더 그럴 거예요. 프랑스는 100년 전에 지어진 건물이 있고 그 속에서 아직도 사람이 살아요. 건물뿐만 아니라 삶의 모든 것들이 어느 정도 연관성이 있는데 한국은 너무 급격한 단절이 있었어요. 그렇지만 현대의 아이들은 비슷한 것 같아요. 예를 들어 발자크의 작품을 읽으라고 하면 동서양 할 것 없이 아이들은 아주 고통스러워해요. 아이들의 삶과 관련이 없으니까요. 그래서 얼마 전부터 프랑스 교육부에서 아동청소년문학을 학교 교육과정 속에 넣었어요. 교육과정 안에 교육부에서 지정하는 아동청소년 도서가 있어요. 그래서 청소년문학을 학교 수업에서 다뤄요.

저는 청소년문학을 알릴 때 교사들의 역할이 가장 중요하다고 생각해요. 우선 선생님들이 읽고 좋아하고, 그 책의 내용을 수업에 활용하면 청소년문학과 작가를 알리는 데 큰 역할을 할 수 있어요. 한국은 아이들이 직접 책을 선택하지는 않잖아요. 프랑스는 아이들이 직접 서점에 가서 책을 선택할 여유가 있어요. 지금 프랑스도 출판 시장이 불황이기는 해요. 그렇지만 서점에 가면 어린이책 코너는 비교적 활발해요. 아이들이 서점에 가서 읽고 싶은 책을 고른다고 해서 부모가 그것을 안타까워하는 경우

프랑스 작가에게 듣는다

는 없어요.

이찬미(삼산도서관 사서) : 저는 사서라서 책 속에 나오는 사서에 관심이 갔는데요. 책 속에서 사서가 중요한 역할을 하잖아요. 다양한 시각을 제공해 주기도 하고, 책도 소개해 주고요. 마요트 섬은 실제로 존재하는 섬인데 그 섬에 실제로 사서가 존재하고 있는지, 그리고 있다면 어떤 역할을 하는지, 또 어떤 역할을 할 수 있다고 생각하시는지요?

미카엘 올리비에 : 이 소설은 제가 마요트 섬에 갔다 와서 영감을 받아 쓴 거예요. 한 15일 동안 머무르면서 실제 사서와 같은 인물을 만났어요. 그분은 마요트 섬에서 20년째 살면서 흑인과 결혼하여 아이를 낳았어요. 그동안 마요트 섬에서 백인과 흑인 사이의 가교 역할을 했어요. 그 섬에서는 굉장히 헌신적인 사람이었어요. 소설로 변형시키기 위해서 도움이 되는 방향으로 바꾸었을 뿐이에요. 현실과 가상을 섞기는 했지만 실제로 이런 인물이 있어요.

김광재(독서지도사) : 저는 2004년도 작품인 『뚱보 내 인생』을 읽고 작가님의 팬이 되었어요. 제일 재미있게 읽었던 책은 『나는 내가 누구인지 말할 수 있었다」예요. 그리고 아이들에게 제일 권해 주고 싶은 책은 『뚱보 내 인생』이에요. 그런데 제가 이렇게 작가님과 만날 수 있을 것이라고는 생각도 하지 못했어요. 그래서 대단히 영광이에요. 작가님은 이번에 오셔서 여러 날 한국에 머무르시면서 한국 독자들을 많이 만나신 것 같은데 어떠셨는지, 그리고 이렇게 먼 곳까지 방문하시게 된 목적은 무엇인지 궁금해요.

미카엘 올리비에 : 오히려 제가 더 기뻐요. 저는 굉장히 행운이라고 생각해요. 제가 글을 쓰면서 단 한 순간도 제가 한국에 오게 되거나 한국의 독자들이 제 책을 읽을 거라고는 상상도 못했어요. 제 책이 번역된 것도 상당히 감사한 일이고요. 한국에 와서 굉장히 감동적인 경험을 했어요. 물론 제가 초대받은 손님이고, 제 책이 프랑스에서도 잘 팔리니까 좋은 말들을 많이 해 주시기는 하는데, 한국 독자를 만나 보면서 제 책을 정말 열심히 읽고 가슴으로 읽어 왔다는 걸 느낄 수 있었어요. 특정 대목이 어떻고 인물이 어떻다고 자세히 이야기를 하더라고요. 작가로서는 그보다 더 감동적일 수가 없어요. 프랑스에서는 이런 일이 별로 없어요. 독자가 작품을 주의 깊게 읽고, 작가에게 작품을 인용해서 이야기를 하니까, 작품이 독자에게 가 닿았다는 걸 느낄 수 있었죠. 작가에게 이보다 중요한 건

없어요.

강애라 : 저는 책을 읽다 보니까 작품이 짧은 문장에 스토리 위주라서 재미가 있고 힘이 있는 것을 느꼈어요. 또, 작품 속에서 가슴을 울리는 문구들을 많이 봤어요. 그래서 밑줄을 그으면서 읽고 싶은 충동을 많이 느꼈어요. 글을 매일 쓰고 많이 쓰는 것 말고 문장에 대한 특별한 노력을 하시는 게 있는 건지, 아니면 저절로 그렇게 되신 건지 궁금해요.

미카엘 올리비에 : 저는 매일 글을 써서 글은 저에게 일상적인 거예요. 일단 저는 단순화시키는 것이 제 취향에 맞고 의도적으로 그렇게 해요. 그런데 인간의 감정이라는 것은 동시에 많은 생각을 해야 해서 원래 복잡한 거잖아요. 그런데 복잡한 것을 복잡하게 묘사한다는 것은 어떻게 보면 쉬운 일이에요. 그런데 써놓고 보면 그것이 의미하는 바가 별로 없어요. 그걸 단순하게 쓰는 게 어려운 것 같아요. 그래서 저는 진짜로 단순하게 느끼려고 노력을 해요. 피부로 느끼려고요. 복잡한 걸 단순하게 느끼도록 되면 그다음에 언어로 뱉어내는 건 아주 쉬운 일이 돼요. 제가 그렇게 느끼니까 문장이 그렇게 되는 거죠. 그래서 결국은 쉬운 일이 돼요.

김광재 : 소설은 무엇보다도 이야기가 중요하다고 하셨는데요. 작가님은 영화 일도 많이 하셨는데, 영화도 그렇게 생각하시는지요? 제가 본 프랑스 영화들은 좀 밋밋한 편이었는데, 작가님께서 생각하시는 영화는 어떤지 궁금해요.

미카엘 올리비에 : 영화에서도 이야기가 중요해요. 저는 문학을 하기 위해 글을 쓰지는 않아요. 정확하게 하려고 쓰는 거예요. 어떤 인물에 대해서 이야기를 하고 그 인물이 어떻게 생각하고 느끼는지를 표현하면 그게 문학이 되는 거죠. 이런 부분이 영화하고도 연결이 되는데요, 프랑스 영화에서 극단적으로 미니멀리즘을 추구하는 것이 유행일 때가 있었어요. 이야기가 없는 경우가 많았죠. 그냥 문학을 위한 문학, 영화를 위한 영화가 되기도 했죠. 그렇지만 그런 시기가 지났고, 저는 형식보다는 그 속에 무엇이 들어 있고, 무엇을 말하는가를 중요하게 생각해요. 영화도 문학도 예술적 형식보다는 내용, 그 내용이 나에게 어떤 의미가 있는가가 중요하다고 생각해요.

강애라 : 저는 작가님의 작품들을 보면서 주인공들이 굉장한 절망과 만난다고 생각했어요. 뚱뚱함이란 문제, 임신이란 문제 등이요. 그래도 주인

프랑스 작가에게 듣는다

공들이 문제를 해결하는 방식이 굉장히 요새 말로 '쿨' 하다고 느꼈어요. 한국의 청소년들은 아주 작은 일에 많이 절망해요. 쉽게 자살을 하기도 하고요. 프랑스 청소년들 대부분이 소설의 주인공들처럼 '쿨' 한 마음이 가졌는지 궁금해요. 제가 학교 아이들에게 이런 절망적인 상황에 처한다면 어떻게 했을 것 같냐고 물었더니 이구동성으로 자살했을 것이라고 말하더라고요. 프랑스는 상황은 어떤지 궁금해요.

미카엘 올리비에 : 비슷한 질문들을 꽤 받았어요. 한국 아이들은 심하게 놀림을 받으면 자살을 하기도 한다는 이야기를 듣고 많이 놀랐어요. 특별히 프랑스 아이들이 다른 나라 아이들보다 더 내면이 강하다든가 하는 것은 아닌 것 같아요. 프랑스 아이들은 죽음에 대한 것은 어떠한 경우에도 생각하지 않아요. 죽는 데는 굉장히 용기가 필요해요. 그래서 아이들이 죽음을 생각한다는 것이 대단히 충격적이에요.

김광재 : 그럼 프랑스에서는 청소년 자살이 없나요?

미카엘 올리비에 : 프랑스에서도 청소년 자살은 있어요. 그런데 프랑스에서 청소년 자살은 큰 화젯거리가 되지 않는 주변적인 이야기예요. 한국

은 매스컴을 통해서 어떤 이유로 자살했다는 등의 사실을 쉽게 접할 수 있어요. 그런 점이 프랑스와 한국이 다르다고 생각해요. 아이들이 학교를 다니면서 문학 작품을 읽는다는 것은 아주 중요한 일이에요. 아이들이 살아가면서 학교에만 있으면 인생을 다양하게 체험할 기회가 별로 없잖아요. 학교에서는 공부만 하게 되니까요. 이런 상황에서 문학 작품이 간접 체험을 가능하게 하잖아요. 그래서 아이들은 문학을 통해서 인생을 배우게 된다고 봐요. 체험이 많을수록 아이들의 눈은 튼튼해지는 거죠. 자살을 한다는 것은 아이들이 자신의 인생을 살아보지도 않고 죽음을 선택하는 거잖아요. 그런데 프랑스 아이들은 죽음을 선택하지 않는다는 거예요. 그렇게 보면 프랑스 아이들은 학교가 인생에서 차지하는 비중이 적은 거죠. 또한 교육 자체가 삶에 대해 흥미를 지니도록 하고 있고요.

이찬미 : 저는 청소년문학을 꾸준히 찾아서 읽는 편이에요. 작품 속 주인공들의 서툰 모습이나 걱정을 많이 하는 모습들이 저 같기도 해요. 저는 청소년 시절을 잘 보내지 못했던 애틋함 같은 게 있어요. 작가님도 그런 것들이 있어서 청소년을 대상으로 하는 작품을 쓰시는 건지 궁금해요.

미카엘 올리비에 : 제 작품에 나오는 주인공들이 거의 다 제 분신이라 할

수 있어요. 물론 더 많이 닮은 인물도 덜 닮은 인물도 있고 그래요. 특히 『뚱보 내 인생』에 나오는 인물은 제 자신의 모습을 많이 닮았어요. 자전적인 면이 있는 셈이죠. 그런데 청소년 시절은 원래 불안하고 편하지 않고 걱정이 많다고 생각해요. 그게 청소년기의 특징이죠. 제 자신도 그랬었고 제 주위 친구들도 그랬었어요. 그게 자연스러운 거죠.

강애라 : 저도 분명히 그 시절이 있었는데 어른이 되고, 제 자식을 키우면서는 사춘기인 아이를 잘 이해하지 못했어요. 그래서 제 아이들이 사춘기 시절을 좀 힘들게 보냈어요. 나중에 아이들이 사춘기를 다 보내고 나서 그 시절에 힘들었다는 것을 알게 되었어요. 그런데 작가님의 어떤 인터뷰에서 청소년 시절이 잘 기억이 나고, 그것을 글로 썼다는 내용을 읽었어요. 그 부분이 많이 와닿았어요. 작가님도 교사나 부모가 왜 그렇게 아이들을 이해하지 못하는지가 안타깝다고 하셨잖아요. 작가님은 청소년 시절의 많은 기억이 남아 있어서 작품을 쓰신다고 하셨는데, 그럼 작가님은 부모로서 아이를 잘 이해하는 부모인가요?

미카엘 올리비에 : 왜 사람들은 청소년기를 잊어버리는 것일까요? 삶이 빠른 속도로 진행되기 때문에 잊어버릴 수밖에 없다고 생각해요. 그런데

작가에게는 특권이 있다고 생각해요. 작가는 지나가는 것들을 잘 포착해야 하고, 바로 글로 써야 하니까 젊은 아이들을 자꾸 관찰하고 종이 위에 관찰한 것을 쓰기 때문에 잊어버리지 않는 거예요. 저는 제가 어렸을 때 얼마나 불안해했는지 잊어버리지 않고 있어요. 그런데 그 기억이 제 아이들을 키우는 데 방해가 되기도 해요. 제가 다 이해를 해도, 아이들이 어리석은 짓도 많이 하니까 야단을 치긴 쳐야 하는데 왜 그런지 아주 잘 이해를 하고 있어서 아버지는 어떠해야 한다는 교육적인 관점을 방해해요. 이 관점과 아이들의 행동이 충돌하기도 하고요. 아이들을 많이 이해해 주는 것이 좋은 것 같지만 또 한편으로는 아이들에게 자신들 마음대로 하라고 하면 어쩔 줄 몰라서 힘들어하기도 하는 거죠. 그것처럼 부모가 다 이해해 주는 것은 힘들다고 생각해요.

강애라 : 저는 아이들의 마음을 움직이게 할 수 있는 책이 좋다고 생각하는데, 작가님께서 청소년들에게 권하는 좋은 책은 어떤 책인지 궁금해요.

미카엘 올리비에 : 굉장히 어려운 질문이네요. 일단 재미있어야 한다고 생각해요. 재미있어야 한다는 것은 아이들의 마음을 딴 데로 돌리거나 가볍게 한다는 것이 아니라, 기분 좋게 읽을 수 있으면서 그 속에 풍부한 내

용을 담고 있다는 것이에요. 쉽게 읽을 수 있어야 한다는 게 정말 중요해
요. 읽으려고 노력해야 하는 책은 좋지 않다고 생각해요. 작품 속에는 큰
줄거리와 관계없는 작은 요소가 많이 있어요. 그 요소들이 독자로 하여금
한 번쯤은 생각을 하게 하는 계기가 돼요. 예를 들어 어떤 이야기에서 부
모와 아이의 관계가 중요한 것이 아니지만 그 관계를 한번 생각하게 한다
든가 아니면 사랑 이야기가 주요 이야기가 아니지만 사랑도 잠깐 생각하
게 만드는 것이요. 이렇게 인생에서 실제 일어날 법한 일들을 한 번씩 던
져 주는 작품이 좋은 작품이라고 생각해요. 한 마디로 이야기하면 굉장
히 풍부한 글인 거죠. 읽기는 쉽고 이야기도 뚜렷하지만 여러 가지 요소
가 풍성하게 들어가 있어서 결국은 아이들에게 인생 체험이 되게 하는
책이죠.

이 인터뷰는 2012년 6월 24일 성북동 언저리의 오래된 찻집에서
이루어졌다. 통역은 최윤정이 맡았으며, 촬영 및 정리는 서정원이
맡아 『학교도서관저널』 2012년 9월호에 실렸다.

프랑스 작가에게 듣는다

프랑스 편집자

아트디렉터

번역자에게

듣는다

"

아르튀르를 처음 만난 것은 1993년이었다. 니스에서 수지 모건스턴에게 등 떠밀리다시피 해서 파리에 있는 에콜 데 루아지르의 사옥을 찾아갔었다.

지금 생각해 보면 많은 것이 엉뚱하고 유쾌한 사람, 수지 모건스턴과의 만남에서 비롯되었다. 니스에서의 첫 만남에서 수지는 갑자기 자신의 편집자가 얼마나 멋진 사람인지 열렬히 이야기하기 시작했다. 그러더니 너는 그 사람을 꼭 만나 봐야 한다고 우겼다. 말이 안 되는 소리였지만 그녀가 하는 말은 대체로 앞뒤가 맞지 않았으므로 웃고 넘겼다. 하루를 함께 보내고 헤어지면서 그녀는 다시 한 번 말했다. 내가 전화 걸어둘 테니 아르튀르를 꼭 찾아가라고. 나는 의아했지만 어쩐지 그럴까, 하는 마음이 들었다.

처음 그를 찾아가던 날, 나는 바짝 긴장했다. 의외로 작은 그의 사무실에 앉아서 나는 수지가 가라고 해서 왔으며, 한국의 번역자이고 등등을 주워섬기고 있었다. 인상적인 침묵이 흘렀다. 무슨 말을 더 나누었는지는 기억이 나지 않는다. 다만 그가 어느 대목에선가 깜짝 놀랄 제안을 했던 것만 뚜렷이 생각난다. 아이들 책에 관심이 있으면 책은 얼마든지 보내 줄 테니 읽어 보라는 것이었다.

그러고나서 귀국했을 때 나는 그가 보낸 무거운 책 상자를 받았다. 한 백여 권은 되어 보이는 그림책들이었다. 이제는 베스트셀러로 자리를 잡은 나자의(Nadja) 『푸른 개』(파랑새 어린이 2008)를 비롯한 일련의 프랑스 그림책들은 그렇게 해서 한국 독자들의 손에 가 닿게 되었다. 그가 만든 책이 한국에서 출판되기 시작하자 그는 한국에 들렀다. 바쁜 파리에서와는 달리 한국에 있는 시간 동안 그의 시간은 온전히 내 것이었다. 그는 자신을 스위스 촌놈이라면서 어떻게 해서 그림책 만드는 사람이 되었는지 내게 편안하게 풀어놓았다. 지금과는 영판 달랐던 한국의 어린이책 사정에 수많은 문제의식에 휘둘리던 나는 쉽게 그의 이야기에 매료되었고, 어떻게든 한국의 편집자들과 자리를 만들어서 그 이야기들을 함께 나누고 싶었다. 번역자인 나보다는 현장에서 일하는 그들이 움직이면 우리 아이들이 읽고 자랄 책들이 훨씬 빠르게 발전할 것 같았다. 당시 동인지를 만들어 그림책의 발전을 꾀하던 『꿀밤나무』 기획위원들에게 제안을 해서 인터뷰 자리를 마련했다. 너무나도 소탈한 그의 태도와 모든 것이 자연스럽게 흘러갔던 만남과 대화에서 나는 그를 '외국 친구'로만 인식하느라 이 인터뷰에 참여한 사람들의 궁금증에도 불구하고 그를 제대로 소개하지 못한 것 같다. 나중에야 알게 된 것이지만 아르튀르 윕슈미트(Arthur Hubschmid)는 프랑스의 4대 아트디렉터(『르 몽드』의 기사에 따르면) 중의 한 사람이다.

”

편집자란 정원사와 같은 것
아르튀르 웹슈미트 인터뷰

Arthur Hubscmid 1999 ⓒ 꿀밤나무

꿀밤나무 : 이렇게 만나 그림책에 대한 이야기를 나누게 되다니 무척 기쁘다. 우리보다 먼저, 그리고 오랫동안 그림책을 만들어 온 선배로서 좋은 말씀 많이 부탁드린다. 우선 잘 모르는 사람들을 위해 에콜 데 루아지르, 라는 출판사에 대해 간략하게 말해 달라.

아르튀르 웹슈미트 : 에콜은 1920년도에 설립됐다. 1965년까지 주로 교과서나 교리 관련 책들을 만들어 오다가 1968년도에 학생운동을 거치면서 사회적인 이슈가 달라지게 되었는데, 그때 에콜도 방향전환을 하게 되었다. 그때까지만 해도 프랑스는 미국과 달리, 그림책의 전통이 없었다.

디즈니류의 그림책이 주류였기 때문에 처음에는 모리스 센닥(Maurice Sendak)이나 토미 웅거러(Tomi Ungerer), 아놀드 로벨(Arnold Lobel) 등의 그림책을 수입했다. 그러다가 차츰 새로운 그림책의 전통을 만들자는 생각으로 작가 중심의 그림책들을 만들기 시작했다. 현재는 1년에 60여 권의 그림책을 만들어내고 있는데, 아동이나 청소년 도서까지 포함하면 200권 정도이다.

꿀밤나무 : 프랑스의 30년 전이 지금의 우리 수준과 비슷한 것 같은데…… 어쨌든 놀랍다. 그렇게 짧은 기간 동안에 새로운 그림책의 전통을 만들었다니…….

아르튀르 윕슈미트 : 그렇지 않다. 30년은 상당히 긴 세월이다. 물론 본격적으로 그림책을 만들기 시작한 것은 30년 전이지만, 그전부터 교과서와 교리 책을 만들었기 때문에 노하우도 있었고, 판매 루트도 있었다. 중요한 것은 좋은 생각을 갖고 있으면 그 생각을 언젠가는 실현할 수 있다는 것이다. 하지만 그 생각이 돈이 되려면 많은 시간이 걸리는데, 그 기간을 기다리는 것이 필요하다.

꿀밤나무 : 약간 개인적인 질문이 될 수도 있는데, 에콜에서 일을 하기 전에는 어떤 일을 했나?

아르튀르 웝슈미트 : 나는 스위스 출신이다. 대학에서 그래픽 디자인을 공부했는데, 졸업 후 군대 문제가 걸렸다. 군대에 가지 않으려고 프랑스로 건너와서 취직 자리를 알아봤는데, 마땅한 자리가 없었다. 그래서 무작정 에콜로 찾아가서 그림책에 대해 잘 아는 것처럼 말하면서 한번 맡겨 달라고 했더니, 정말로 한번 해 보라고 했다. 그렇게 처음에는 견습공에서부터 시작해서 여기까지 왔다.

꿀밤나무 : 처음에 책에 대해서 잘 몰랐다면서 어떻게 그림책을 만들었나?

아르튀르 웝슈미트 : 처음에는 그냥 베꼈다. 그러다가 미국에서 유명한 작가들의 작품을 많이 내는 출판사를 찾아가서 모리스 센닥과 담당 편집자를 소개받게 되었는데 그때 에디터가 해야 하는 역할에 대해 많이 배웠다.

꿀밤나무 : 구체적으로 어떤 것을 배웠나?

아르튀르 웁슈미트 : 에디터는 무엇보다도 그 작가가 좋은 작가인지 아닌지를 분별할 줄 아는 눈이 있어야 하고, 그다음으로는 좋은 작가에게서 좋은 작품이 나올 수 있도록 배려하고 자극을 줄 수 있는 사람이어야 한다는 것을 배웠다. 사실 그 당시만 해도 편집자의 역할이 무엇인지 잘 몰랐고, 사실은 지금도 잘 모른다. 오랜 경험을 통해서 약간 알게 되긴 했는데, 예를 들면 이런 거다. 출판사에 작품을 들고 오는 사람들을 보면 대강 두 부류이다. 하나는 정말 아무것도 모르는 초보자들인데, 이 경우에는 어떻게 책을 만들어야 하는지, 어떤 책을 사람들이 필요로 하는지 잘 모르기 때문에 출판으로 이어지기가 어렵다. 또 하나는 좀 아는 경우인데, 이런 사람들은 비슷하게는 만들어 오지만 쓸 만한 작품은 아닌 경우가 많다.

꿀밤나무 : 쓸 만한 책이라고 말했는데 구체적으로 어떤 책을 말하는 건가?

아르튀르 웁슈미트 : 다큐멘터리나 정보 그림책을 제외하고 이야기 그림책일 경우에는 우선 주인공이 있어야 하고, 그 주인공에게 무슨 일인가가 일어나야 하고, 그 책을 보는 어린이들이 이해할 수 있는 그림으로 그려

프랑스 편집자, 아트디렉터, 번역자에게 듣는다

져야 한다. 이것이 그림책을 구성하는 세 가지 요소인데, 이런 것이 갖춰져 있는지를 중점적으로 본다.

꿀밤나무 : 에콜 출판사만의 독특한 출판이념이랄까, 색깔이 있다면 무엇인가?

아르튀르 웝슈미트 : 에콜은 작가들의 출판사이고, 출판에서 가장 중요한 것은 작가라고 생각한다. 갈리마르나 디즈니는 작가 중심의 출판사라기보다는 기획 중심의 출판사이다. 하지만 우리는 이런저런 식의 책을 만들어 달라는 주문 생산 방식으로는 좋은 그림책이 나올 수 없다고 생각한다. 무엇보다도 작가는 하고 싶어서 해야 하고, 그래야만 좋은 작품이 나온다. 하지만 프랑스에서도 작가 중심의 출판사는 아주 드물다.

꿀밤나무 : 작가의 중요성을 재차 강조했는데, 작가라고 하면 글과 그림을 함께 소화하는 사람을 말하는 건가?

아르튀르 웝슈미트 : 한 사람의 작가가 글과 그림을 모두 하느냐, 아니냐는 중요하지 않다. 중요한 것은 그림책의 완성도인데, 글과 그림 가운데

더 중요한 것은 그림이라고 본다. 영화도 마찬가지이다. 시나리오 작가와 감독 중에서 더 중요한 것은 감독이다. 관객들도 감독의 이름은 알지만 누가 시나리오를 썼는지는 모르지 않나? 그림책 작가는 영화에서의 감독과 같은 것이다.

꿀밤나무 : 기획을 하거나 주문을 하지 않는다고 했는데 그럼 모든 책을 다 작가들이 가져온 원고를 바탕으로 만든다는 말인가?

아르튀르 욉슈미트 : 그렇다. 편집자가 이런 책을 만들어 달라고 주문하는 경우는 아주 드물다. 가끔 이런 경우는 있다. 그림을 아주 잘 그리는 역량 있는 작가인데 어떤 이야기를 써야 할지 아이디어가 떠오르지 않는다고 말하는 경우가 있다. 그럴 때는 책상 위에 잔뜩 쌓여 있는 원고더미들 중에서 괜찮은 원고를 건네주고 작품을 만드는 경우는 있다.

꿀밤나무 : 아까 그림책 작가를 영화감독에 비유했는데, 우리는 편집자를 감독이나 피디에 비유하곤 한다. 그렇다면 에콜에서 편집자의 역할은 무엇인가?

아르튀르 윕슈미트 : 편집자는 한 마디로 정원사와 같다고 말하고 싶다. 씨앗을 심고 물을 주고 풀을 뽑아 주고 가꾸면, 열매는 결국 정원사가 거두는 것이다.

꿀밤나무 : 편집자에게 가장 필요한 덕목이라면?

아르튀르 윕슈미트 : 편집자는 무엇보다도 작가의 에고를 건드려서는 안 된다. 구체적으로 작품을 이야기해서 작가 스스로 생각을 발전시키도록 도와주어야지, 이렇게 저렇게 하라고 지시하는 사람이어서는 안 된다는 말이다.

꿀밤나무 : 이제 한 권의 책이 어떤 과정을 거쳐서 나오게 되는지 말해 달라.

아르튀르 윕슈미트 : 우선 작가가 하고 싶은 이야기가 담긴 원고를 가져온다. 하지만 완성된 형태가 아니라 대강의 줄거리와 몇 장의 그림만 가져올 뿐이다. 그럼 편집 주간이 작가와 만나서 작가의 생각을 듣고, 이런 저런 협의를 거치면서 손을 본다. 그다음에는 아트디렉터, 즉 미술부로

넘어가서 편집 구성을 한 다음, 세나리스트(scenarist : 시나리오 작가라는 뜻)에게 넘어간다. 세나리스트는 글과 그림을 함께 보면서 불필요한 글은 없는지 체크하고, 전반적으로 글을 다듬어 준다. 세나리스트에게는 그림을 보는 눈이랄까, 화면의 구성에 대한 이해가 필요하기 때문에 만화나 영화 쪽에서 일해 본 경험이 있는 사람들이 좋다. 이렇게 해서 글과 그림이 어느 정도 완성되면 다시 주간에게 넘어가 작가와 함께 결과물을 놓고 확정한 다음 제작에 들어간다.

꿀밤나무 : 일을 기능적으로 보는 것이 아니라 프로세스별로 보는 것 같다. 그럼 세나리스트는 영화에서의 편집과 같은 일을 하나?

아르튀르 웝슈미트 : 굳이 비유하자면 그렇다. 세나리스트는 교정을 보는 사람이 아니다. 그런 사람은 따로 있고, 세나리스트의 대부분은 작가이다. 우리도 그림책 작가의 경우 대부분이 글을 잘 쓰지 못하기 때문에 세나리스트들이 텍스트를 다시 만들어 준다고 보면 된다.

꿀밤나무 : 참 부럽다. 우리의 경우에도 그런 시스템만 갖춰진다면 좋은 작품이 나올 것 같은데……. 그럼 이야기를 약간 돌려서, 지금 에콜의 사

장으로 알고 있는데 후계자는 어떻게 뽑나? 본인이 지목하나?

아르튀르 웝슈미트 : 에콜에는 사장이 둘 있다. 쉽게 말하면 나는 편집 사장이고, 마케팅 쪽을 담당하는 사장이 따로 있다. 우리 둘은 상호협의하에 책을 만드는데 단 한 번도 의견이 달랐던 적이 없다. 물론 오너도 있다. 한 집안 식구들인데, 그들이 주로 하는 일은 돈 통을 지키는 거다. (웃음) 후계자는 내가 뽑는 건 아니지만 내가 사람을 추천한다.

꿀밤나무 : 어떤 기준으로 추천하나?

아르튀르 웝슈미트 : 기본적으로 똑똑한 사람이어야 하지만, 무엇보다 중요한 것은 형평성을 갖춘 사람이어야 한다. 특히 수많은 다양한 성향의 작가들과 다투지 않을 사람이어야 한다. 그러려면 자신은 그림자 속에 묻혀 있고, 작가를 앞세울 수 있는 사람이어야 한다.

꿀밤나무 : 그림책을 만들면서 가장 행복했던 순간은?

아르튀르 웝슈미트 : 대단히 미안한데, 그림책하고는 상관없고, 연애담하

고 얽혀 있다.

꿀밤나무 : 『소설』(열린책들 1993)이라는 책을 보면 편집자가 지켜야 할 원칙 가운데 작가와 사랑에 빠지면 안 된다는 게 있던데…….

아르튀르 웝슈미트 : 물론 그렇다. 하지만 원칙을 지키는 건 아주 어렵다. (웃음)

꿀밤나무 : 초판에 몇 부 정도 찍나? 그리고 어떤 식으로 소화되나?

아르튀르 웝슈미트 : 평균적으로 5,000부 정도 찍는다. 잘 나갈 것 같은 책이나 유명한 작가의 책은 8,000부까지도 찍는다. 그중에서 대략 40% 정도는 도서관등에서 구입해 주고, 60% 정도는 일반 독자가 사 준다.

꿀밤나무 : 그림책 한 권이 일 년에 몇 부 정도 나가나? 손해는 안 보나?

아르튀르 웝슈미트 : 대략 5,000 부에서 8,000부 정도 나간다. 그 정도면 프랑스에서도 아주 잘 나가는 수준이다. 물론 손해는 안 본다.

꿀밤나무 : 작가에게 인세는 어느 정도 주나?

아르튀르 윕슈미트 : 1만 5천 부까지는 7%이고, 그 이상부터는 더 준다. 보통 일을 시작할 때 계약금으로 2만 프랑(우리 돈으로 대략 520만 원) 정도를 먼저 줘서 작가가 작업을 할 수 있도록 배려한다.

꿀밤나무 : 개인적으로 좋아하는 작가가 있다면?

아르튀르 윕슈미트 : 토미 웅거러, 미셸 게(Michel Gay), 그레고와르 솔로타레프(Grégoire Solotareff) 등등 너무 많다.

꿀밤나무 : 현대의 작가 말고, 역사상 작가 중에서 본인이 좋아하는 사람은?

아르튀르 윕슈미트 : 고전적인 작가들의 작품은 기본적으로 다 좋아한다. 하지만 현대적인 입장에서 보면 큰 의미가 없다고 생각한다. 옛날 그림책들은 기본적으로 이야기 중심이고, 글과 그림이 나란히 간다. 하지만 텔

레비전이 보급되면서 그림책에서도 많은 변화가 있었다. 카메라의 앵글처럼 각도나 구도도 다양해지고, 이야기도 훨씬 드라마틱해졌다. 또 그림이 많은 이야기를 하기 때문에 텍스트가 그다지 중요하지 않게 되었다. 『코끼리 바바』 시리즈의 경우, 글이 너무 많기 때문에 아이들이 책을 보다가 존다. 그림책을 공부하는 사람이나 편집자에게는 공부용으로 더없이 좋은 책이지만 아이들에게는 별 재미가 없다고 본다.

꿀밤나무 : 특별히 프랑스적인 것이 있다고 생각하나? 아니면 나라와 상관없이 아이들은 모두 같다고 생각하나?

아르튀르 윕슈미트 : 책은 음식과 같은 것이라고 생각한다. 오늘 한국 음식을 처음으로 먹어 봤는데, 재료는 내가 익히 알고 있는 것들이었다. 문제는 같은 재료를 놓고 어떻게 요리하느냐에 따라 한국 음식도 되고 프랑스 음식도 되는 것에 있다고 생각한다. 텍스트는 늘 있어 왔고, 앞으로도 있을 것이다. 다만 시대가 바뀌고 사람이 바뀌는 거고, 그에 따라 풀어 나가는 방식이 달라질 뿐이다. 당신이 프랑스 영화를 보고 재미있다고 느꼈다면, 문화적인 이질감과 별개로 당신이 공감할 수 있는 어떤 부분이 있기 때문일 것이다. 마찬가지로 잘 만든 책이고, 이야기가 재미있으면 나

라와 상관없이 아이들은 모두 재미있게 볼 수 있다고 생각한다.

장장 다섯 시간의 기나긴 토론을 마치고 나서, 우리는 다시 카페로 자리를 옮겨 이야기를 나누었다. 처음에는 약간 가벼운 대화를 나눌 예정이었지만 참석자들의 의욕 과잉으로 이야기는 자연스럽게 그림책으로 흘러갔다.

우리는 에콜 사장의 주문에 따라 준비해 간 6권의 그림책을 그에게 보여 주었다. 그는 자신은 한국말을 전혀 모르기 때문에 아이와 같은 심정으로 그림책을 본다는 말을 거듭하더니, 6권의 그림책을 두 부류로 나누었다. 한쪽은 그림만 봐도 대강 내용을 이해할 수 있는 책들이고, 다른 한쪽은 전혀 내용을 파악할 수 없는 책들이라고 했다. 전자에는 『내 짝궁 최영대』(재미마주 1997), 『우리 순이 어디 가니』(보리 1999), 『세상에서 제일 힘센 수탉』(재미마주 1997)이 있었고, 후자에는 『불가사리』(웅진주니어 1998), 『보바보바』(웅진닷컴 1993), 『오소리네 집 꽃밭』(길벗어린이 1997)이 있었다.

그의 말을 들으면서 가장 마음에 와닿았던 표현은 '단순하고 소박하면서도 원칙을 지키는 책'이라는 말이었다. 그전에는 조잡할지언정 소박함이라도 갖고 있었는데, 이제는 그런 소박함마저 사라져 버린 것은 왜일까? 그 이유를 나름대로 분석해 보면서, 그것은 결국 우리들이 갖고 있는 욕심이랄까, 아이들은 이래야 한다는 강박관념 때문이라고 생각했다.

그의 말대로 원칙을 알 수는 있지만 지키기는 무척 힘이 든다. 어른들의 입김이 지나치지 않는 책, 그래서 아이다운 단순명쾌함이 살아 꿈틀대는 그런 책을 꿈꾸면서, 우리들의 기나긴 토론도 끝을 맺었다.

이 원고는 1999년 5월 『꿀밤나무』 기획위원(엄혜숙, 문승연, 이형진, 이은영, 허은미)들과 가진 좌담회를 정리한 것으로, 통역은 최윤정이, 원고 정리는 허은미가 맡았으며 『꿀밤나무』 제3호에 실렸다.

프랑스 편집자, 아트디렉터, 번역자에게 듣는다

"

주느비에브를 처음 만난 것도 그해, 93년이었다. 아를로에서 같이 일하던 네덜란드 친구 마리아 노드만이 번역하고 있던 작가가 주느비에브 브리작(Geneviève Brisac)이었다. 그때, 나는 눈앞의 현실을 놓아 버리고 혼돈의 한가운데로 걸어 들어가서, 더 이상 세상에 존재하지 않는 작가의 말을 알아듣기 위해 초집중 해야만 했다. 그리하여 나의 언어로 한국 독자들에게 작가가 말하고자 하는 바를 전해야 하는 난감함 때문에 자주자주 무거운 우울 속에 빠지곤 했었다. 조르주 바타이유(George Bataille)의 『문학과 악』(민음사 1995) 때문이었다. 그 번역 작업을 하면서 나는 다른 사람들은 뭘 번역하나 힐긋힐긋 쳐다보는 버릇이 생겼었다.

씩씩한 마리아가 환하게 웃으며 "이거, 『작은 여자』야!" 하고 들어 보이는 책은 제복처럼 작았다. Petite. 제목도 최소한으로 압축해서 한 단어였다. '작은'이란 뜻의 저 형용사는 여성형으로 표현되어 있고, 내용으로 보면 주인공 여자를 뜻한다. 거식증에 걸려 먹지 않아 정말로 몸피가 작아지는 소녀. 그 소설 이야기를 마리아에게 들으면서 나는 거식증이란 낱말을 불어로 처음 접했다. 아니, 한국말로도 거식증이라는 병은 들어본 적이 없었다. 희한해하는 내게 마리아는 요즘 유럽 여자아이들 사이에서 이게 정말 문제라고 했다. 한국은 그런 거 없다 했더니 그럴 리가 없다고, 다이어트와 직결되는 문제이니 조금 있으면 너네도 그럴 거라 했다. 그렇게 해서 나는 주느비에브 브리작을 알았고, 머지않아 그녀의 번역자가 되었고 그녀를 만났다. 에콜 데 루아지르가 프랑스의 가장 대표적인 어린이책 출판사라는 것도 모르고 있던 나는 주느비에브와 아르튀르가 같은 회사에서 일한다는 것도 기가 막힌 우연이라고 생각했다. 자기 작품을 한국어로 번역하고 싶어 하는 나를 그녀는 당연히 반갑게 맞이해 주었다. 수지 모건스턴은 물론이고 플로랑스 세이보스(Florence Seyvos), 크리스 도네르(Chris Donner), 마리 오드 뮈라이유(Marie-Aude Murail), 아네스 드 자르트(Agnès Desarthes), 로리 뮈라이유(Lorris Murail), 모카(Moka), 발레리 제나티(Valéry Zénatti), 크리스토프 오노레(Christophe

Honore), 야크 리베(Yak Rivet) 등은 그녀의 추천으로 내가 번역하거나 번역 기획한 작가들이다.

그로부터 6년 뒤, 어린이문학과 독서교육에 관한 이런저런 글들을 쓰다가 답답하고 궁금해졌다. 도대체 프랑스 사람들은 어떻게 하고 있는 것인지. 아이 엄마이며 소설가이자 동화 작가이고 어린이책 편집인인 그녀, 공부도 잘해서 엘리트 교육을 받은 그녀가 내 궁금증을 풀어 줄 적절한 대상으로 생각되었다. 뜬금없이 그것도 전화로 인터뷰를 하자고 하는 내게 응해 준 것만도 황송했는데 1999년 4월 8일, 한국 시간 밤 11시에 내 전화를 받은 그녀는 대뜸, 자기가 전화를 걸 테니 끊으라고 했다. 세계 어느 곳에서나 번역료는 형편없고 번역자는 살기 힘들다는 속사정을 누구보다 잘 알고 있는 터라 번역자인 나를 세심하게 배려해 준 것이었다. 까다롭기로 유명한 그녀가 뭘 믿고 이렇게 내게 선선하게 응해 주었나 모르겠다는 생각을 한 적도 있지만 돌아보면 내가 접촉했던 모든 작가들이 어린이문학과 관련한 일에 대해서는 한결같이 진지했으며, 자기관리에 철저했고, 뭔가 해 보려는 선의를 가진 타자에게 마음을 열었다. 그래, 이렇게 사람과 사람의 마음이 통하면 못할 일이 없는 것이다! 이 인터뷰는 그렇게 우리 집 서재에서 전화로 이루어졌고 곧바로 원고로 만들어져 교사들을 위한 잡지에 실렸었다. 그 후, 15년. 나도 편집자가 되었고 그녀는 자기 출판사 책 목록에 우리 출판사 책 『어느 날 내가 죽었습니다』와 『마지막 이벤트』를 싣게 되었다. 뿌듯하고 동시에 이득히다.

”

변화하고 있는 어린이문학

_주느비에브 브리작 인터뷰

Brisac Geneviève 2005 © John Foley

최윤정 : 안녕하십니까, 이렇게 전화 인터뷰에 응해 주셔서 감사합니다. 짧은 시간에 이야기를 해야 하니까 바로 질문부터 해야겠는데요……. 먼저, 프랑스 어린이문학의 특성에 대해서 이야기 좀 해 주시겠습니까?

주느비에브 브리작 : 네, 프랑스 어린이문학은 참 많이 변했습니다. 글쎄요, 사회가 변하면서 어린이의 위상이 변한 것이지요. 가족이나 어린이라는 개념이 예전에 비해서 훨씬 강조되면서 주변적인 것으로 가치가 폄하되던 어린이문학이 오늘날에는 중요한 위치를 차지하게 되었습니다

최윤정 : '오늘날' 이란 좀더 정확히 얘기하자면 언제부터라고 할 수 있습니까?

주느비에브 브리작 : 한 15~20년 전부터라고 할 수 있습니다. 프랑스뿐만 아니라 유럽이나 미국에서도 마찬가지지요.

최윤정 : 네, 주로 문학 외적인 변화에 대한 말씀이신 것 같은데요, 좀더 구체적으로 텍스트 내에서 일어난 변화에 대해서 언급해 주시겠습니까?

주느비에브 브리작 : 이야기들이 현대적이 되었습니다. 삶에서 일어날 수 있는 모든 소재들이 다루어지게 되었지요. 글쓰기가 훨씬 살아 있게 된 겁니다.

최윤정 : 예전의 글쓰기는 '살아 있지' 않다는 뜻이 되겠네요?

주느비에브 브리작 : 그렇습니다. 옛날의 글쓰기는 상당히 도덕적, 교훈적이고, 교과서적인 냄새가 풍기는 것이었지요. 하지만 오늘날의 글쓰기는 아이들로 하여금 사유하게 만들고, 웃게 만들고, 세상을 이해하게 만

드는 데에 목적을 둡니다. 그리고 오늘날의 우리 어린이문학은 프랑스적이라기보다는 코스모폴리탄적이라고 해야 할 것 같습니다. 굳이 다른 나라, 예컨대 독일 문학과 비교하자면, 덜 무거운 편이고, 덜 '정치적으로 올바른' 편이라고 할까요. 오늘날은 문학의 유통이 빠르잖아요. 우리는 외국 책을 많이 냅니다. 최근에 코소보 전쟁을 다룬 미국 작품을 한 권 냈는데, 편집자로서 아주 만족스럽게 생각합니다. 이런 책이 있다는 게 만족스럽습니다. 구체적인 텍스트를 통해서 청소년들에게 세상에서 무슨 일이 일어나고 있는지 알게 해 주고, 그 사람들의 삶에 관심을 갖게 해 주니까요.

최윤정 : 외국 문학을 많이 펴내시나요? 외국 출판사들의 도서 목록을 보면 대개가 자국 중심으로 보이던데요, 이 점에 대해서는 어떻게 생각하십니까? 마리아 니콜라예바(Maria Nikolajeva) 같은 사람은 어린이문학은 일반적으로 국민 문학적인 성격을 띤다고 하던데요…….

주느비에브 브리작 : 아, 저는 그렇게 생각하지 않습니다. 더군다나 아이들에게 국경이 무슨 의미가 있나요. 아이들은 민족이니 국가니 그런 데에 전혀 관심이 없습니다. 물론 출판사들의 고전 목록이 자국 중심인 것은 자명합니다. 뭐랄까, 직업적인 측면에서 말하자면 외국 작품을 수입하는

것보다 자국의 문학을 발견하고 알리는 것이 출판사로서는 훨씬 이익이 많은 일이라고 봐야지요. 그리고 아이들은 학교에 다니면서 자연스럽게 자국 문학 수업을 받게 되니까요. 영미 문학 쪽, 그리고 북구 문학 쪽이 더 폐쇄적인 것은 사실입니다. 그들은 자기들의 문학적 전통이 제일 강하다고 생각하고, 읽어야 할 것, 필요한 것을 자기들 자체 내에 다 갖추고 있다고 생각해요. 언어 문제도 크구요. 영어권 국가 사람들은 거의 다른 나라 말에 관심을 안 보이잖아요. 거꾸로 북구 쪽에서 보면 자기네 나라 말을 할 수 있는 외국 편집자가 거의 없으니까, 그쪽 문학은 그쪽 문학대로 또 고립되는 거구요.

최윤정 : 당신들도 아이들에게 고전을 읽히는 일이 중요하다고 생각하십니까?

주느비에브 브리작 : 그렇지요. 우리도 『톰 소여의 모험』이라든가, 『정글북』, 『보물섬』 같은 책들을 읽습니다. 그리고 학교에 다니게 되면 아이들은 몰리에르(Molière), 라신(Racine), 세귀르 공작 부인(Comtesse de Ségur), 쥘 베른(Jules Verne), 빅토르 위고(Victor Hugo) 등을 읽어야죠.

최윤정 : 텍스트는 원본을 읽나요? 축약본이 돌아다니지는 않는지요?

주느비에브 브리작 : 물론입니다. 원본을 읽어야지요. 그렇지만 빅토르 위고나 『오디세이』나 『일리아드』 같은 부피가 큰 책들은 다이제스트판도 상당히 있습니다. 글쎄요, 어린이용으로 작품을 고쳐 쓴 것들이 꽤 있습니다만, 우리는 반대하는 입장입니다. 그리고 원본을 중요시하는 추세가 점점 강해지고 있어서 다이제스트는 줄어들고 있습니다.

최윤정 : 외국 작품을 들여오는 문제를 좀더 얘기하고 싶은데요……. 우리나라에서는 외국 작품을 수입할 때에 뉴베리, 칼데콧, 안데르센 등등의 문학상을 받은 작품을 중요하게 생각하는데, 거기서는 어떻습니까? 프랑스 작가들 중에 이런 상을 받은 작가를 좀 알려 주시지요.

주느비에브 브리작 : 아, 물론 우리도 상 받은 작품을 주목합니다. 그러나 사실, 상 받은 작품이라는 정보에 의존하는 건 편집자들의 태만이라고 봅니다. 모든 상이라는 게 그렇지요, 뭐. 상을 받으면 상업적으로도 성공하고, 그러니까 줄들을 서는 건데…… 저는 사실 개인적으로는 상을 별로 믿지 않는 편이거든요……. 우리도 칼데콧상 받은 작품을 꽤 들여왔는데,

대부분 우리가 작품이 좋다고 판단하여 출판을 결정한 후에 그 작품이 상을 받았다는 사실을 알게 됩니다. 그럴 경우 상당히 만족스럽지요. 상이라…… 칼데콧, 뉴베리는 미국 상이니까 그렇고…… 안데르센상은 국제적인 건데, 프랑스에서도 받은 사람이 있을 거예요……. 글쎄, 모르겠는데요.

최윤정 : 얘기를 좀 바꿔 볼까요? 아까 (프랑스) 어린이문학이 겪은 '변화'에 대해서 언급하시면서 과거의 책들에 비해서 현재의 책들이 도덕적, 교훈적인 주제라는 제약에서 상당히 자유로워졌다고 말씀하셨는데, 어린이문학의 교육적인 기능에 대해서는 어떻게 생각하시는지요.

주느비에브 브리작 : 무엇보다도 아이들로 하여금 생각을 하게 만드는 것이지요. 사물을 좀 달리 보도록 해 주고, 세상 사람들의 관습이라는 것을 한번 의심해 보게 해 주는 것이지요. 그러면서 겁먹지 않고 세상을 마주할 힘을 주는 것이라고 할까요.

최윤정 : 전적으로 동감입니다. 이야기를 좀더 연장해 보자면, 어린이 책에 현실 비판적인 내용이 나오는 것에 대해서는 어떻게 보십니까? 교사

의 폭력 문제라든지, 마약, 사회적인 불의, 동성애 등이 소재로 등장하는 경우가 점점 많아지고 있는데요……. 왜, 플로랑스 세이보스의 『내가 대장하던 날』(최윤정 옮김, 문학과 지성사 1999)에 보면 선생님이 너무하잖아요, 주인공 여자아이가 당돌하고 깜찍한 것도 놀랍고요. 『파스칼의 실수』(최윤정 옮김, 비룡소 1997)에서는 그래도 작가의 비판적인 시선이 간접적이었는데, 『내가 대장하던 날』에서는 상당히 겉으로 드러나 있더군요. 이처럼 현실의 어두운 면을 드러내는 것에 대해서 프랑스 사람들은 어떻게 생각합니까?

주느비에브 브리작 : 글쎄요, 그런 걸 좋지 않게 보는 사람도 있기는 하겠지요. 사람 생각이야 다 다른 거니까요. 전 그런 데 신경 안 씁니다. 문제는 어떻게 표현했느냐입니다. 문체가 중요하겠지요. 예술 작품에서 가장 중요한 것이 아름다움 아닙니까. 예술은 세상의 추한 모습보다 더 강합니다. 그리고 또 예술은 세상의 추한 모습을 종종 소재로 사용하지요. 현실의 어두운 면을 그리면서 그 속에 아름다움을 담는 작품은 아이들에게 힘을 준다고 생각합니다.

최윤정 : 독서교육 쪽으로 얘기를 조금 돌려 볼까요? 요즘엔 어디서나 아

이들이 책을 읽지 않는다는 목소리가 높은데 어떻습니까, 그쪽은?

주느비에브 브리작 : 그렇기도 하고 그렇지 않기도 합니다. 과거에 비해서 영상 매체가 발달하고 인터넷이니 뭐니 아이들이 워낙 많은 정보에 노출되어 있지요. 이런 현상 자체가 아이들을 책으로부터 멀어지게 하는 건 사실입니다. 그러나 또한 옛날에 비하면 좋은 책이 너무나 많습니다. 말을 바꾸면 책을 찾는 아이들도 옛날보다 훨씬 더 많다는 거지요.

최윤정 : 상당히 긍정적이시네요. 왜 책 잘 읽는 아이들 이야기는 별로 안 하잖아요. 책 안 읽는다는 불평은 많이 해도……. 그래서 말인데, 프랑스에서는 아이들에게 책을 읽히기 위해서 어떤 노력들을 합니까? 가령 학교 차원에서 이루어지는 활동이 어떤 것들이 있는지 소개를 해 주시겠습니까?

주느비에브 브리작 : 교사들이 책 읽기를 많이 권장합니다. 따분한 고전만 강조하지 않고 현대 작품들을 많이 읽도록 유도하지요.

최윤정 : 어떻게 합니까? 뭐, 숙제로 내주거나 그럽니까?

주느비에브 브리작 : 아니요! 강요해서는 절대로 효과가 없다는 것을 교사들은 잘 알고 있습니다. 교실에 책을 많이 갖추어 놓는 거죠. 도서관 이용도 자주 하게 하고요. 교사가 개인적으로 작가들을 교실에 초청해서 아이들과 이야기를 나누게 하는 일도 상당히 빈번합니다. 학교나 지역 단위의 책 전시회, 낭독회, 연극 등 다양한 활동들도 벌이고요.

최윤정 : 역시 환경을 갖추는 것이 문제지요. 부럽습니다, 그렇게 모든 것이 자율적으로 이루어지는 것이. 책값이 상당히 비싼데요, 부모들이 아이들에게 책을 많이 사 주는 편인가요?

주느비에브 브리작 : 아이들에게 책을 사 줘야 한다고 하면 프랑스 부모들은 화를 냅니다. 책은 아이들에게 '주는' 것이라고 생각하지요.

최윤정 : 우리나라에서는 사정이 다릅니다. 도서관도 여의치 않고 해서 열의가 있는 부모들은 책을 사 줘야 하는 형편인데, 사실 사 주려고 해도 어떤 책을 사 줘야 할지 난감할 때가 많아요. 그래서 추천도서 목록이라는 것들에 많이 의존하는데, 당신들은 어떻습니까? 전문가들이 펴내는 추천도서 목록 같은 게 있는지요?

주느비에브 브리작 : 목록이요? 책 제목만 적으면 어떡하라고요. 그 속에 뭐가 들어 있는지 알려야지요. 네, 우리도 부모나 교사들이 책을 선택하는 데 참고가 될 만한 일들을 많이 합니다. 사서 모임이라든지, 각종 출판사, 지역 신문 등등 아주 많은 곳에서 신문이나 잡지 형태로 정기간행물을 내고 그 속에 평론을 싣습니다. 그런 게 참고 자료가 되는 거지요.

최윤정 : 통화가 상당히 길어졌네요. 장시간 질문에 응해 주셔서 정말 감사드립니다. 앞으로도 어린이문학에 대해서 더욱 깊은 이야기를 나눌 수 있기를 바랍니다.

주느비에브 브리작 : 아, 제게도 즐거운 시간이었습니다. 그럼 다음번을 약속할까요? 안녕히 계세요.

이 인터뷰는 1999년 4월 8일 최윤정과 주느비에브 브리작의 전화를 통하여 이루어졌다. 번역 및 원고 정리는 최윤정이 맡았으며 『우리교육』 1999년 6월호에 실렸다.

❝

2011년 이경혜의 『어느 날 내가 죽었습니다』가 프랑스의 에콜 데 루아 지르에서 출판되었다. 2004년 바람의아이들에서 출판된 지 7년 만이다. 그러나 내가 한국 작품을 프랑스에 알려야겠다고 생각하고 무모한 시도 를 했던 것은 그보다 몇 년 더 거슬러 올라가는 일이다. 2014년 봄 현재, 같은 출판사에서 유은실의 『마지막 이벤트』가 출간된 시점에서 회상해 보니 모든 감정이 희석된 듯하다. 감정의 희석은 기억을 흐리게 한다. 엊 그제 받은 에콜 데 루아지르의 카탈로그 표지에 떡하니 실려 있던 『마지 막 이벤트』 프랑스 판본 표지, 주느비에브가 그 작품에 흠뻑 빠졌더라는 번역자의 전갈, 에콜의 편집자들, 프랑스의 번역자들과 주고받은 메일의 어운 때문에 무수한 기대와 좌절과 우울과 초조의 시간이 그림자처럼 드리워진 이 일에 대해서 서술하기가 쉽지 않을 듯하다.

마담 보드리의 이름은 카트린이다. 그녀가 얼마 전 메일을 보내왔다. 『어느 날 내가 죽었습니다』를 읽게 해 줘서 고맙고, 번역을 하게 되어서 행복하다고. 청소년 아이들과 일상을 함께 하니까(그녀의 직업은 중학교 영어교사다) 생생한 언어로 번역할 수 있을 것 같다고. 그럴 것이다. 잡지에 글을 쓰는 일을 몇 년간 한 이력도 있으니까 한국 청소년소설을 프랑스어로 번역하는 사람으로서 이만한 자격을 갖춘 사람도 없다고 봐야 할 것이다. 우리가 운이 좋은 것이고 감사한 것이다. 그런데 그녀가 감사하다고 한다. 그리고 그게 그저 인사치레가 아님을 알기에 만감이 교차한다.

이 인터뷰가 가능했던 것도 물론 그런 열의와 협조 덕분이다. 다음에 이어지는 인터뷰는 김소희와 카트린 보드리(Catherine Baudry) 그리고 바람의아이들과 에콜 데 루아지르의 편집자들 간에 오고간 메일을 토대로 정리한 것이다. 때로는 두 번역자에게 바람의아이들이, 때로는 에콜 데 루아지르의 편집자가 두 번역자에게 혹은 바람의아이들에게 던지는 질문과 대답 들을, 중복을 피하고 한국 독자 입장에서 읽기 좋도록 편집하였다.

"

번역자로 산다는 것

_카트린 보드리, 김소희 이메일 인터뷰

Yoo
Eunsil
Le dernier
événement

© l'école des loisirs
le dernier événement | un jour je suis mort

Kyunghye
Lee
Un jour
je suis mort

바람의아이들 : 두 분과 인터뷰를 시작하려니 오래전 일이 생각납니다. 설레임, 불안, 초조, 기다림, 걱정, 수고가 결국은 행복의 열매를 맺었지요! 제 입장에서 보자면 거의 10년이 다 되어가는 이 모든 노력들 속에서 우리가 함께 나누었던 감정들이 새삼스레 되살아나는군요. 제가 김소희 선생님께 『어느 날 내가 죽었습니다』의 원본을 건넨 게 2004년이더군요. 2004년…… 제가 바람의아이들을 시작하고 만든 초기 책 중의 하나라 감회가 각별합니다. 저를 믿고 그 지루하고 어려운 번역 작업에 인내와 열정을 보여 주신 데 대해 감사드립니다. 비록 만날 수는 없지만 멀리서 이렇게 주고받는 생각과 감정 들이 한국의 독자들에게 매우 흥미롭게 다가

가리라고 생각합니다.

카트린 보드리 : 이 멋진 원고를 우리에게 맡겨 주신 데에 대해, 그리고 한국 문학을 좀더 잘 알 수 있는 기회를 주신 데 대해 제가 오히려 감사하고 있다는 말씀을 다시 한 번 전합니다. 당신과 김소희 두 사람과 함께 하는 작업은 제겐 현실적인 즐거움이며 또한 영광이기도 하답니다. 어떤 질문이든 망설이지 말고 던져 주세요. 공동 번역 작업은 흥미진진한 일인 거 같습니다. 그 작업에 대해서 말하는 것은 제겐 항상 재미있는 일이고요.

바람의아이들 : 우선 독자들을 위해서 간단한 자기소개 부탁드립니다.

카트린 보드리 : 두 딸의 엄마로서, 한 남자의 아내로서 파리 근교에 살고 있는 서른일곱 살 프랑스 아줌마예요. 현재 레지옹 도뇌르 고등학교 (Lycée de la Légion d'honneur : 레지옹 도뇌르 훈장을 받은 사람의 딸이나 손녀가 입학할 수 있는 여자 기숙학교)에서 영어를 가르치고 있어요. 취미는 글쓰기, 탐정소설 읽기, 영화 보기, 음악, 조깅, 쇼핑, 요리 등등 다양해요.

김소희 : 두 딸의 엄마로서, 한 남자의 아내로서 파리 근교에 살고 있는 마흔두 살 한국 아줌마예요. 한국과 프랑스 사이에서 어린이책과 관련된 다양한 커뮤니케이션 역할을 해내고 있어요. 토요일마다 한동네 한국 꼬맹이들이랑 한글 놀이하기, 뭘 하고 놀까 궁리하기가 유일한 취미예요.

바람의아이들 : 두 분께서는 『어느 날 내가 죽었습니다』를 처음 접하셨을 때, 어떤 느낌을 받으셨는지 궁금합니다. 먼저 책을 접하신 선생님께서 다른 분께 어떻게 설명을 해 주셨는지, 구체적인 뒷이야기도 들을 수 있을까요?

카트린 보드리 : 김소희가 이 책을 같이 번역해 보자고 제안해 왔을 때, 뭔가 있을 것 같은 이 역설적인 제목을 보는 순간 내용을 알고 싶은 강한 욕구를 느꼈어요. 그래서 한 치의 주저함도 없이 대번에 OK한 거였죠. 김소희는 우리가 해낼 번역 작업이 출간이 안 될 수도 있다는 점, 그래서 저한테 아무런 대가도 지불하지 못할 수 있다는 점 등을 우려했지만, 그런 우려는 이미 제 귀에 들어오지 않았어요. 이 소설의 내용을 알고 싶은 욕구에 비하면 하등 중요한 문제가 아니었으니까요. 저는 어느 한 주인공이 죽음을 경험한 이야기겠구나 짐작했습니다⋯⋯. 근데, 이야기를 읽고

보니, 작가는 죽음에 대한 다양한 경험을 이야기하네요. 재준이의 죽음, 화자인 유미가 겪어내는 그 죽음이라는 것, 독자가 이해하는 이 테마의 본질 등. 정말 멋진 제목입니다!

제게는 이 책이 사춘기 여자아이 유미의 눈을 통해서 보이는 한국, 즉, 한국의 현대 사회, 학교 생활, 또 사춘기 등을 알게 되는 기회였습니다. 그리고 이 작품은 정말로 시적인 글이더군요. 소중한 존재를 잃은 그 마음을 섬세하고 세련되게 감성적으로 잘 그려낸 작품이라고 생각합니다.

김소희 : 저의 경우는 카트린과는 아주 다릅니다. 제목의 강렬함에 이끌려 이 책의 번역을 시작한 게 아니거든요. 이 작품을 한 자 한 자, 한 줄 한 줄 번역해 나가면서 이 작품이 지닌 높은 가치에 눈이 번쩍 뜨였습니다. 화자 유미랑 같이 슬퍼하고 같이 분노할 만큼 마음이 완전히 젖어 버렸습니다. 어린 주인공들의 마음을 벚꽃이나 가로등 불빛 등을 매개로 서정적이고 시적으로 완벽한 조화로 풀어내는 작가의 언어에 감탄했습니다. 번역을 해 나가면서 이 소설이 프랑스 청소년들의 마음을 울리고, 사춘기를 살아내는 데 도움이 될 거라는 확신이 강해졌고, 주위 사람들한테는 '굉장한 청소년(성장)소설인데, (프랑스 사람들한테는 낯선) 한국까지 배울 수 있으니 일거양득'이라며 큰소리 땅땅 치면서 소개하곤 했습니다.

Catalogue 2011 © l'école des loisirs

제가 이 책을 처음 만난 건 2004년 여름이에요. 그때 한창 영유아 그림책에 빠져 살 때, 이 책의 표지를 보는 순간 참 묘한 괴리감을 느꼈던 기억이 납니다. 강렬한 어조로 강한 메시지를 던지는 제목에 비하여 표지 그림이 너무 서정적이었으니까요……. 그 후 시간이 한참 흐른 후에, 2009년 초에 최윤정 선생님을 파리에서 만났을 때, 이 책 이야기를 나누었고, 저한테 불어로 독서 감상문을 써 보지 않겠냐고 제안하셨어요……. 그날 집에 들어가자마자 어딘가 꽂아 두었던 이 책을 찾아 읽었어요……. 책을 읽고 난 첫 느낌은, 독서 감상문으로는 이곳 출판사를 설득할 수 없다, 작가의 언어를 그대로 맛보여 줘야겠다는 확신이 들었어요. 그런데 문제는 발췌 번역이라도 하려면 (한 번도 청소년소설을 번역해 보지 않은 왕초보로서) 거기에 엄청난 시간과 노력을 쏟아야 할 텐데, 과연 그럴 만한 가치가 있는가 하는 자문이었어요. 이런 마음으로 아무 일도 시작할 수가 없었어요……. 그래서 그 당시 프랑스 출판 시장에서 청소년소설의 현황을 점검하고, 프랑스 청소년소설에 관련된 논문들을 찾아 읽었어요……. 그러다 이웃집 한국 아줌마한테 이 소설을 읽어 달라고 했어요. 그 집 딸아이가 딱 유미 나이였거든요. 이 아이는 여기서 태어나 자랐고 그때까지 한국에 가 본 적이 두 번뿐인 아이예요. 이 책을 단숨에 읽어낸 이 엄마가 그다음 날 당장 저를 찾아와서 하는 말이 '어쩜 이렇게 요 또래

아이의 일상을 딱 잡아냈는지' 감탄을 하면서 당신 딸아이와 그 친구들 (프랑스 친구들)한테 읽힐 수 있으면 좋겠다는 말을 덧붙였어요······. 이런 점검 과정을 거쳐서, 이 책을 번역하기로 결심을 했고, 카트린을 공역자로 끌어들인 겁니다.

바람의아이들 : 김소희 선생님께서는 예전에 한국에서 편집자로 일을 하셨다고 들었어요. 한국의 편집자와 프랑스의 편집자의 일이 비슷한지, 다르다면 어떻게 다른지 말씀해 주세요. 이 작품을 에콜 데 루아지르에서 출판하는 과정에서의 구체적인 예를 들어 주실 수 있다면 더욱 좋겠습니다.

김소희 : 짧고 얕은 제 경험에 비추어 두 나라 편집자의 일반적인 차이를 말씀드리는 데는 무리가 있습니다. 한국에선 햇병아리 편집자 경험이 전부였고, 여기선 편집자들과 접하는 경험들이 워낙 단편적이라 제가 받은 인상이 전부니까요. 하지만 『어느 날 내가 죽었습니다』 교정 교열 과정에서 느낀 점 한 가지는 말씀드릴 수 있습니다. 제가 햇병아리 편집자였을 때, 세 역할을 스스로 '체'에 비유하곤 했습니다. 작가나 번역자의 언어를 곱게 걸러내는 체 말입니다. 올이 촘촘할수록 곱고 부드러운 가루를 얻을 수 있듯이, 저 역시 올이 성긴 체가 되지 않으려고 노력했던 기억이

납니다. 하지만 번역자로서『어느 날 내가 죽었습니다』교열 교정을 맡은 편집자 베로니끄 씨를 만나면서 그 생각이 완전히 바뀌었습니다. 노련한 베로니끄 씨나 햇병아리 편집자였던 저나 '해당 텍스트의 맨 첫 독자'로서의 사명감(?)은 비슷해 보였습니다. 하지만 베로니끄 씨는 '아주아주 성긴 체' 역할에도 신중을 기하는 듯했습니다. 한 페이지에 여러 번 반복되는 문장들에 밑줄을 그어서 그 표현들이 적당한지 바꿀 필요가 있을지 번역자 스스로가 다시 한 번 생각해 보기를 바랐고, '춘천'이 어디에 위치했는지 알고 싶으니 각주를 달면 어떻겠냐는 제안을 해 오는 정도였습니다……. 베로니끄 씨와의 만남에서 느낀 건, 제가 이 작품의 독서 감상문을 쓰는 대신 저자의 언어를 최대한 고스란히 이곳 편집자들한테 전달하고픈 욕심과 애정으로 번역을 택했듯이, 베로니끄 씨도 똑같은 마음으로 우리 번역 글을 고스란히 독자한테 전달하고 싶어 한다는 점이었습니다.

바람의아이들 : 까뜨린 선생님께서는 현재 중학교 선생님이시라고 들었습니다. 번역하신 책에 대해 중학생 아이들의 실제 반응을 접하실 수 있으셨을 텐데, 아이들의 반응은 어떠한가요? 프랑스 청소년과 한국 청소년들의 문화적 차이가 있을 텐데 프랑스 학생들에게는 이 책이 어떻게 읽혀졌을지 궁금해요. 아울러 이 책에 묘사된 한국 청소년들 혹은 교사나

학부모에 대해서 어떤 느낌을 받으셨는지도 궁금합니다.

카트린 보드리 : 고등학교로 오기 전에 9년간 중학교에서 가르쳤어요. 제가 근무했던 중학교는 이런저런 문제나 어려움이 있는 중학생들을 모아둔 학교예요. 그래서 그곳 중학생들의 반응에 대해선 드릴 말씀이 많지 않습니다. 하지만 그때 제가 한창 공역을 해 나갈 때, 학생들에게 이 소설 내용에 대해서 가끔씩 언급하곤 했었는데요, 학생들이 가장 놀라워한 부분은 교복을 입는다는 점(프랑스에도 있긴 있는데 아주 드물거든요), 학교에서 학생들을 때리는 것이 가능하다는 점(프랑스는 체벌이 금지되어 있어요), 학교 마치고 학원에 가서 공부를 해야 한다는 점이에요. 하지만 같은 문젯거리를 안고 같은 사춘기를 겪는 데 공감을 했고, 또 한국 학생들도 수업 시간에 잠을 잔다는 데서 다들 재밌어했어요……. 제 친구 중 중학교 불어 교사는 이 책을 교재로 삼아 수업을 하기도 했습니다.

바람의아이들 : 책의 본문을 보면, '오래비' '닭갈비' '검은 비를 맞은 것처럼 새까맣다고 검비' 라는 표현들이 나오는데요, 언어적 차이가 있나 보니, 그대로 번역하기 어려운 문장들인 것 같은데 이러한 문장들은 어떻게 번역을 하셨는지 궁금해요. 이 작품을 번역하실 때, 선생님들께서 어려움

을 느끼셨거나 특별히 신경 쓰였던 부분들도 이야기 듣고 싶습니다.

김소희 : 번역하기 쉬운 문장은 단 하나도 없었어요. 하지만 예로 들어주신 것처럼 몇몇 낱말이나 표현에 해당하는 프랑스어를 찾는데 사전, 인맥 등 가능한 방법을 총동원하여 적당한 낱말을 찾아서 주위에 테스트를 해보고 그 의미가 다르게 읽히면 애써 찾은 낱말을 버리고 또 새로운 탐색전에 들어가기가 일쑤였어요. '오빠도 아니고, 형도 아니고, 오라버니도 아닌 오래비', 또 유미 앞에서 스스로를 이렇게 칭하던 재준이 마음 등을 헤아려, 일단 김소희는 카트린 보드리를 충분히 이해시키고 납득시키고, 카트린 보드리는 적당한 낱말을 찾고, 김소희가 느끼기에 그 표현이 엇비슷하기는 해도 정확히 그것이 아니다 싶을 땐, 이 작업을 다시 시작하기를 거듭했지요. 그러다 우리 둘 다 만족스런 표현을 찾아냈다 싶을 때 주위에 테스트를 해 보았는데, 그 테스트의 결과가 엉뚱하면 카트린은 다시 밤낮으로 이 낱말을 물고 고민을 시작했지요……. 이 '오래비'가 그 대표적인 예예요. '닭갈비' '소주'와 같은 표현은 한국(음식)문화를 알릴 수 있는 절호의 기회가 왔으니 그 이름을 그대로 쓰고 각주를 달아 주었어요. '검은 비를 맞은 것처럼 새까맣다고 검비'라는 문장은 차라리 쉬웠는데, 계속 반복해서 나오는 이름 '검비'가 문제였어요. 한국어에서는 두

음절밖에 안 되지만 불어로 쓰면 상당히 길어져서 계속 반복해서 읽기엔 버거운 느낌이었거든요. 그래서 여러 가지를 시도해 보았어요. 아예 새 이름을 지어 주기까지 했더랬지요. 그러다 결국 완전 직역인 '검비'로 되돌아왔고, 그러고보니 한글에서 받은 그 느낌이 새롭게 되살아나는 걸 느꼈어요.

바람의아이들 : 번역가가 한 작품을 번역할 때, 원작의 작가에 대해 많은 부분을 알게 된다는 이야기를 들은 적이 있습니다. 누군가의 문장을 하나하나 깊이 있게 접근하기 때문이겠지요. 『어느 날 내가 죽었습니다』를 번역하시면서 이경혜 작가님에 대해 어떠한 느낌을 받으셨는지도 궁금합니다.

김소희 : 문체도 아름답고 문학적으로 아주 훌륭한 작가라는 느낌을 받았습니다. 재준이와 유미의 마음을 간접적으로 시적인 배경으로 표현하는 부분에선 영화의 한 장면처럼 배경음악이 들리는 듯한 느낌을 받았습니다. 이런 시적이고 서정적인 분위기 속에서 사춘기 아이들의 목소리를 생생하게 담아내는 데 놀랐습니다.

바람의아이들 : 『마지막 이벤트』에는 한국의 장례 문화가 나오는데요, 아마 프랑스 독자들에게는 장례식 문화, 분위기 등등 많은 것들이 낯설 것 같은데, 이것이 어떻게 번역이 되고 프랑스 문화에서는 어떻게 받아들여질지 많이 기대되고 궁금합니다. 『어느 날 내가 죽었습니다』와는 굉장히 다른 개성을 가진 작품인데, 이 작품을 보셨을 때는 어떤 느낌을 받으셨을까요?

김소희 : 슬픔으로 가득 찬 장례식 장면을 어쩜 이렇게 재밌고 웃기게 발랄하게 그려냈는지 경이로웠습니다. 짧고 경쾌한 리듬으로 이어지는 문장들이 마치 하나의 덩어리로 엮여 있는 듯, 첫 글자에 눈을 댄 이후 마지막 장, 마지막 마침표까지 눈을 떼지 못하고 읽어 내렸습니다. 길에서도 읽고 전철에서도 읽으면서 앞에 사람이 있든 없든 울고 웃으면서 말입니다. 책장을 덮을 땐, '무조건 번역해야겠다!' 고 마음먹었더랬지요. 한국의 장례 문화가 프랑스 독자들에게 어떻게 받아들여질지는 아직 모르겠지만, 주인공 영욱의 마음은 이곳 독자들 마음의 문을 쾅쾅 두드려댈 게 분명합니다.

프랑스 편집자, 아트디렉터, 번역자에게 듣는다

"

이 인터뷰는 『어느 날 내가 죽었습니다』가 출간된 지 2년가량 후에, 그리고 『마지막 이벤트』는 번역 작업이 완료되고 출간 일정이 잡히지 않은 상태에서 시작되었고, 그러다 보니 『마지막 이벤트』에 관한 질문들에 대한 답변이 돌아오지 않은 채로 한국에서, 프랑스에서 전혀 다르게 흘러가는 각자의 복잡하고 바쁜 생활 리듬 탓에 오래 멎어 있었다. 마감일자가 정해져 있지도 않고 특별히 지면이 결정되지도 않은 터라 재촉을 할 명분도 없는 입장이어서 나는 일단 시간에 맡겨 보기로 하고 조용히 뭔가를 버티고 기다렸다. 그렇게 그해가 다 저물어 갈 무렵, 그러니까 2013년 12월 13일, 『마지막 이벤트』 출간 일자가 2014년 4월로 정해졌으며 에콜 데 루아지르에서 본문 중에 '고인 표시한' 한글 궁서체 이미지와 발바닥 경혈도 이미지 파일을 받고 싶어 한다는 메일을 번역자로부터 받았다. 나는 이 기회에 자연스럽게 중단되었던 인터뷰 원고를 완성하기로 마음먹었으나 두 번역자들이 모두 어린아이들을 키우며 학교에서 강의를 하는 동시에 프리랜서로 번역과 글쓰기를 하는 바쁜 일정을 보내고 있던 터라 그들의 수고를 덜기 위해 최대한의 자료를 재구성해서 이 원고를 마무리하기로 결심했다. 그들이 내게 맨 먼저 요청한 것은 프랑스 출판사에서 홍보 자료를 작성하기 위해서 보내온 질문에 대답해 달라는 것이었다. 그 일로 그쪽 담당자와 직접 소통하게 되었고, 그에게서 프랑스 번역자와 소통했던 내용을 전달 받았다. 이어지는 내용은 위의 인터뷰에서 충분히 다루어지지 못했던 『마지막 이벤트』에 대한 그들의 그리고 우리의 궁금증을 담고 있다.

그리고 교정지를 검토하고 있는 오늘, 에콜의 편집자에게서 자료가 첨부된 메일이 왔다. 마지막 이벤트에 대한 기사가 실린 지면을 PDF 파일로 보면서 그들은 우리보다 어린이문학에 대하여 훨씬 조심스럽고 보수적이기까지 하다는 생각이 들었다. 매우 한국적인 이 작품의 울음과 웃음이 프랑스 독자들에게 전달될 수 있다는 점이 새삼 감격스럽다. 바람의아이들에서 고학년 동화로 낸 이 작품을 에콜에서는 청소년소설로 냈다는 점도 유난히 눈에 들어왔다.

”

에콜 : 이 작품을 처음 접했을 때 어떻게 받아들이셨나요? 주제, 노화 현상에 대한 묘사, 때로는 생경한 부분들이 우리 프랑스 독자들을 놀라게 하는데 한국 독자들에게도 마찬가지일까요?

카트린 보드리 : 우리의 공동 번역 작업 방식을 이해하기 위해서 당신이 알아야 할 것은 우리가 한국문학번역원에서 시행하는 번역지원금 제도에 응모를 하기 위해서 이 작품을 골랐다는 사실입니다. 이야기의 중심 사건에서 느껴지는 문화적 괴리감, 어린 화자의 입을 통해서 나오는 서술의 목소리가 우리의 흥미를 끌었고, 문체의 효과를 위해서는 다소 도전적이어야 한다는 생각이 들었습니다. 바로 그 점이 다른 응모자들과 차별성을 가질 거라는 생각도 했고요. 우리 번역의 성패는 이 어린 화자의 목소리에 배어 있는 천진함과 유머를 하나도 잃지 않으면서 한국 문화에서 매우 중요하고 엄숙한 장례식을 충실하고 정확하게 묘사하는 일에 달려 있었습니다. 그러니까 번역하기 어려운 부분들을 잘 정리하면서 이 소년을 '그렇겠다'는 느낌을 주는 존재로 만들어내는 것이 문제였습니다. 이 훈련을 해 나가면서 저는, 아이의 언어와 의미 가득하고 공이 잔뜩 들어간 문체 사이에서 완벽한 균형을 이루어내고 있는 쥘 발레스(Jules Vallès)의 소설 『아이 (L'enfant)』 생각이 많이 났습니다. 이 '번역' 경험은 아주 까다로웠지만 그만큼 의욕이 불타올랐고 결국 우리는 그 번역지원금의 수혜자로 선정이 되었습니다.

에콜 : 네, 작가가 사용하는 이미지가 과녁을 향해 직행하는 듯이 보인다

Catalogue 2014 © l'école des loisirs

프랑스 편집자, 아트디렉터, 번역자에게 듣는다

고 할까요? 그런 장면들이 처음에는 거칠고 힘들게 다가왔었습니다. 그러나 제게는 늙어 가는 것과 죽음에 대한 너무나 직설적인 이런 방식이 거의 신선하게 생각되었습니다. 역설적이게도 독자들에게 더 잘 '살게' 하고 어렵고 힘든 순간들을 더 잘 '받아들이게' 하는 것이 바로 이렇게 거리를 두지 않는 것이더군요. 어쩌면 작품 전체를 관통하고 있는 유머가 충격적인 장면들을 완화시키고 있는 것 같기도 합니다. 장례식 문화가 우리와는 너무나 확연하게 다르다는 점은 명확합니다. 한국 독자들은 이런 점을 어떻게 받아들이는지 저도 궁금한 게 사실입니다. 장례식 장면은 매우 길게 묘사가 되어 있습니다. 이 장면들을 어떻게 작업하셨는지요? 생생하게 살아있는 유머에 웃음이 터져 나옵니다.

김소희 : 장례식 장면에는 기술적인 용어와 한국문화의 고유한 표현들이 수두룩하게 나옵니다. 이러한 점들이 번역 작업을 복잡하게 만들었고, 어휘에 대해서도 수없이 찾아보게 만들었지요. 우리가 그럼에도 불구하고 어떻게 번역 작업의 완성도를 높였는가에 대해서 자세하게 예를 들어 말하기 위해서는 전화 통화를 한번 하는 게 소통하기가 훨씬 수월할 것 같습니다. 주중에 한번 전화를 주세요.

두 사람이 전화로 이 부분에 대해서, 그리고 이 작품과 또 번역에 대해
서 기나긴 통화를 했다는 소식을 후문으로 들었으나 그렇게 전화선을 타
고 날아가 버린 말들을 두 사람 중 누구에게도 글로 담아 달라는 요청을
할 엄두는 나지 않았다.

에콜 : 어떤 점에서 유은실 작가가 어린 프랑스 독자들을 설득하고 사로
잡을 수 있다고 생각하시는지요? 당신 자신은 어떤 점을 매력적으로 여
기셨는지요?

카트린 보드리 : 이 작품의 뛰어난 점, 비슷한 테마를 다루고 있는 다른
작품들과 구별되는 점은 주제를 직접적으로 드러낸다는 것입니다. 그리
고 화자는 어린 독자들이 쉽게 자기동일시를 하면서 감정이입을 하게 되
는 매우 사랑스러운 인물입니다. 결국 이 작품의 힘은 죽음과 노화라는
두 가지 보편적인 테마를 단계적으로 그리고 매우 친밀한 방식으로 드러
내 주는 이 아이의 특별한 목소리에 있다고 하겠습니다. 저는 개인적으로
오늘날 어린이들은 겉으로 표현하는 것보다 훨씬 더 많이 노인들에게 애

착을 느끼고 있다고, 그리고 죽음의 문제가 아이들을 생각하게 한다고 보게 되었습니다. 또한 제 학생들이 중국이나 한국 같은 나라들에 대한 관심을 가지는 것도 보았습니다. 이 작품이 죽음을 다루는 방식, 우리 같은 유럽 사람들은 잘 모르는 세계 속으로 빠져들게 하는 이야기는 더욱 매력적이고 이국적으로 다가옵니다.

"

　개인적으로 수많은 일들을 겪으면서 몰두했다 잊었다 하면서 진행한 이 인터뷰는 거의 1년간의 공백에도 불구하고 뜨거웠다. 처음 『어느 날 내가 죽었습니다』의 번역 작업을 시작할 때처럼 아무런 조건 없이 그저 '마음'으로 서로에 대한 믿음으로 시도한 이 인터뷰를 서울과 파리 사이에 놓인 9천 킬로미터 그리고 세 사람의 내면적이고 일상적인 삶의 엇갈림 속에서 밀도 있게 만들어내는 것은 역부족이었다. 미흡한 대로 이렇게나마 마무리하게 된 것을 기쁘게 생각한다. 이렇게 주고받은 이야기들을 실마리 삼아 언젠가 좀더 깊은 이야기들을 길게 나눌 기회가 있기를 기대한다. 요즘은 우리나라 소설 수출이 심심찮게 이루어지고 국제적인 베스트셀러가 되기도 하지만 나는 내양 실세 '그들'이 '우리'를 어떻게 느끼는지, 문학이라는 매개를 통해서 이질적인 문화권 속의 사람들이 어떻게 공감하고 서로에게 관심을 가질 수 있는지 그들의 입을 통해서 직접 듣고 싶어 한다. 우리 독자들이 그들의 작품을 읽고 자아를 확장시킬 수 있었던 것처럼 그들도 우리의 작품을 읽고 그런 경험을 할 수 있기를 바라며 우리 작가들이 쓴 책이 지구 반대편의 낯선 독자의 손에 들리는 상상을 하며 숨 죽이고 귀를 기울인다. 낯모르는 그의 목소리가 들리는 것도 같다.

"

『Notes bibliographiques』(septembre 2014)에 소개된 유은실 작가 인터뷰(좌)
『마지막 이벤트』 번역서의 본문 이미지들.(우)

이 인터뷰는 2013년 6월 20일부터 2013년 7월 26일 사이에 이메일을 통하여 이루어졌다.
번역 및 원고 정리는 최윤정이 맡았다.

"

　티에리 로냉(Thierry Lenain)은 90년대 중반 어느 편집자의 추천으로 읽어 보게 된 한 무더기의 책 속에서 발견한 작가이다. 마약 혹은 중독 문제를 다룬 매우 문학적이고도 교육적인 소설 『악마와의 계약』(최윤정 옮김, 바람의아이들 2005), 민감한 소녀들의 성 이야기를 절제와 긴장이 돋보이는 문체로 그려낸 『운하의 소녀』(조현실 옮김, 비룡소 2002), 힘으로 친구를 따돌리는 어린아이들의 학교 문제를 짧은 이야기 속에 완벽하게 녹여낸 『너, 그거 이리 내놔』(최윤정 옮김, 비룡소 1997), 아이들 세상에 번져 가는 부르주아 문화의 배타성을 추리 기법으로 그려낸 『바비클럽』(최윤정 옮김, 비룡소 2005) 등에서 보여 주듯이 티에리 로냉은 사회비판적인 시선이 눈에 띄는 작가였다. 심리주의적인 경향이 면면히 이어지고 있는 프랑스 동화계에서 흔치 않은 매력이 있었고, 문제 중심적인 시각으로 아이들 책에 접근하는 한국인들에게 수용 가능성이 크겠다는 생각이 드는 작가였다. 그러나 나는 그의 작품들을 한국에 소개하는 과정에서도 딱히 작가를 만날 생각이 들지는 않았다.

그러던 몇 년 후에 나는 그에게서 메일 한 통을 받았다. 자기가 발행하는 잡지에 인터뷰를 해 줄 수 있냐는 요청이었다. 불어로 인터뷰를 한다는 생각은 해 본 적이 없어서 망설여졌지만 한국의 어린이책 출판사들이 프랑스 출판계의 관심을 모으고 있던 때였고 달리 추천할 사람도 없어서 나는 일종의 의무감으로 응했다.

시트루이유(Citrouille)는 '호박' 이라는 뜻이다. 소르시에르 (Sorcière)는 마법사라는 뜻으로 『시트루이유』라는 어린이문학 전문 잡지를 펴내는 어린이책 서점 이름이며 동시에 서점이 제정한 문학상 이름이기도 하다. 우리나라에 알려진 수상작으로는 수지 모건스턴의 『조커, 학교 가기 싫을 때 쓰는 카드』가 대표적이다. 티에리 르냉은 시트루이유의 편집 책임자이고, 찬옥은 그 잡지가 번역에 관한 특집호를 내면서 한국 쪽 책임을 맡은 필자였다. 내가 그 인터뷰 대상이 된 것은 물론 수많은 프랑스 어린이책을 한국에 소개했기 때문인데, 인터뷰 질문지를 보고 많이 놀랐다. 그들

프랑스 편집자, 아트디렉터, 번역자에게 듣는다

이 나에 대해서는 충분히 모를 수 있겠지만 한국에 대한 기사를 쓰면서 한국에 대해서 이런 정도의 질문을 하는 것은 문화적 우월주의 이외에 다른 원인이 있을 수 있나, 기분이 좋지 않았다. 마지막 두 개의 질문이 그랬는데 감정이 올라오는 것을 자제하고 최대한 이성적으로, 간결하게 답함으로써 역으로, 그 질문이 얼마나 어이없는지를 느끼게 해 주고 싶었는데 과연 효과가 있었는지는 알 수 없다.

하나의 문화와 또 하나의 문화

_프랑스 어린이문학 전문 잡지
'시트르이유' 와 최윤정 인터뷰

최윤정 2007 © Citrouille

시트루이유 : 당신은 프랑스 작품, 특히 어린이 그림책을 한국어로 번역 하십니다. 번역가로서의 당신의 경험에 대해서 말씀해 주세요……. 어떤 프랑스 작가들을 번역하셨는지요?

최윤정 : 저는 1989년, 모리스 블랑쇼의 『미래의 책』으로 번역 작업을 시 작했습니다. 그 이후 조르주 바타이유 와 필립 솔레르스(Phillip Sollers) 등 몇몇 일반 문학 작가들을 거쳐서 어린이문학에 이르렀습니다. 제 두 아이들을 키우면서 자연스럽게 그렇게 되었지요. 지금까지 100여 권의 어린이책을 번역했는데 이름을 들어 드리자면, 다니엘 페낙(Daniel

Pennac), 수지 모건스턴, 티에리 르냉, 주느비에브 브리작, 야크 리베, 그레고와르 솔로타레프, 다니엘 포세트(Danièle Fossette), 클로드 부종(Claude Boujon), 이방 포모(Yvan Pommaux), 크리스 도네르, 아나이스 보즐라드(Anaïs Vaugelade)…… 등이 있습니다.

시트루이유 : 한국 어린이들에게 읽히기 위한 글에 따르는 특유한 제약은 없는지요? 프랑스 어린이들을 위한 글과 똑같은 가독성과 유연성이 한국 어린이들을 위한 글에도 적용됩니까? 예를 들어 그림책의 경우 구어체가 똑같이 적용되는지요?

최윤정 : 그림책의 경우를 말씀하시는군요. 네, 그림책의 경우가 가장 어렵다고 할 수 있습니다……. 출발 언어의 아름다움과 단순함을 도착 언어에 그대로 살리면서 번역하는 것이 항상 가능하지는 않습니다. 예를 들어 운율은 번역이 불가능하고 아가들 특유의 낱말들은 번역해 놓으면 원래 텍스트에서만큼 예쁘게 되기가 어렵습니다. 그래서 방법을 찾아내야 합니다. 운율의 경우는 저는 주로 한국 전통시의 리듬을 가져다가 씁니다. 아이들만 쓰는 특별한 낱말들의 경우는 한국 아이들에게 가 닿을 만한 소리의 어울림을 찾아내려고 세심하게 살핍니다.

시트루이유 : 이전 텍스트를 변형하는 과정, 프랑스 문화를 번역하는 과정에서 번역은 정보를 전달하면서 교육적, 미학적 의도를 지니게 되는데요, 알파벳을 사용하지 않는 도착 언어인 한국어에는 어떤 특별한 제약이 있습니까?

최윤정 : 한국어가 프랑스어와 아주 먼 것은 사실입니다. 그러나 저는 한국인과 프랑스인의 감수성은 그만큼 멀지 않다고 느낍니다. 예를 들어, 살아가는 면에서 보면 프랑스인들은 독일 사람들보다는 한국 사람들과 더 동질감을 느낀다는 얘기를 들은 적이 있습니다. 재미있는 말이었습니다. 우리 한국 사람들도 마찬가지거든요. 친구를 사귀는 면에서 보면, 한국인들은 일본인보다는 프랑스인을 더 가깝게 느끼거든요. 정보 전달, 교육적, 미학적 차원의 이야기, 동감입니다. 제 번역 원칙은 원래 텍스트에 충실하기 위해 최선을 다하는 것입니다. 문화적인 차이로 인해서 이해가 불가능한 부분에 대해서는 주석을 달아 주는 방법을 선호합니다. 가장 어려운 것은 말장난입니다. 이런 부분에서는 저는 원래 텍스트를 포기합니다. 왜냐하면 중요한 것은 한국 독자들을 웃게 만드는 것이니까요.

프랑스 편집자, 아트디렉터, 번역자에게 듣는다

시트루이유 : 원래 텍스트에 대한 충실성은 허망한 것일까요? 원래 텍스트에 보다 가까워지기 위해서는 그 텍스트에서 멀어져야 하는 거 아닐까요? 혼합된 제3의 텍스트를 만들어내야 하는 거 아닐까요?

최윤정 : 경우에 따라 다르지요. 그렇지만 저는 '허망하다' 고는 생각하지 않습니다. '원래 텍스트에 가까워지기 위해서는 그 텍스트에서 멀어져야 한다' 는 말은 정확합니다. 네, 동의합니다. 그러나 일반화시킬 수 있는 말은 아니라고 생각합니다. 저는 항상 원래 텍스트에 충실하려고 노력합니다. 프랑스 작가의 문체에서 제가 느끼는 것을 한국 독자들이 저와 공감하도록 하기 위해서 제가 할 수 있는 것을 다 합니다. 그게 쉬운 일은 아닙니다. 번역 작업은 내 앞에 있지 않은 작가와 대화하는 행위 같은 것이니까요. 작가의 말을 알아들으려고 정신을 바짝 차리는 것은 정말이지 인내심과 주의력을 요합니다. 그래서 제게는 글쓰는 것보다 번역하는 게 더 어렵게 여겨집니다……

시트루이유 : 하나의 문화를 다른 문화로 어떻게 '옮겨놓' 을 수 있을까요? 어떻게 문화의 '전달자' 가 될 수 있을까요? 프랑스어 텍스트의 정체

성을 한국어 속에 어떻게 유지시킬 수 있을까요? 문화적인 거리가 생기는 것을 어떻게 충당할 수 있을까요? 어떤 것들이 번역이 안 되며 그 이유는 무엇일까요?

최윤정 : 음…… 당신의 의문과 호기심, 충분히 이해합니다. 한국과 프랑스, 모든 게 너무 멀죠! 그럼에도 불구하고, 그리고 다행히도, '문화' 라는 것의 본질을 이루는 인간의 감정과 삶의 본질적인 부분들에 대해서 말하자면 프랑스 사람들과 한국 사람들이 그렇게 '다르지' 않습니다. 제 개인적인 경험에 따라 구체적으로 들어가 보지요. 비평 서적의 경우는 각주의 형태로 텍스트 바깥에서 차이를 설명합니다. 제가 블랑쇼나 바타이유의 비평서를 번역할 때는 저자들이 그리스 로마 신화를 암시하거나 당신들 문화에서는 익숙한 다른 텍스트를 언급할 때 저자의 의도를 설명하기 위해서 매번 길게 텍스트 이외의 글을 따로 써야 했습니다. 힘들고, 복잡하고, 무엇보다도 시간이 많이 걸리는 작업이지요……. '번역 불가능성' 에 대해서는 예를 하나 들어 볼까요. 롤랑 바르트(Roland Barthes)의 signifiant/signifié라는 용어는 동일한 동사의 어미만 달리함으로써 그 뜻이 너무나 잘 드러나지만 한국어로는 번역이 간단치 않습니다. 전문가들은 한자를 이용해서 새로운 개념을 드러내는 학술 용어를 만들어냈지만 그

낱말들은 프랑스어만큼이나 낯설고 어려워서 요즘은 원어를 발음나는 대로 시니피앙/시니피에, 이렇게 그냥 옮겨 적는 일이 보편화되었습니다. 다행히 이런 종류의 어려움은 어린이책에는 없습니다. 그런 것보다는 오히려 한국에는 없는 식물이나 동물의 이름, 한국과는 다른 학교 제도 등을 옮기는 데 어려움이 있지요. 이런 경우 저는 그때그때 판단해서 어떤 때는 각주를 달고 어떤 때는 번안을 합니다. 어떻게든 맥락 혹은 전체 내용에 영향을 안 끼치는 방법을 찾는 거지요. 아, 물론 완전히 번역이 안 되는 텍스트도 있습니다. 동요라든지 레몽 크노의 작품들처럼 말이지요. 이유는 말씀 안 드려도 아실 거고요.

시트루이유 : 『책의 즐거움 (La Joie par les livres)』에 실린 마틸드 레베크 (Mathilde Levèque)의 글에 따르면 한국 출판사들은 프랑스 출판사들에게 제일 중요한 고객이라고 합니다. 한국에는 어린이문학 시장이 여전히 그렇게 활발한가요? 한국 어린이책 중에서 프랑스 책 번역물이 얼마나 되는지 얘기해 주실 수 있습니까?

최윤정 : 네, 시장은 커지고 있습니다. 한국 사람들이 어린이문학에 진지하게 신경쓰기 시작한 것은 십 년 남짓밖에 되지 않으니까요. 교육 개혁

과도 관련이 있고 학교 및 공공 도서관들도 한창 확충되고 있습니다. 정부가 독서의 중요성을 강조하기 시작한 지가 그렇게 오래되지 않았거든요. 요즘 대부분의 학부모와 교사 들은 학업성적, 더 나아가 대학입시와 어릴 때부터의 독서교육은 깊은 관계가 있다고 생각하고 있습니다. 한국의 보통 부모들이 자식 교육을 위해 치르는 희생이 어떠한가를 당신에게 설명하는 건 너무 어려워 보입니다……. 이런 것이 양국 문화의 차이 중의 하나일 것입니다. 글쎄요, 제가 숫자를 제시할 수는 없지만 프랑스 번역물이 차지하는 비중은 당신들이 생각하는 것과는 다르다는 것만은 말씀드릴 수 있습니다. 잘 팔리거나 전문가들이 인용하는 책들 중에서 프랑스 책은 아주 드뭅니다. 국제 도서전에서는 한국 출판사들이 프랑스 출판사들에게 제일 중요한 고객인지 모르겠지만 한국에서 독서교육을 하는 사람들은 한국 어린이문학을 옹호하기 위해 노력하기 때문에 당신들이 느끼는 것과는 현실이 전혀 다릅니다.

시트루이유 : 한국 출판사들이 프랑스 작품들에 열광하는 현상은 어떻게 보시는지요?

최윤정 : 글쎄요, 어떻게 봐야 할까요? 일단 한국에는 서점보다 출판사가

열 배는 많다는 사실을 상상하실 수 있으실지요? 당신들이 이해하기에 매우 복잡한 일이라고 생각되는데요……. 저는 그저 한국에는 프랑스보다 출판사가 훨씬 더 많다는 것, 그리고 시장 상황에 대해서는 방문판매와 홈쇼핑 판매 등 특이한 시스템이 몇몇 출판사들을 활발하게 움직이게 한다는 것 정도 말씀드리는 데에 그치고 싶습니다. 프랑스에서 수입되는 많은 책들이 서점에서 정상 유통되지 않는다는 말씀은 드릴 수 있습니다. 이 정도면, 제가 당신이 '열광'이라고 표현하는 것에 동의하지 않는 이유가 설명되리라 믿습니다. 좀 더 분명하게 보여 드리기 위해 조사를 좀 했는데요, 서점가의 통계에 의하면 어린이책 베스트셀러 100권 중에 3권이 프랑스 책입니다. 번역서 베스트셀러 100권 중에는 4권이 프랑스 책이고요. 수지 모건스턴, 다니엘 포세트, 다니엘 페낙, 티에리 르냉 등의 작품들을 그 예로 들 수 있습니다.

시트루이유 : 다른 나라들의 어린이책도 프랑스 작품들만큼 한국인들의 관심을 불러일으킬 수 있다고 생각하십니까?

최윤정 : 네, 물론입니다.

시트루이유 : 감사합니다!

이 기사는 프랑스 어린이문학 잡지 『시트르이유(Citrouille)』 의 '하나의 언어에서 또 하나의 언어로'라는 제목의 번역 특집 호(2007년 11월), 한국 문학 꼭 지에 실렸다.

프랑스 편집자, 아트디렉터, 번역자에게 듣는다

한국

작가에게 듣는다

"

　2014년 현재, 내가 개인적으로 외국의 작가, 편집자들과 어린이문학을 둘러싸고 이야기를 나누기 시작한 지 15년이 되었고, 바람의아이들은 열한 살이 되었다. 간단히 표현하기는 어렵지만 긴 시간 동안 지켜온 무언가가 있다. 그 시간들의 기록을 엮어서 책으로 만드는 작업을 도모하면서 우리 작가들과도 같은 일을 하고 싶었다. 마음 같아서는 같이 작업을 한 모든 작가들과 이야기를 나누고 싶었지만 긴 시간 동안 함께한 작가의 숫자가 많아져서 선택이 불가피했다. 어떤 기준으로 누구를 초대해야 할까 고민하다가 바람의아이들에서 두 권 이상 책을 낸 작가들 모두에게 단체로 메일을 띄웠다. 그런데 선뜻 좌담에 참여하겠다는 작가가 없었다.

동화와 청소년소설, 두 분야로 나누었는데 동화에 세 사람, 청소년 소설에 두 사람의 작가만이 참여 의사를 밝혀왔다. 더 많은 작가들의 참여를 독려할까 고민도 해봤지만 저마다 처한 상황이 달랐다. 찬성도 반대도, 참여도 거절도, 싫은 것도 좋은 것도 다 생각의 차이에서 나온다. 그냥 그대로 존중하자는 생각이 들었다. 그렇게 해서 바람의아이들 창립기에 데뷔하여 독보적인 판타지 동화작가로 자리매김을 하고 있는 김혜진, 바람 단편집 원고 모집에서 발굴한 동화작가이며 신작 발표를 앞두고 있는 정승희, 그리고 이 좌담 기획 당시 신간을 낸 동화작가 박서진 세 사람을 초대하고, 편집자 이민영이 질문지를 준비하고 사회를 보았고, 나는 진행을 돕는 의미에서 참석했다. 외국 작가들을 만났을 때와 사뭇 달랐다. 언어가 다르고, 어떤 이해관계도 얽혀 있지 않으며 공동의 목표도 없는 외국 작가들과는 어떤 의미에서는 이상적인 친구가 되기도 하지만 또 다른 의미에서는 좁혀지지 않는 간극이 있고, 감정이 어우러지지 않는다. 반면, 작품을 매개로 만나 조심스레 우정을 쌓아온 한국 작가들과의 좌담에서는 서로간에 비언어적인 소통이 저절로 일어나 무엇보다도 즐겁고 편하고 기뻤다. 온전히 혼자가 되어 작품을 쓰면서 저마다 한 사람 몫의 일상을 살아야 하는 작가라는 존재는 외롭고 피곤하다. 가족이나 연인 같은 친밀한 사이보다도 같은 작업을 하는 사람들과 어떤 면에서는 더 편안하고 행복하게 소통할 수 있다. 몹시도 자연스러운 이런 현상을 우리는 좌담회, 그리고 뒤풀이 내내 느낄 수 있었다. 좌담 내용은 이민영이 녹취하여 원고로 만들어내는 수고로움을 즐거이 감당했다. 분위기가 이렇게 흘러간 만큼, 앞에 나온 외국 작가 대담들과는 달리 산만하고 진솔하고 따뜻하고 직설적이었다. 결과적으로 어떤 테마를 집중적으로 다루기보다는 작가와 작가 혹은 편집자가 작업과 작품에 대해서 허심탄회하게 묻고 답하면서 각자의 발전을 모색하는 편안한 읽을 거리가 만들어졌다. 부담을 느끼면서도 좌담에 참여해 준 작가들에게 이 자리를 빌어서 우정 어린 감사를 드린다.

"

내 안의 아이가 하는 이야기에 귀 기울이기

_ 김혜진, 박서진, 정승희 좌담회

이민영 : 안녕하세요? 자리를 함께해 주셔서 정말 감사합니다! 각자 개성이 강한 세 분의 작가님이 오늘 좌담에 함께하게 되었는데, 먼저 각자 어떻게 해서 동화 작가의 길을 걷게 되었는지 묻고 싶어요.

김혜진 : 저는 대학교를 마칠 무렵 진로를 고민하다가 내가 하고 싶었던 일 중에 안 해 본 일을 하자 해서 글쓰기를 시작했어요. 소설로 등단을 해 보려고 했는데, 글을 배워 본 적도 없고 생각 자체가 틀렸던 거죠. 멋있는 작가들을 흉내 내서 단편을 쓰다가 아닌 것 같다는 생각이 들었어요. 그 다음엔 그냥 내가 좋아하는 스타일로 써 보기로 했어요. 제가 대학 때도

도서관에서 동화책을 찾아 읽곤 했거든요. 쓰다 보니 아무래도 이게 동화 같은 거예요. 그때는 조급한 마음이 있어서 동화 공모전을 찾아보다가 시기가 맞는 대산창작기금에 응모를 했고, 그게 당선이 되어서 최윤정 선생님과 바람의아이들을 알게 됐어요. 그때 최윤정 선생님이 저한테 하신 말씀이 굉장히 인상 깊었어요. 수상작이긴 하지만 이 원고는 결함이 있다고, 그러나 잘 고치면 좋은 작품이 될 가능성이 보인다고, 고쳐 보겠냐고 하셨어요. 그 고치는 과정이 한 1년 걸렸는데요, 그게 제 첫 문학 수업이었어요. 1년 동안 작품을 고치면서 균형을 찾아가는 시기가 있었어요. 이야기와 나와 독자와의 관계에서…… 그때 느꼈던 만족감과 책이 나왔을 때 기쁨 때문에 자연스럽게 다음 작품을 구상했어요. 그러면서 동화와 청소년소설을 쓰게 됐는데, 만일 성인 대상의 소설을 썼으면 중간에 포기했을 거예요.

박서진 : 저는 처음에는 수필을 썼어요. 수필을 써서 92년도에 등단을 했고요, 뒤늦게 소설을 쓰게 됐는데 2002년 단편소설로 신춘문예에 당선이 되었어요. 그러다 아이들에게 독서와 글쓰기 가르치는 일을 시작하는 바람에 글을 놓았어요. 그런데 아이들을 10년 정도 가르치다 보니까, 아이들이 정말 좋은 거예요. 무엇보다 주변에 있는 모든 분들이 저한테 너무

유치하대요. (웃음) 도저히 소설가 타입은 아니래요. 동화를 써야 딱 맞는다는 거죠. 사실은 어려서부터 동화를 무척 많이 읽었고 동화 작가가 되겠다는 생각을 한 적도 있었어요. 그래서인지 자연스럽게 동화를 쓰기 시작했는데 운 좋게 2009년도에 신춘문예 두 군데에 당선이 됐어요. 그러면서 본격적으로 동화를 쓰기 시작한 거죠.

정승희 : 저는 학교 졸업하고 직장 생활을 하다가 결혼하면서 아이들에게 글쓰기를 가르치기 시작했어요. 글쓰기를 가르치면서 접했던 것이 동화였어요. 그런데 아이들에게 동화를 읽으라고 하고서 저도 읽기 시작했는데 영 재미가 없는 거예요. 제가 96년도에 결혼을 했는데 97년부터 아이들을 가르치기 시작했거든요. 80년대에 학교를 다닌 학번이어서 그런지 그 당시만 해도 판타지나 환상 계열의 동화에 대한 선입견이 있었어요. 아이들한테 권장해 준 책도 현실 동화나 사실 동화를 많이 추천하기도 했고…… 판타지를 읽으면 재미가 없기도 했고, 그랬어요. (웃음) 대학을 다닐 때는 제가 시를 썼거든요. 시를 쓰면서 등단은 못하고 문학에 대한 미련이 계속 있었는데 동화를 접하게 된 거죠. 제가 어릴 때부터 애들을 정말 좋아했어요. 그래서 애들하고는 잘 노는데 동화를 읽으면 재미가 없는 거예요. 그러다 우연히 한겨레 아동문학작가학교 수업을 듣게 되었어요.

사실 들으면서도 동화를 쓰지는 않았어요. 한 6개월 정도의 과정이 있었는데, 왠지 동화에 대한 선입견이 있었어요. 항상 발랄해야 하고 해피 엔딩으로 끝나야 하는 뭐 그런 거. 수업을 들으면서도 동화는 해피 엔딩으로 끝나야 되나 보다, 나랑은 안 맞나 보다, 이런 생각을 했어요. 안 썼어요. 읽으라는 것도 안 읽고. 그런데 거의 끝날 때쯤 조금씩 쓰다가, 새벗문학상에 당선이 되면서 그때부터 쓰기 시작했는데, 바람의아이들하고 우연히 인연이 된 거예요. 모아 놓은 작품 모두를 한번에 보냈어요. 바람의아이들에서 원고 모집을 한 적이 있었거든요. 그때 한겨레 동기가 넣어 보자 해서 넣었는데, 그때 안 넣었으면 정말 동화를 못 썼을 것 같아요. (웃음)

그때 투고하지 않았으면 집에 있는 컴퓨터 파일 휴지통에 쟁여져 있다가 아마 어디 못 냈지 싶어요. 아, 이게 한 편의 작품집이 되겠다, 해서 썼지요. 내 안의 어떤 것들을 풀어내는 그런 거였던 것 같아요.

최윤정 : 아, 바람 단편집 얘기네요. 신인들 입장에서 보면, 책 한 권 분량의 작품을 쓴다는 것이 매우 어렵고, 계절을 타는 신춘문예나 잡지를 통해서 등단하면 작품이 살아남기도 어려워서 그런 기획을 시작했지요. 그런데 대학 때 시를 쓰셨다고 했는데 학교 공부는 어떤 걸 하셨어요?

정승희 : 중앙대학교 가정교육학과를 나왔어요. 문학 동아리 활동을 했고, 거의 학교 수업은 힘들어했죠. 동인 활동을 하다 보니, 간신히 졸업했어요. (웃음)

최윤정 : 그랬겠네요. (일동 웃음)

적당한 만큼의 오해와 몰이해

이민영 : 아동문학 작품을 쓴다는 것은 자기 안에 있는 어린아이의 모습을 보는 것이기도 하지만 세대가 변하기 때문에 지금 어린아이인 독자들과 동떨어지지 않게 계속 노력을 해야 하는 일이라고 생각하는데요, 선생님들께서 이런 면 때문에 어려운 점이나, 특별히 노력하시는 것이 있는지 궁금해요.

박서진 : 저희 집안에서는 형편 때문에 오빠만 공부를 시켜 저는 중학교 진학을 못했어요. 하지만 불만이 없었어요. 남아선호사상이 각인되어있어 오빠를 공부시키는 게 당연하다고 생각했지요. 결혼을 하고서야 대학에 진학했는데 한번은 강의 내용 중 성에 대해 이야기를 하는데, 아이들

한국 작가에게 듣는다

이 '처음 만났는데 키스를 했다', '내가 좋아하는데 같이 자면 어떤가' 라는 이야기를 해서 세상이 무너지는 줄 알았어요. (웃음) 저는 너무 놀라 그때 책상을 치며 일어나 "여러분 그러면 안 돼요! 지킬 건 반드시 지켜야 하는 거예요!"라고 말했지요. 그 당시에는 친구들이 저보고 조선시대 사람 같다, 같이 농담을 못하겠다 하는 이야기를 이해하지 못했어요.

그만큼 저한테는 유교적인 성향이 강했어요. 많이 바뀌기는 했지만 아이들이 말을 함부로 하거나 거칠게 행동하면 너무 걱정이 되는 거예요. 반드시 고쳐 줘야 한다고 생각했어요. 그러다 보니 글을 쓸 때도 꼭 의도적인 교훈을 집어넣고자 했어요. 글을 쓸 때 교훈을 드러내지 않고 삶을 통해서 보여 주자고 생각한 것도 나중의 일이에요. 한마디로 말하면 있는 그대로 봐주기가 가장 힘들었지요. 지금은 그래요, 아이들을 있는 그대로 보고, 억지로 꾸미지 말고, 그 아이들의 삶을 보여 주자고요.

김혜진 : 작품을 쓰실 때는 말씀하셨듯이 내면의 아이와 일치되기도 하고 보는 아이와 일치되기도 하잖아요, 근데 선생님 작품 속의 아이들은 보수적이거나 그런 느낌으로 보이지 않더라고요. 원래 그런 모습도 있으셨던 게 아닌가요?

박서진 : 어렸을 때 뒷산에 혼자만의 본부가 있었어요. 키도 작고 깡말라서 보기에는 여리여리했지만 남자아이 성향이 강해서, 본부에 가서 나무 타고 혼자 노는 걸 좋아했어요. 거기서 새총도 만들고 산 아래를 내려다보면서 개똥 철학자가 되기도 했어요. 엄격한 집안 분위기 속에서 여자는 이러면 안 된다 저러면 안 된다는 규제가 많았지만 본부에서만은 자유를 만끽했어요. 그런 면들이 작품 속에서 은연중에 드러나는 것 같아요.

최윤정 : 시부모님 모시고 세 쌍둥이를 키우는 것 자체가 힘드셨을 텐데요.

박서진 : 힘들기도 했지만 다 지나갈 거라고 생각했어요. 제가 동화를 많이 읽어서 다행이었던 게 뭐냐면 끝이 꼭 해피 엔딩으로 끝난다는 것이 각인되었다는 거예요. '살다 이런 일 저런 일도 겪고 보면 더 좋은 일이 있을 거야' 라는 생각을 했어요. 그러니까, 아들이나 세 쌍둥이들이 예쁘게 자란 모습을 상상하면 그렇게 힘들지 않았어요.

정승희 : 아동문학의 독자가 아동이니까, 현실의 아동을 깊이 천착하거나 현실의 아동과 접촉하거나, 아이들의 세계를 이해하고 현실의 아이들에

대해 고민해야 하는 건 맞아요. 저도 동화를 쓰면서 아이들에게 얻는 모티브는 있어요. 그렇지만 한 번도 현실의 아이들을 보면서 이야기를 완결한 적은 없어요. 제 어린 시절 기억의 한 부분인 내면의 아이가 저한테는 동화를 쓰게 하는 원동력인 것 같아요. 그런데 어느 시기를 지나니까 이제 더 이상 우려먹으면 안 되겠다, 이제 변신을 해야지, 하고 스스로 요구를 하게 되더라고요. 그럼에도 불구하고 현실의 아이들과 동떨어지지 않게 노력해야 한다는 그런 강박은 없는 것 같아요. 현실의 아이들을 바라보는 것은 필요하지만 그 아이들 뒤를 쫓아서 갈 필요는 없다고 생각해요.

김혜진 : 저도 처음 글을 쓸 때부터 저 자신을 위해서 썼거든요. 제가 첫 책을 수정할 때 도움을 많이 받았던 책이 조안 에이킨(Joan Aiken)의 『꿈과 상상력을 담은 동화 쓰기』(이영미 옮김, 큰나, 2003)예요. 우연히 서점에서 발견한 책이고 실용적이면서도 답답하지 않아서 좋았는데, 다들 아시겠지만 거기서 상상 독자를 정하라고 하는 거예요. 그래야 화자 톤이 유지되니까. 그래서 상상 독자를 생각해 보는데, 제 작품이 너무 소중한데 아무한테나 읽히고 싶지 않은 거예요. (웃음) 그래서 어린 시절 초등학교 때의 저를 생각하면서 썼어요. 제 첫 책이 거의 500쪽이어서 이렇게 두꺼워도 되나 하는 의심도 있었는데, 저는 어린 시절에 얇은 책은 안

읽었거든요. 너무 빨리 끝나는 것이 싫어서 일정한 두께가 되는 책만 찾아 봤어요. 그런 책을 좋아하는 나 같은 아이를 위해서 쓰겠다라고 생각을 하면서 그 책을 썼던 거예요. 지금까지도 쭉, 제 자신이 읽고 싶은 책을 쓴다고 생각하면서 써요.

그러다가 하나 깨졌던 건 청소년소설을 쓸 때였어요. 화자의 톤을 제대로 못 잡고 있었거든요. 당시 제 주변에 십대 아이가 있었는데, 굉장히 말을 안 하는 애였어요. 친해지고 싶었지만 서로 거리감을 두고 지내다가 어떤 걸 깨달았냐면, '내 이야기의 주인공 같은 내면을 가진 아이라면 내가 쓴 것만큼 말을 많이 하지 않겠구나' 라는 걸 깨달은 거예요. 초고에서는 주인공이 대화도 너무 잘하고 말도 많았던 거죠. 그래서 내면의 대사만 남기고 외면의 대사를 대폭 줄였어요. 그런 식으로 내가 지나치게 치우쳐 갈 때 닻처럼 잡아 주는 게 실제 아이들 같아요. 저도 아이들을 일부러 만나지는 않지만 독자와의 만남에서 짧게 만나거나 해도 그 인상이 되게 강하게 남아요. 저는 작품을 만들 때, 적당한 몰이해, 오해가 필요하다고 생각하거든요. 편견과 오해가 있어야지 내 작품 세계가 생기는 거잖아요. 그게 또 나름의 규칙과 질서를 가지겠지만요.

이민영 : 편견과 오해가 있어야 작품이 나온다는 것에 대해, 독자들을 위

한국 작가에게 듣는다

해서 더 자세히 말해 줄 수 있을까요?

김혜진 : 저는 사건이나 사람을 잘 받아들이고 이해하려는 성향이 강해요. 근데 이 사람은 이럴 수 있어, 저럴 수 있어, 하면 흐리멍덩해져요. 이 사람은 이런 사람이야, 하고 편견을 가지고 미워하거나 좋아하거나, 이렇게 탁탁 튀는 게 있어야지 이야기가 흘러나오고 내가 방향을 잡겠구나, 그런 생각이 들었어요. 어떤 인물이나 사건만이 아니라 내가 쓰는 이야기에 대해서도 오해가 필요해요. 사실은 사랑 같은 것도 그렇잖아요. 누군가 나에게 꽃을 줬을 때 그 사람은 나에게 지나가다 주운 꽃을 줬을 수도 있지만 이 사람이 날 사랑하는구나 오해하면 이야기가 확 생겨나는 거잖아요. 모티브를 내가 이성적으로 분석하면 아무것도 아닌 걸로 흩어지지만 여기서 막 편견을 갖고서 키워 나가면 이야기가 되는 것 같아요.

정승희 : 저는 동화를 쓸 때 독자를 생각하면서 쓴 적은 한 번도 없어요. 이게 동화를 쓰는 사람의 바른 자세인가, 가끔은 그런 생각이 들기도 해요. 아이들을 위해서 수지 모건스턴은 자기는 '염세주의는 적극적으로 배제한다, 희망을 주고 교육적인 부분이 있어야만 한다고 생각한다' 라고 했는데 저는 사실 아이들을 위해서 쓴 적은 없어요. 인물 이야기처럼 정확

한 목적이 있는 작품을 쓸 때는 딱 아이들을 상정하고 아이들에게 들려주는 이야기라 생각하고 쓰지만, 제 동화를 쓸 때에는 제가 쓰고 싶은 것을 쓰는 거예요. 어떤 분은 도서관에서 동화를 전부 읽고 우리나라에서 다루지 않은 테마를 가진 동화를 쓰겠다는 의지를 갖고 시작했다, 이런 분도 있어요. 대단하지요. 가슴을 울리는 동화가 많기는 한데 사실 지금도 저는 동화를 열심히 읽지는 못해요. 장단점이 있지요. 자기 색깔을 유지하는 데는 도움이 되는 것 같아요. 만약 현실의 아이들에 대한 요즘 흐름을 읽어야 하는 거라면 문제가 될 수도 있긴 할 텐데, 조금 이기적인 거죠.

최윤정 : 다른 사람의 작품을 읽어야 하는지, 어떤 것이 트렌드인지와 별개로 정말 아이들을 위해서 쓰는가 아닌가는 조금 더 깊이 들여다봐야 하는 문제인 것 같아요. 정승희 선생님은 동화도 쓰지만 일상적으로 시를 쓰고 계시잖아요. 이건 아까 김혜진 선생님이 언급했던 조안 에이킨의 독자를 상정하라는 얘기와 일맥상통하는 말인데요, 시를 쓸 때, 이 시는 아이들이 읽을 거라고 생각하고 쓰지 않잖아요. 그렇지만 동화는 아이들이 읽을 거라고 생각하고 쓰잖아요? 그렇기 때문에 전혀 다른 글이 나오는 거지요. 그게 구별이 분명 있는 거죠.

정승희 : 아이들이 읽든 말든 나 혼자만의 동화를 쓴다는 이야기는 아니고, 내 안의 아이였던 부분을 모티브로 쓴다는 거죠. 그것이 과거 내 인생의 한 부분인 거죠. 내 인생에 어두웠던 부분, 내 인생에 상처받았던 부분, 내 인생에 즐거웠던 부분, 그런 부분이 모티브가 되어요. 저는 글을 쓸 때, 철저히 그 아이가 돼서 쓰니까 시각도 그 아이인 거고. 그거는 동화라는 장르를 내가 선택해서 글을 쓸 때에는 그렇게 창작을 하게 된다는 거지요. '아이들에게 읽히는 글이야' 라고 생각하면서 글을 쓰지는 않는다는 거죠. 그런 걸 거칠게 표현하자면 그렇게 되는 것 같아요. 서로 이야기를 나누다 보면 의외로 아이들에게 읽히기 위해서 쓴다는 분이 많은데 저의 방식은 아닌 것 같아요. 내 안의 아이가 이야기하는 것을 쓰는 거예요.

박서진 : 선생님 책을 읽었을 때, 저도 그걸 느꼈어요. 화자가 등장을 하면 꼭 무언가를 전해 주려 한다기보다는 상황에 따라서 이야기가 진행되고 있는 거구나, 느꼈거든요. 그리고 어떤 작품은 성향이 다른 두 사람이 쓴 것처럼 느껴졌어요. 「알다가도 모를 일」, 「나는 너무 빨리 자라」와 「기다려 엄마」, 「길은 길~어~서, 길!」이요. 저는 「기다려 엄마」, 「길은 길~어~서, 길!」 같은 작품을 좋아하거든요. 읽으면서 울컥하기도 했고 유머

가 깔려 있기도 해서 제가 딱 좋아하는 스타일이에요. 제가 동화를 쓸 때는 이야기를 읽고 아이들이 변했으면 좋겠다는 생각이 굉장히 강해요. 엄마들도 작품을 읽고 변화되면 얼마나 좋을까. 아이들이 읽고 공부만 중요한 것이 아니라는 걸 느끼며 재밌게 읽을 걸 상상도 해요. 그러다 보면 또 재밌는 글을 써낼 저를 기대하고요.

정승희 : 저 같은 경우는 즐거운 이야기들보다는 조금 힘든 이야기들이 저한테 와요. 요즘 자기의 상처를 드러내지 않는 아이들이 많아요. 아이들이 가진 시간이 우리들과 많이 다르거든요. 시간을 쪼개서 통제받고 학교를 가고 학원을 다니고 자기 스스로 자유롭게 할 수 있는 시간이 정말 적은 거예요. 너무 옥죄어진 삶 속에서 살아야 하는 아이들의 답답함이 느껴져요. 글쓰기 수업을 하면서 아이들 얘기를 들어 보면 그런 부분들이 굉장히 많은 거예요. 아이들 얘기를 들어주다가 "그래서 그랬구나, 힘들겠구나." 이렇게 말해 주면 아이들이 눈물을 흘려요. 그럴 때면 슬픔이라는 정서가 아이들에게도 필요하다는 생각이 들지요. 밝고 희망적이고 즐겁고 교육적인 부분도 정말 필요하잖아요. 그런 동화도 있어야 하지만 나는 다른 것을 쓰는 거죠. 내 촉이 닿는 것은 다른 분야일 수 있다, 각자의 색깔로 다른 작품을 쓰면 되는 거니까요.

박서진 : 예를 들면 저는 엄청 길치인 게 콤플렉스예요. 잘 아는 길이면 차를 타고 가고 잘 모르거나 복잡한 곳을 가면 차를 놓고 돈을 챙겨요. 택시를 타면 되니까. 유은실의 「멀쩡한 이유정」을 읽고 제가 얼마나 위안을 얻었는지 몰라요. 자기가 가진 콤플렉스를 그렇게 재밌게 쓴다고 생각하면…… 하지만 아이들이 읽고는 그렇게 위안을 받지는 않을 것 같고, 저 같은 사람이 훨씬 더 위안을 받을 것 같아요. (웃음)

정승희 : 저도 굉장히 재밌게 읽었거든요. 그런데 아이들은 '이게 뭐야?' 이렇게 반응하더라고요. 우리는 정말 재미있는데.

김혜진 : 이게 중요한 부분인 것 같은데, 어른들이 좋아하는 동화와 애들이 좋아하는 동화가 좀 다르다는 거요.

어른이 좋아하는 동화, 아이가 좋아하는 동화

최윤정 : 민영 씨 질문의 줄발이 그거였어요. 동화를 쓰면서 내면 아이와 접촉하는 건 중요하죠. 그렇지만 어떤 동화들은 작가가 내면 아이에만 집중하고 있어요. 어른들 모두는 자기 안의 내면 아이와 접촉하는 계기가

되기 때문에 굉장히 좋을 거예요. 과거의 시간을 건드리는 시적인 울림과
도 같은, 깊은 어떤 것이 있는데…… 그냥 현재를 살고 있는 아이들한테
는 그렇지 않은 거죠. 내면의 아이란 무의식에 억눌려 있는 것이기 때문
에 현실의 아이가 봤을 때는 '이게 뭐야?' 그럴 수 있어요.

김혜진 : 저는 가끔 회의감이 들 때가, 제가 어린 시절에 정말 좋아했던
동화 중에 지금 작가로서 보면 이런 책은 별로다 싶은 얘기가 많은 거예
요. 그렇다면 지금 내가 이렇게 쓰는 것은 무슨 의미가 있는가, 애들은 내
가 섬세하게 쓴 부분보다 다른 부분을 훨씬 좋아할 수도 있는데. 내가 그
것을 꿰뚫어 알 수 없구나, 하는 생각이 들어요. 좋은 동화를 쓴다는 것이
어른들한테는 분명 의미가 있고 좋은 도서 목록을 가지는 것도 의미가 있
어요. 내가 작가로서 성취감을 느낄 만한 작품을 쓰는 것도 의미가 있지
요. 물론 내가 잘 쓰면 아이들도 좋아하겠지만, 정말로 아이들이 좋아하
거나 아이들에게 영양분이 된다는 것을 어른인 내가 과연 알 수 있을까
싶어요. 어릴 적엔 전화번호부만 봐도 재밌잖아요. 하다못해 다른 책을
안 읽고, 교과서에 나오는 작품만 읽어도 잘 자랄 수 있을 것 같은데.
　　저는 지금 딸이 갓 돌이 됐어요. 그런데 책이 별로 없어요. 얼마 전에
어떤 분이 아이한테 책을 어떻게 읽어 주냐고 물어보더라고요. 저는 꼭

읽어 줘야겠다는 생각은 안 들어요. 아이가 크면 자연히 읽지 않을까 하고. 책을 가득 갖다 줘도 안 읽는 아이 때문에 고민하는 부모도 있는데, 차라리 책을 안 주면 되는 것이 아닌가 하는 생각이 들기도 해요. 저희 아빠가 후회하셨던 게, 저한테 책을 너무 많이 사 줘서 작가가 됐다고. (웃음) 모두가 작가가 될 필요는 없잖아요. 그렇다면 과연 좋은 동화란 무엇인가 하는 생각이 들어요.

박서진 : 저는 어른이 됐어도 소설보다는 동화책이 훨씬 더 재밌고, 또 그림책이 정말 좋아요. 가끔 그림책을 펼쳐 보고 아이들한테도 읽어 줘요. 『아빠, 더 읽어 주세요』(데이비드 에즈라 스테인, 김세실 옮김, 시공주니어 2011)라는 책이 있어요. 아이가 아빠한테 책을 읽어 달라고 하고서는 중간에 끼어드는 얘기예요. 예를 들어 아빠가 빨간 모자 이야기를 하면서 늑대를 만나는 장면을 말하면 아이가 불쑥 끼어들어 "안 돼! 늑대야."라고 소리치는 거죠. 그러면 아빠는 "그래서 늑대는 그냥 지나갔답니다. 끝!" 하고 말해요. 끼어들었다고 무안을 주는 아빠에게 아이는 말하죠. "아빠 걘 정말 나쁜 늑대란 말이에요!" 하고요.

짧은 이야기지만 읽는 내내 즐거워요. 재미있게 읽은 책은 꼭 수업하는 아이들에게 가서 읽어 줘요. 저학년이든 고학년이든 심지어 고등학생도 무척 재미있어해요. 내가 동화를 많이 읽다 보니 '동화를 꼭 어린이만 봐야 하는가?' 라는 생각이 자주 들어요. 어른이 되었으니 소설을 봐야 한다는 사고는 잘못된 것 같아요. 어른들이 동화를 많이 봤으면 좋겠어요. 어른들이 동화책을 많이 읽으면 아이들한테 훨씬 더 좋은 영향을 줄 것 같아요. 저는 어른들이 소설이나 자기계발서만 읽어야 하는지에 대해 사고를 전환해야 할 필요가 있다고 생각해요. 아이를 잘 기르거나 행복해지고 싶으면 동화를 읽어야죠.

최윤정 : 정말 그래요. 어른들이 동화책을 많이 읽으면 간접적으로 자기 주변 아이들에게 도움이 되죠. 자기 자신에게 도움이 되기 때문에 자기에게 변화가 일어나고 결국은 자신이 가르치는, 키우는 아이들에게 도움이 되죠.

박서진 : 그래서 동화를 동화 말고 다른 말로 바꾸면 어떨까 그런 생각까지 했어요. 제 주변에 '동화 읽는 어른들' 모임을 보면 사람들이 동화책을 많이 읽어요. 그러면 확실히 아이들을 대하는 태도가 달라져요. 책 선별도 굉장히 잘해요. 본인이 읽고 아이들에게 주고, 또 아닌 것도 아이들에게 책을 읽혀 보고 본인이 깨달을 수 있게 반응을 봐요. 그런 것들만 봐

도 어른들이 아이들 책을 읽는 것은 굉장히 중요하다는 생각이 들어요.

정승희 : 좋은 동화책, 그림책이 정말 많아요. 『할머니가 남긴 선물』(마거릿 와일드, 최순희 옮김, 시공주니어 1997)도 제가 참 좋아하는 그림책이에요. 손녀에게 할머니가 죽으면서 마지막으로 선물을 주는 거예요. 햇빛과 새들의 지저귐과…… 읽어 주다가 저도 모르게 울컥하는 게 있어요. 그런데 이 작품을 읽어 주면 아이들도 조용해져요. 제가 '책 읽어 주는 엄마 모임'이 있어서 딸 학교에 수요일마다 가서 그림책을 읽어 줬어요. 제가 읽어 주는 도서 목록 중에 『할머니가 남긴 선물』은 꼭 들어가는 책이에요. 사랑하는 사람들 중 누군가는 언젠가 곁을 떠나게 되잖아요. 돼지 할머니와 손녀딸이 주인공으로 나오는데 아주 사실적이면서도 아름다워요. 이 이야기를 읽어 줄 때는 2, 3, 4학년 아이들도 조용해요.

최윤정 : 제가 궁금한 건 어른들은 마음이 찡한데 아이들은 '이게 뭐예요?' 이런 책들도 있다고 했잖아요. 그러면 그런 책에 대해서는 어떻게 생각해야 할까요?

정승희 : 그림책하고 동화는 또 차이가 있는 것 같아요. 그림책은 입말로

들려주기 때문에 그림도 있고 읽어 주는 사람의 정서도 전해지고 해서 아이들의 반응이 달라질 수도 있을 것 같아요. 저는 그림책이 참 좋구나 하는 생각이 들어요. 좋은 책들이 참 많기도 하고요.

제가 『어린이와 문학』이라는 잡지에서 편집위원으로 일을 했는데요, 그때 제안했던 것이 요즘 아이들에 대한 꼭지었어요. 요즘 아이들은 어떤 책을 읽고 도대체 어떻게 생각하는지 궁금해서 한 반에 책을 쫙 읽혀 보기도 하면서 아이들의 반응들을 살펴보는 일이었지요. 그게 엄청 의미 있는 일이었던 것 같아요. 우리는 재미있는데 요즘 아이들은 재미가 있을까? 가끔 가르치는 아이들에게 책을 읽혀 보면, 제가 재밌어 하는 것과 차이가 있는 것도 있고 같은 것도 있고 해요.

박서진 : 제가 착각하고 있는 부분도 많이 있는 것 같아요. 아이는 아이일 뿐이라는 걸 인지해야 하는데, 저는 좀 더 성숙하고 지적인 걸 기대하면서 이야기하는 것 같아요. 아이들은 길가의 똥 얘기를 좋아하고 느닷없이 넘어지는 걸 좋아하는데, 저는 단어 하나라도 신경써서 아이들에게 더 주고 싶어 하는 경향이 있어요. 제가 지적인 것에 대한 욕심이 강해서 아이들에게 강제로 주입하고 있는 건 아닌가 하는 생각을 해요.

최윤정 : 아이들은 아이들일 뿐이니까 아이들에게 판단을 기대하는 것은 어렵지만, 그렇다고 아이는 아이일 뿐이니까 아무거나 재밌으면 되지, 해서도 안 될 것 같아요. 그런 이야기에서 출발을 했기 때문에 이게 굉장히 중요한 지점이라서 자세히 들여다보면 좋겠어요.

박서진 : 아이라는 사실을 인지하고 거기서 출발을 해야 하는데, 기본적으로 제가 아이들에게 뭔가를 넣어 주려고 출발을 하면서 문제가 생기는 것 같아요.

정승희 : 저는 내면의 아이가 그래서 중요한 것 같아요. 내가 지나왔던 과거의 시간이 있잖아요. 과거의 나는 지금 아이들과 다른 생활환경에서 살았지만 아이들이 갖고 있는 무언가 인간으로서의 삶에 패턴이 있다는 생각이 들어요. 내가 어릴 때 이런 건 신경질이 났었지, 가슴이 뛰었었지, 좋았었지, 슬펐었지, 이런 거를 모티프로 쓰게 되지요.

박서진 : 공감을 굉장히 많이 하는데요, 아이들의 놀이 문화 하면 지금은 얘기할 게 게임밖에 없는 것 같잖아요. 요즘 아이들이 노는 시간이라야 정말 짜투리 시간이니까요. 그래서 몹시 불행할 거라고 생각을 했어요.

그런데 얼마 전에 고등학생들과 논술 수업을 할 때였어요. 제가 핸드폰 옛날에 쓰던 것 30개를 꺼내 보여 주며 시간과 기계의 변천사에 대해 이야기를 시작했어요. 그러면서 아이들의 놀이에 대한 이야기가 시작되었는데, 그 짜투리 시간의 놀이에서 나오는 재미가 이루 말할 수 없어요. 저희가 아주 긴 시간에 놀이를 했다면 이 아이들은 5분, 10분, 30분 같은 자투리 시간으로 채워진 즐거움이 머리에 꽉 찼어요. 예전의 우리처럼 놀잇감을 직접 만들지 않고 구슬, 종이, 딱지 같은 것을 문방구에서 다 사서 하지만, 아이들 나름대로 기쁨이 있다는 걸 발견했어요. 그래서 지금 아이들은 늘 공부만 해서 불행할 거라는 생각을 하면 안 되겠다고 생각했어요. 어릴 적 우리와 놀이 방식만 다른 거예요.

정승희 : 방법이 달라졌지만 놀이라는 것은 여전히 같다는 거지요.

최윤정 : 처음에 김혜진 선생님이 질문을 던졌는데, 어느 정도 그 의문이 풀렸어요?

김혜진 : 아직은 아닌 것 같아요. (웃음)

한국 작가에게 듣는다

최윤정 : 의문은 안 풀렸지만 어느 정도 정리가 되지 않았어요? 좌담회라는 것이 가지는 의미는 그런 거잖아요. 서로 얘기를 주고받으면서 자기가 정리가 되기도 하고 새로운 생각도 하고 그러잖아요. 아까 질문이 일반적인 질문 같기도 하지만 동화 작가로서 창작을 할 때 굉장히 중요한 지점 같아요. 김혜진 선생님이 좀 집요하게 말을 끌어내려고 하면서 얘기가 더되면 좋겠어요.

동화 작가와 창작자 사이에서

김혜진 : 지금 말씀하신 것들로 조금 정리가 될까 말까 해요. 요즘 아이들 얘기도 하셨지만, '애들이 내 책만 읽는 것은 아니다' 라는 생각이 작가로서 안심도 돼요. 내가 하는 거에 더 자신감을 갖고 쓸 수 있겠다는 생각도 언뜻 들었어요. 두 분은 다른 성향의 작품을 쓰셨잖아요. 슬픔의 정서와 해피 엔딩인 작품이 있는데, 아이들은 독자로서 이건 재미있게 읽고 저건 재미없게 읽고 해요. 재미없게 읽었다고 해서 가치가 없는 것이 아니라 난 이런 건 재미없어서 싫구나 하고 깨닫는 것도 좋은 것 같아요. 그렇게 나를 만들어 가는 거니까요. 어떤 아이는 유쾌하고 재밌는 것만 찾아 읽기도 하고, 어떤 아이는 슬픈 것이나 비극을 좋아하는 아이가 있을 수도 있는데, 그렇게 고를 수 있도록 다양한 것을 제시해 주는 게, 개개인의 동

화 작가가 아니라 전체 작가군에서 나오는 것이 좋다는 생각을 해요. 그렇다면 나는 더더욱 더 눈치 볼 게 없겠구나 하는 생각이 들어요.

최윤정 : 이렇게 쓰고, 저렇게 쓰고, 낱말 하나도 굉장히 고민을 하는데, 사실은 애들이 이걸 다 이해하나? 애들은 엉뚱한 거 하나에 꽂히는데 내가 이렇게 할 필요가 있나? 이런 고민을 한다고 하셨잖아요. 그렇지만 그것이 어떤 답을 가질 수 있는 질문 같기도 하거든요. 정말 만약 그렇다면 애써서 완성도 높은 무엇을 위해 노력하기보다는 어떤 이야기를 하고 또 새로운 이야기를 하면서 끊임없이 다작을 하는 게 답일 수도 있잖아요?

김혜진 : 저는 동화 작가이면서 창작자이기도 하니까 내 기준에 완성도 높은 작품을 쓰는 것 자체도 중요하잖아요. 그리고 완성도 있는 작품을 본다면 아이들이 그것을 다 이해하고 안 하고를 떠나서 좋다고 생각하거든요. 단지 글만이 아니라 디자인적으로나 편집으로나 정성 들여 만든 작품을 본다는 것이 좋다고 생각하고.

하지만 그와 별개로, 아이들이 제 작품을 오해하는 것도 좋아요. 제가 첫 책 『아로와 완전한 세계』(바람의아이들 2004)를 내고 가장 재밌게 봤던 반응 중 하나가, 어떤 아이가 블로그에 그 책을 재밌게 읽었다면서 줄

거리를 썼는데, 내용이 다 틀려요. 읽긴 읽은 것 같긴 한데. (웃음) 그게 저는 너무 유쾌하고 즐거운 거예요. 아이가 독자로서 오해를 하고 자기 나름대로 상상해서 재밌다고 했다는 게 정말 좋더라구요.

최윤정 : 어른도 무슨 작품이든지 그 작품이 좋다고 할 때, 나중에 다시 한번 보면 기억이 안 나고 그런데도 되게 좋다 이렇게 생각한 것들이 있잖아요. 그런 것처럼 좋은 작품이란 입체성을 가지거든요. 아이들이기 때문에 특히나 더 단면적으로 받아들이는 것이 많을 거예요. 아까 김혜진 선생님이 '애들이 아무거나 다 읽어도 훌륭한 사람이 될 수 있는데' 라고 했는데, 우연히 나왔을 그 말에 어른 일반의 교육적인 기대가 담겨 있는 거 같아요. 좋은 작품을 읽으면 훌륭한 사람이 되고 가치가 낮은 작품을 읽으면 덜 훌륭하거나 안 훌륭한 사람이 될 것 같은 생각을 하게 되는데, 예술 작품을 읽는 것은 사람이 훌륭하게 되는 것과는 아무 관계가 없는 것 같아요. 좋은 그림을 많이 봐서 훌륭해졌다는 사람 못 봤고, 아까 얘기처럼, 엄청나게 책을 많이 읽어서 작가가 됐는데 부모 입장에서는 안 훌륭하다고 생각할 수도 있잖아요. (웃음)
사람에게는 무의식적으로 자기 안에 쌓이는 것들이 많은데 그런 게 가장 많은 것이 예술작품이지요. 아이들한테는 그것이 동화인 거잖아요. 아이

들의 언어화 능력은 어른과는 달라서 책을 읽고 말할 줄 아는 것이 매우 적어요. 하지만 어른들처럼 '필요'를 따지지 않고 살기 때문에 무엇을 보든지 자기 안에 무의식적으로 쌓이는 게 많은 시기잖아요? 그렇기 때문에 완성도 높은 작품을 주는 것과 그렇지 않은 것은 큰 차이가 있다고 봐요. 한 인간의 내면의 질, 감성의 질을 좌우한다고 봅니다. 이것이 동화 작가들이 아이들을 위해 좋은 작품을 써야 하는 이유이죠. 그리고 아까 박서진 선생님이 말씀하신, 어른들이 동화를 읽어야 한다는 말은 정말 맞는 것 같아요. 물론 어른들에게는 동화에 다 담을 수 없는 어둠과 아픔도 있지요. 그래서 어른에게는 소설도 필요하고 시도 필요한데, 우리가 아이라는 존재와 함께 사는 한, 그들과 소통을 해야 하잖아요. 그걸 어디 가서 배워서 할 수는 없고, 자기 내면을 아이들과 소통 가능하게 만들어야 하는 거죠. 가장 좋은 방법이 어린이책 읽기 같아요.

정승희 : 지금 말씀하신 것은 독서의 효용, 기능적 측면 이렇게도 이야기할 수 있을 것 같은데, 이제 좋은 동화는 무엇인가에 대해 이야기해 볼까요? 저는 아이들은 아이들대로 읽고 또 어른들은 어른들대로 봤을 때, 누구나 봐도 울림이 있는 것, 그러니까 다층적인 작품이 아닌가 생각해요. 아이들이 표면적인 어떤 흥미나 재미 등을 보며 깔깔거리고 웃는다면 어

른은 또 나름대로의 다른 의미를 찾을 수 있는 작품이요. 저는 그런 동화가 참 좋아요. 그런 입체성을 가져야 하는 거죠. 그런 게 좋은 동화인 것 같아요.

출판사는 무엇을 해야 할 것인가

박서진 : 작가들이 자기만족 없이는 글을 쓸 수 없어요. 작품을 한 편 내놓을 때는 고민을 굉장히 많이 하죠. 그런데 작가 문제뿐만 아니라 출판사들은 팔리는 책인가 안 팔리는 책인가 하는 기준을 갖고 있는 것 같아요. 사실 출판사에 대한 신뢰 때문에 부모들이 책을 사서 읽히는 경우가 많이 있거든요. 예를 들면 바람의아이들 같은 경우는 굉장히 신뢰가 있는 출판사 중 한 군데예요. 그래서 제가 바람의아이들에서 책이 나온다고 하니까 주위에서 무척 부러워했어요. (웃음) 바람의아이들 책이라면 무조건 신뢰하고 책을 읽히죠. 그럼에도 불구하고 일부 출판사에서 작품성보다는 판매 가능성을 기준으로 출판을 하는 것에는 조금 불만이 있어요. 예를 들어 문학 파트보다 교과 과정과 연관된 책에 더 비중을 두는 것도 그렇고요.

정승희 : 그런데 저는 이런 자리를 빌어서 감사하다는 말씀을 드리고 싶

어요. 왜냐하면 그동안 다른 출판사 편집자들과 많은 접촉을 하지는 못했지만, 간혹 가다 이야기를 해 보면, 그분들이 가지고 있는 출판에 대한 입장이나 가치관이 그리 깊지 않다는 생각이 들거든요. 좋은 작품을 바라보는 눈도 사실 신뢰하기 힘든 경우도 있었어요. 책이 시장에서 팔릴까 안 팔릴까를 기준으로 보기 때문인 것 같아요. 『책 밖의 작가』 원고에서 외국 작가나 편집자들과 교류한 내용을 보고 선생님이 대단하다고 느껴졌어요. 20여 년의 동화와 아동문학에 대한 사랑이 느껴졌거든요. 이렇게 10년, 20년을 지속적으로 아동문학에 대해 관심을 갖는 것은 굉장히 중요하다고 봐요. 지금 시점에서 어떤 동화들이 아이들에게 정말 중요하고 좋은지, 필요한지 보이실 것 같거든요. 그런데 편집자들은 그런 부분이 짧기도 하고 기준도 모호한 경우가 있더라고요. 오랜 기간 하나의 물음을 갖고 아동문학 출판에 대해 고민하기란 여간 어려운 일이 아니잖아요. 이렇게 긴 시간 동안 계셔 준 것이 감사해요. 선생님 꿈이 바람의아이들에서 낸 책이 좋은 책이다 생각하고 사람들이 책을 고르는 게 꿈이었다고 말씀하셨잖아요. (웃음) 지금 박서진 작가님 말씀을 들으면 꿈이 이루어지신 것 같아요. 또 하나는 아픈 얘기일지도 모르는데요, 이제 2014년이 되었잖아요. 바람의아이들이 초창기 때부터 지금까지 주욱, 뭔가 자기만의 무게중심을 가지고, 자기만의 색깔을 잘 지켜 왔잖아요. 그래서 아이들이나 어른들에게도 사랑을 받았던 것이고요. 그런데 요즘은 뭔가 돌파구가 필요할 때가 아닌가 하는 생각이 들더라고요. 지금도 물론 기본적인 신뢰가 있지요. 그런데 거기서 조금 아쉬움이 느껴지는 시기라고 할까요. 이건 순전히 제 개인적인 생각입니다만……. 제가 다니는 김포 도서관에 가면 권장도서 목록이 있어요. 가끔 도서관에 가면 확인을 하기도 해요, 어떤 책들을 목록으로 선정했는지. 그런데 바람의아이들 책이 그전에는 권장도서 목록에 굉장히 많이 들어갔었어요. 그런데 오랜만에 도서관에 가서 권장도서 목록을 보았는데 지금은 그렇게 많지 않더라고요. 꼭 권장도서 목록에 들어간 책들이 다 좋은 책들이라 단정 지을 수 없긴 하지만 말이지요. 아쉽기도 하고요.

최윤정 : 네, 귀담아 들을 얘기예요. 애정을 가지고 지켜봐 주시는 점, 감사합니다. 바람의아이들은 오랫동안 응원해 주시는 분들 덕분에 오늘까지 올 수 있었던 것 같아요. 아닌 게 아니라 요즘은 좀 정체된 느낌이 있어요. 보통 1년에 10권 남짓 책을 만드는데 작년에는 책을 5권밖에 못 냈더라고요. 돌이켜 생각하면 바람의아이들 초창기에는 국내 신인 작가들의 작품이 거의 다 바람의아이들에서 나왔어요. 이유가 있어요. 왜냐하면 2004년 그 무렵에는 신인을 발굴하는 출판사는 바람의아이들밖에 없었

한국 작가에게 듣는다

어요. 그러니까 당연히 신인들이 좋은 작품을 썼다는 기사가 나면 그게 다 바람의아이들 책이었던 거고, 그랬기 때문에 권장도서 목록에 우리 책이 많았던 거 같아요. 그런데 그 몇 년 후부터는 거의 모든 출판사가 신인을 발굴하는 듯이 보여요. 그것도 문학상이라는 막강한 무기를 가지고. 그러니까 당연히 바람의아이들이 정체될 수밖에 없어요. 이 난국을 어떻게 헤쳐나갈 것인가 아무리 고민을 해 봐도 우리가 할 수 있는 일은 아무것도 없더라고요. 트렌드에 민감한 한국 사회에서 그저 초심을 지키는 것만이 제가 잘할 수 있는 일 같아요. 그러나 권장도서 목록에 실리지 않는 것이 바람의아이들 문제는 아니라고 생각해요. 책이 적게 나오면 활발하지 않아 보이는 것이 사실이고, 그럴 때 외국 책으로 보완하는 방법이 있기는 한데 이제는 외국 책도 좋은 건 다 번역 출판되었다고 해도 과언이 아니에요. 그리고 외국 책도 나쁜 것도 많고 그렇잖아요. 꼭 들어와야 하는 건 몇 권 안 되는데 그런 건 A출판사와 B출판사의 선인세 경쟁이기 때문에 우리는 못해요. (웃음) 우리는 우정의 관계에 있는 출판사 책을 지속적으로 지켜보는데 그것도 같은 작가가 늘 좋은 책을 쓰는 건 아니에요. 그래서 한번 출판한 작가의 책을 주욱 따라갈 수는 없더라고요. 처음 생각했듯이 우리 작가들 책으로 목록을 채우고 싶어요. 그런데…… 작가가 그렇잖아요. 어떻게 해마다 좋은 책을 쓸 수가 있겠어요. 기다리는 거죠.

7년 만에 아무개 작가 신작, 소설에는 그런 게 많잖아요. 정승희 11년 만에…… (웃음) 김혜진 3년 만의 신작 뭐 이렇게. 이런 게 정상인 거죠. 어떡해요, 기다리는 거예요. 보통은 이런 경우 경쟁적으로 작가 섭외를 해요. 그런데 그렇게 하는 것이 여러 모로 그다지 좋은 것 같지 않더라고요. 그렇다면 처음에 하던 것을 하는 게 좋고, 오랫동안 침묵을 하고 있는 작가에게 어떻게 지내는지, 왜 작품 소식이 없는지 알아보려고 하죠. 무슨 일이 있는지……. 그게 맞다 생각을 하는 거죠.

동화 작가의 기쁨과 슬픔

이민영 : 저희가 좋은 작품 이야기를 하다가 이렇게 많은 이야기를 나누게 되었네요. 세 분이 서로의 작품을 읽어 보았을 텐데 작품에 대해서 어떻게 보았고 궁금한 점은 어떤 것이 있는지 말씀 나눠 보면 좋을 것 같아요.

박서진 : 저는 10년 동안 독서와 글쓰기 지도를 하면서 책을 죽자사자 읽었어요. 제가 읽고 싶은 책보다 수업을 위한 책 위주로요. 이번에 두 분을 검색해 봤더니, 너무나 많은 책들이 나오더라고요. 그래서 바람의아이들에 어떤 책을 읽을지 SOS를 쳤어요. 책을 보내 주시더라고요. 헉, 판타지

동화인 아주 두꺼운 것 4권 그리고 다른 책들이 또 왔어요. 저는 판타지를 쓰고 싶은 욕구가 있어요. 그래서 두꺼운 책들은 아껴서 먹듯이 천천히 보려고 조심스럽게 모셔 났고, 나머지 책들은 읽고 왔어요. 『프루스트클럽』(바람의아이들 2005) 같은 경우에는 예전에 읽었는데 또 읽었어요. 한 권을 읽었는데 여러 권을 읽은 느낌이 들었죠. 내면의 이야기가 너무 촘촘하게 되어 있어 이 글을 쓰면서 정말 힘들었겠다 하는 생각도 들었어요. 그리고 어쩌면 아이들은 읽을 때 힘들겠다, 요즘 청소년은 『완득이』(김려령, 창비 2008) 같은 내용을 좋아하니까. 그런데 저는 정말 좋았어요. 소설이지만 아이들의 생각을 정리해 가면서 성장에 대해 썼다는 건 얼마나 대단한 일인가요. 앞부분에 생각이 굉장히 길다가 뒷부분에 탁 치고 나오면서 반전을 통해 의식을 확 바꿔 놓더라고요. 작가가 약았다라는 생각도 했어요. 그런데 이렇게 젊은 작가분이신지는 몰랐네요. 저도 청소년소설을 쓴다면 그렇게 쓸 것 같다는 생각이 들었어요. 한번은 청소년소설 700매 정도를 써놓고, 아니구나 해서 원고들의 무덤으로 보낸 적도 있어요. (웃음) 쉽지가 않더라고요.

김혜진 : 그 작품은 2005년에 썼는데, 청소년소설이 많지 않을 때였어요. 제가 그걸 왜 쓰려고 했냐면, 그때 귀여니가 완전 인기였어요. 그래서 '청

소년들이 읽는 소설은 귀여니 같은 인터넷 문체의 소설이다' 라는 게 일반적인 생각이었는데, 그게 너무 싫고 열받는 거예요. 그런 청소년도 있겠지만 그렇지 않은 진지한 청소년도 굉장히 많잖아요. 그래서 거기에 대해 반박하는 심정으로 썼기 때문에 더 복잡하게 쓰게 된 것도 있는 것 같고, 또 하나는 당시에 평범한 아이들이 역차별을 당하는 것 같다고 느꼈어요. 요즘은 많이 그런 게 없어졌는데, 그때만 해도 동화나 청소년소설의 주인공은 왕따를 당하거나 부모님이 이혼하거나, 뭔가 힘든 상황 속에 놓여서 심각한 고민을 하는 아이가 많았어요. 그런데 '힘든 상황에 놓이지 않은 평범한 아이도 심각한 고민을 한다' 라는 게 제 생각이었거든요.

제가 평범하게 자랐는데, 평범하게 자랐지만 제 안에 있었던 소용돌이 치던 감정과 고민 들이 있었거든요. 그런 걸 쓰고 싶다는 뚜렷한 목표가 있었어요. 근데 원고를 최윤정 선생님께 보냈을 때 선생님이 별로라고 하실 줄 알았어요. 물론 처음에는 별로라고 하셔서 많이 고쳤는데(웃음), 그 작품이 출판될 거라고는 생각하지 못했어요. 너무 복잡하고 어둡고 그래서 누가 읽을까 이런 생각을 했거든요. 그게 제가 가진 독자에 대한 편견이었어요. 그 책이 나온 다음에 블로그 같은 데에 보면, 정말 공감한다는 아이들이 굉장히 많은 거예요. 내가 아이들을 얕잡아 보고 있었구나 하고 저의 오만함이 깨졌어요. 그걸 자기 얘기처럼 읽는 사람이 많다는 데서

한국 작가에게 듣는다

나만 특별한 존재가 아니었구나 하고 그 마인드가 깨지면서, 그게 좋더라고요.

최윤정 : 『프루스트 클럽』이 미친 영향은 분명히 있어요. 『어느 날 내가 죽었습니다』 같은 작품이라든지 『완득이』 같은 작품이라든지 대형 베스트셀러가 되기도 하고 어떤 강렬함이 있는 그런 책들이 사람들에게 미치는 영향이 있는 반면, 많은 사람들은 김혜진 선생님이 아까 얘기했듯이 거꾸로 소외감을 느끼는 거예요. 평범한 아이들이 대다수고 특별한 상황에 있는 사람은 극소수이기 때문에 이 작품으로 많은 사람들이 위안을 받았어요. 물론 평범한 아이들의 이야기라는 것이 성공의 이유는 아니고요, 사건의 흐름에 치중하지 않고 인물들 마음의 움직임, 생각의 결을 세세하게 따라간 것이 좋은 작품을 만들었죠. 당시만 해도 청소년소설이 많지 않아서 청소년소설을 어떻게 써야 하나라는 의문이 많았는데 작가들도 좋아하고 아이들도 좋아하면서 이렇게 해도 되는구나 하는 것이 생겼어요. 어떤 하나의 좋은 예인 것 같아요.

박서진 : 질문을 하자면, 단편 「질문의 시간」의 경우 앞부분은 굉장히 흥미진진했는데, 뒤가 싱거운 느낌이었어요. 이렇게 솔직히 이야기해도 되

지요? 뒷부분이 너무 쉽게 끝나서, 작가가 너무 힘들었나? (웃음) 조금 그런 느낌은 들었어요. 근데 사실은 또 그게 아이들 일상이기도 해요. 한 가지 이야기를 굉장히 심각하게 고민하고 있는데, 그것이 우연치 않게 정말 쉽게 풀어지는 거죠. 그러니까 진짜 아이들의 이야기를 했는데, 우리가 기대하고 있는 게 늘 그렇잖아요, 기승전결에 대한 완벽한 어떤 것들. 그렇기 때문에 뒷부분에 뭔가를 좀 기대하면서 읽었나, 이런 생각이 있었어요.

김혜진 : 제가 단편을 잘 못 써요. 장편을 지금까지 6편 썼는데, 단편은 2편 썼어요. 저는 더 어렵더라고요. 단편에서의 구성이 더 어렵기도 해요.

박서진 : 정승희 선생님 같은 경우는 전부 다 단편이에요. 제가 아까 말한 대로 제가 좋아하는 스타일 작품이 있고 또 아닌 게 좀 있었는데, 바라보는 시각이 조금 남다르다는 생각이 들었어요. 어떤 거냐면, 「다시 시작하는 내 인생」 같은 거요. 애들은 이해하기 힘들 것 같다고 생각했어요. 왜냐하면 아이가 탄생할 때의 그걸 전생 같은 개념으로 풀어 놓았으니 이해를 할까? 물론 제가 쓴 『변신』(바람의아이들 2014)에서도 삼신할머니가

나와요. 그걸 애들한테 물어보면 누군지 잘 몰라요. 힌트를 주면 아! 하고 '그래서 그 말이 그렇게 나왔구나' 얘기를 해요. 그러니 아이들이 이해를 못한다 하더라도 한번 던져 볼 수 있겠다, 물론 아이를 기다리는 사람하고 아이하고 코드가 안 맞는다는 생각은 들었지만 이런 내용의 소재로도 이야기를 만들어 낸다고 하면 진짜 다양한 작품을 쓸 수 있겠다는 걸 배웠어요.

정승희 : 「눈으로 볼 수 없는 지도」도 특이하다는 이야기 많이 들었어요.

김혜진 : 선생님이 단편을 많이 쓰신다는 건 끊임없이 아이디어가 나온다는 뜻일까요? 아직도 고갈되지 않으신 것인지 궁금하고요.

정승희 : 많아요. (웃음)

김혜진 : 그런데 선생님이 아까 말씀하셨듯이 내면의 아이, 선생님 경험에서 나오는 것이 많으시잖아요. 경험은 한정되어 있으니까 아이디어가 모자라는 일도 생기지 않나요?

정승희 : 내면의 아이가 있는데 그 아이가 항상 그대로 있지는 않아요. 애도 성장을 하잖아요. 내 안에는 성장하지 않은 아이도 있고, 또 어느 정도 성장한 아이도 있고, 세상에 나온 아이, 이렇게 여러 가지가 있는 거예요. 그 아이가 2014년에 어떤 것을 봤을 때는 그 아이 나름대로 이야기를 하는 거죠. 저는 쓸 때, 제목을 먼저 생각해요. 제목이 먼저 떠올라요. 제목이 떠오르면 그 제목에 맞춰서 글이 나와요.

김혜진 : 그럼 「알다가도 모를 일」은 제목 먼저 생각한 다음에 이게 사랑 얘기겠구나 생각하신 거예요?

정승희 : 그 작품은 정말 한자리에 앉아서 쭉 썼는데, 이삼 일 만에 쓴 것 같아요. 그때 제가 도서관에서 수업을 하던 때였어요. 그런데 그 수업의 6학년 아이들이 자기들끼리 놀러 다닌다는 거예요. 어디를 놀러 다니냐고 물었더니, 분수대도 가고 놀이공원에도 간대요. 무슨 돈으로 놀이공원을 가니, 그랬더니 거기다가 짝까지 맞춰서 가기도 한다는 거예요. 그러면서 아이들과 사랑에 대한 이야기를 나누게 되었지요. 어렸을 때 기억을 떠올려 보니 같은 동네에 그렇게 나를 못살게 굴었던 남자애가 있었는데 하루는 안 찝쩍거리니까 또 그게 그렇게 서운하더라고요. 사람 마음 참, 알다

가도 모를 일이지요. 제가 그 아이를 그리워하는 거예요. 나도 좋아하는 사랑의 감정이 있었지, 그러면서 「알다가도 모를 일」을 쓴 거예요. 사랑은 계속 또 변하니까, 그러면서 썼던 거죠. 주인공 이름이 탁 떠오르면 되게 잘 써져요. 그때도 그냥 최고라, 최고리가 떠올랐어요.

최윤정 : 그러면 어떻게 이름이 딱 떠올라요? 그 인물을, 캐릭터를 생각하기 때문에 떠오르는 거지요?

정승희 : 네, 그렇죠.

김혜진 : 그런데 선생님, 며칠 만에 쓰시면 수정 작업은 어떻게 하세요?

정승희 : 저는 쓰고 나면 수정하는 것이 재미가 없어요. 이번에 하나 나올 게 있는데, 제가 그거는 청소년소설을 쓰다가 쉬엄쉬엄 쓴 거예요. 모든 진 다 빼내면 안 되겠다 싶어서 쓰고 있었는데, 새로운 걸 쓰고 싶다는 생각이 많이 있었어요. 인물이 떠올라서 썼는데, 제가 그렇게 수정을 한 것은 처음이에요. 앞부분을 한 열 번은 고친 것 같아요. 저는 앞부분은 가능한 그대로 쓰거든요. 그런데 애는 한 열 번은 고쳤어요. 수정은 제가 좀

잘 못해요. 청소년소설을 쓰면서 느꼈어요. 애를 많이 사랑해 줘야겠다. 나는 내가 쓰고 싶은 것을 다 내지르기만 한 거예요. 끝까지 사랑해 줘야 하는데……. 원고 무덤에 너무 많아요. 너무 미안한 거예요. 그래서 수정을 해야 되겠다 하는 작품은 하게 돼요. 그런데 지금까지 동화를 쓰면서는 많이 안 했어요. 이제는 수정을 많이 해야 할 것 같아요.

김혜진 : 호흡이 좀 달라지신 건가요? 글 쓰는 호흡 같은 게.

정승희 : 동화를 쓸 때는, 문체 같은 게 어떠냐, 그런 것도 고민을 많이 안 한 것 같아요. 캐릭터에 맞는 말이 떠오르면 그 인물에 맞는 문체가 자연스럽게 나오잖아요. 저는 청소년소설을 쓸 때 더 재미있었어요. 물론 힘들었지만 문장이나 등장인물을 매만지는 거, 사랑해 주는 것 등을 제가 느꼈던 것 같아요. 동화를 쓸 때에는 막 내질러서 내가 미안하다, 이런 생각을 했어요.

박서진 : 저는 소설을 많이 썼거든요, 대학교 때. 단편소설 한 17편을 썼나 봐요. 근데 다 컴퓨터에 저장만 되어 있어요. 그런데 소설 쓰다가 동화를 쓰니까 정말 힘들었어요. 어휘들을 다 아이들 어휘로 바꿔야 하잖아

요. 시점이 안 내려지는 거예요. 저는 표현의 문제가 아니라 시점 내리는 게 관건이었어요. 아이로 시점이 내려오면 표현은 자유로워질 것 같은데, 그동안 써 왔던 많은 어휘들이 머릿속에 떠돌아다니니까 그것들이 자꾸 들어오는 거예요. 처음에 그것 때문에 많이 힘들었어요. 사실 소설 쓰는 건 정말 자유롭고 편해요. 글 쓸 때 제재가 없잖아요. 성이니 폭력이니 하는 것들. 그런데 동화는 그런 것들이 다 제재 받아야 하기 때문에 동화 쓰기가 더 힘들어요. 사람들은 동화 쓰기가 훨씬 쉽지 않을까? 하고 생각하는데 제 경우에는 소설이 쉬워요. 오히려 동화 쓰기가 더 까다롭죠.

최윤정 : 소설 쓰기가 쉬웠던 시간이 있었다는 얘기지요? 지금은 동화 쓰기가 더 수월하시겠죠? 동화 쓰기가 안 어려워진 게 언제 정도일지요.

박서진 : 한 삼사 년은 되는 것 같아요. 수많은 원고들을 무덤으로 보내고 나서요.

최윤정 : 애들 가르치면서도 소설을 쓰셨어요?

박서진 : 아니요, 신춘문에 당선되면서 쓰고 싶은 욕구에 차 있을 때 집안

에 일이 생겨 경제활동을 해야 될 상황이 됐어요. 글을 쓰고 싶었지만 일이 끊임없이 들어오니까 안 할 수도 없었죠. 8, 9년 동안 소설을 못 쓰고 아이들만 가르치다 다시 시작한 것이 동화였어요.

최윤정 : 중요한 지점인 것 같아요. 정승희 선생님은 시도 쓰잖아요? 그러면 시 쓰는 게 더 쉬워요? 동화 쓰는 게 더 쉬워요, 편해요, 좋아요? 어떤 거예요?

정승희 : 저는 쓰고 싶을 때 쓰니까 어렵거나 이런 마음은 없어요. 시를 쓸 때는 내 마음의 한 부분을 그냥 배출하듯이 쓰니까 전혀 신경을 쓰지 않아요. 이게 어디에 실리든 말든, 애초에 그런 생각을 하지 않아서 그런지 써놓은 시가 어디 있는지도 잘 몰라요. 그런데 동화를 쓸 때는 약간 달라요. 수지는 "출간되지 않고, 읽히지 않고, 팔리지 않고, 문학상을 타지 못하고 돈을 못 번다고 하더라도 저는 쓰는 행위 자체가 정말 행복합니다"라고 했는데 저는 이거 말할 때 시점이 언제인지 궁금한 거예요. 그러니까 초기에는 이런 생각이 아니었을 거라고 생각해요. (웃음) 지금은 동화를 쓸 때 어떤 생각을 하냐면, 소통을 해야 하잖아요, 어쨌든 썼는데. 쓴 다음에는 이게 가만히 컴퓨터 안에 묶여 있는 걸 보면 좀 그렇죠.

사실 수지가 한 말에 지금은 동의를 못하는 거죠. 그런데 시는 그래요. 시는 읽히든지 말든지 혼자 써내는 거예요. 그러니까 오히려 자유로워요, 아주 많이. 제가 만약 시인으로 등단을 한 시인이라면 말이 좀 달라졌을까요? (웃음) 제가 처음에 몇 편(동화)을 쓴 다음에는 조급증이 올 때가 있었어요. 동화를 내가 좋아하는 식으로만 쓰면 되나, 이렇게 생각을 하면서 작정하고 세 편을 쓴 적이 있어요. 그거는 내가 쓰고 싶은 게 아니라, 애들이 재미있어할 만한 걸 써 보자 하고 작정하고 써 본 거죠. 그거는 무덤에 들어갔어요. (웃음)

박서진 : 그러면 동화 작가는 동화만 써야 한다, 소설가가 왜 동화까지 쓰는가, 이런 말에 대해서는 어떻게 생각하세요?

김혜진 : 저는 소설가들이 동화 쓰는 걸 좋아하지는 않아요. 왜냐면 안 그런 분도 있겠지만 마인드가 동화, 청소년소설이 쉬우니까, 쉽고 잘 팔리는 것 같으니까 쓴다고 하는 분도 없잖아 있어요. 그런 얘기를 들을 때는 기분이 상당히 나쁘죠. 근데 그게 일반적인 편견이어서 제 친구들만 해도 동화 많이 썼으니까 너도 이제 성인이 읽는 작품으로 수준을 올려야 하지 않겠냐 하고 말하는 애도 있었어요. 그리고 어느 자리에 가서 제가 동화

를 쓴다고 하니까, 어떤 분이 자기가 아는 나이 많은 동화 작가 선생님을 얘기하면서 그분이 동화가 돈이 되니까 너도 쓰라고 말했다고, 그 말을 전해 줬어요. 그 말도 너무 기분이 나빴어요. 그런 마인드로 쓴 작품은 좋지 않을 거 같고. 그런데 작품이 좋으면 또 괜찮은 거 같아요. 사실 작품만 좋으면 됐죠, 뭐. 그렇지만 작품이 좋지 않은 경우가 더 많다고 보고요.

어린이라는 내면의 발견

최윤정 : 그게 중요한 얘기예요. 아까 우리는 아이가 아니기 때문에 아이들이 읽을 작품을 쓰는 게 어렵다, 이건 단순히 기술이나 표현의 문제가 아니다, 이렇게 이야기가 시작됐잖아요? 그런데 지금 얘기가 약간 이상하게 흘러간 거예요. "소설가가 동화를 쓰는 거에 대해 어떻게 생각하세요?"라든지 "동화나 청소년소설이 소설보다 쓰기가 쉬운가요?"라든지 이런 게 과연 말이 되는 걸까요? 누가 뭘 쓰든지 잘 쓰면 된 거잖아요. 근데 왜, 누가 뭘 쓰면 못 쓰냐는 거죠. 반대로, 누가 뭘 쓰면 왜 잘 쓰느냐, 이유가 있을 거라는 얘기예요. 그런 이야기를 해 보자는 건데, 저는 개인적으로 동화 작가도 아니고, 소설가도 아니지만 둘 사이에 분명한 내면의 차이가 있다는 생각이 들어요. 원래 동화에 관심도 없던 제가 동화 비평을 시작했을 때, 뭔가가 딱 만나지는 지점이 있었어요. 거기서 어린이라

한국 작가에게 듣는다

는 내면의 발견이 한참 동안 이루어졌는데 그 이전에는 어린이의 내면으로 살지 않았기 때문에 뭔가 어렵고 굉장히 혼란스러웠어요. 근데 혼란스럽고 어렵다는 게 낯설고 그래서 좋은 거잖아요. 아이들의 내면을 접촉한다는 게 어른의 우울에 비하면 분명히 밝고 힘있고 이래서 굉장히 좋은 거였는데, 내가 원래 그런 사람이 아니었기 때문에 굉장히 오랫동안 어지러웠었어요. 마치 양다리를 걸치고 사는 것처럼. 마치 시 쓰는 심정으로 일상을 사는데…… 그런 마음으로 일상을 살면서 직업적으로는 어린이책을 읽는데 여기만 오면 행복하고 좋은 거죠. 그러니 분열이 느껴질 수밖에 없었지요. 근데 그 시간이 한 10년 이렇게 많이 지나니까 이쪽으로 살그머니 내면이 바뀌는 거예요. 그러면서 자연스럽게 아이들하고 소통이 잘 일어나고 그러다가 약간 제가 아이처럼 되었는데 전에는 제가 유치한 사람이 아니었거든요. (웃음) 그런데, 이제 또 한참 지나고 나니까 그런 생각이 들어요. 내가 가지고 있는 내면의 어떤 어둠과 여러 가지를 다 해결하거나 정리하지 못한 상황에서 새로운 걸 받아들이면서 밀쳐 두었던 것들이 어느 순간에 또 오는 거예요. 그럴 때 극명하게 대비가 돼요. 어린이를 위한 것과 어른을 위한 것은 분명한 구분이 필요하다라는 생각이 들거든요. 내면 만들기가 먼저인 것 같아요. 동화 작가로서 내면 만들기가 먼저지 표현의 수위나 기술적인 것들은 어쩌면 좀 쉽게 풀릴 수 있는 문

260

제고, 그전에 대상독자와의 소통이 일어나느냐, 안 일어나느냐가 결코 간단하지 않은 문제죠. 또 소설을 쓰는 사람들은 특히 일반적인 어른들보다 어둠이 많은 사람들이잖아요. 어둠과 편견과 등등 여러 가지가 가슴에 잔뜩 있어서 그걸로 소설을 쓰고 어른들은 그걸 보고 카타르시스를 느끼지요. 그러니까 그렇게 만들어진 근육으로 아이들을 치면 아프잖아요. 그럴 수 있는 거라서 그것이 간단하게 되는 문제는 분명히 아닐 거라고 생각해요.

정승희 : 모자이크처럼 내면이 여러 개 있는 것 같아요, 동화를 쓰는 사람들은. 어른으로 살아가기도 하니까.

최윤정 : 동화 작가들도 여러 부류가 있으니까요. 어떤 사람들은 그렇게 복잡하지 않고 진짜 아이들 같은 사람들도 있을 수 있잖아요. 제가 심사 같은 데 가면 동화 말고 다른 부문도 많잖아요. 그러면 사람들이 동화를 하시는 분이라서 그런지…… 밝고 뭐 약간 애들 같고 이렇게 말하는데, 무슨 말인지 알겠지만 기분이 좀 그래요. 동화하는 사람만 많이 있을 때는 어떤 면에서는 소통이 잘되고 자유로운 걸 느끼거든요. 말도 약간 애들같이 하고, 장난을 막 해 버려도 그게 안 이상하고. 근데 소설가나 시인

들이 있는 자리에서는 말이 그런 식으로 나오지 않아요. 지금 우리는 이렇게 편하게 얘기하고 있잖아요. 그런데 만약에 시인 소설가가 앉아 있으면 이럴 수 있을까 싶어요.

박서진 : 학교 다닐 때 교수님 한 분이 말씀하셨어요. 왜 동화 작가는 동화만 쓰고 소설가는 소설만 써야 한다고 선을 긋나, 평론하면서 시를 쓸 수도 있고, 소설이나 철학도 할 수 있으니 다양한 관점을 가지라고 하셨어요. 근데 일반적으로 그게 잘 안 되죠. 저는 출발이 수필이었어요. 백일장을 나가서 수원시 장원, 경기도 장원을 하면서 수필을 쓰게 된 거예요. 그런데 내 얘기를 너무 많이 쓰다 보니까 염증이 생겼어요. 그래서 소설을 쓰다 보니까 시가 또 재밌는 거예요. 결국 신춘문예에 소설이 당선되었지만 오랫동안 또 동화를 보다 보니 이게 나한테 맞는 거구나, 라는 생각이 들었어요. 동화가 내 옷이다 이런 생각이요. 어릴 적에 내가 얼마나 동화를 사랑했는지, 그것이 깨달아지는 순간이 온 거예요. 그런데 제가 50대가 되니까 굳이 그 분류를 할 필요가 있을까? 하는 생각도 있어요. 동화 쓸 때는 동화 마음이고 소설을 쓸 때는 소설 마음으로 쓰면 되지 않을까, 내가 동화를 쓰다 보니까 그곳에 몰입을 하게 되어 다른 장르에 손을 안 대는 거지 구분을 할 필요가 있을까 해요. 하지만 소설을 쓰던 사람

이 동화 쓰기 진짜 힘들겠다 하는 생각은 들어요. 시점을 내리기가 힘들기 때문이죠.

작가가 바라는 이상적인 편집자

이민영 : 좋은 작품을 위해서 이렇게 작가분들이 내적, 외적으로 노력을 해 오고 계시는데요, 좋은 작품이 좋은 책으로 출간되기 위해서는 출판사나 편집자의 역할에 대해서도 생각해 보아야 할 것 같아요. 편집자와의 관계에서 어려움이 있는지, 바라는 이상적인 편집자의 모습이란 어떤 것인지 여쭤 보고 싶습니다.

김혜진 : 저는 원고를 거의 선생님한테만 보여 드리거든요. 선생님이 오케이하면은 책 나오는 과정으로 넘어가는데, 그러고 나면 저는 거기서부터 약간 관심을 꺼요. 그러니까 제가 수정하는 것까지 하고, 책이 디자인 나오고 하면 평론이나 독자평과 상관없이 이 책은 이제 됐다 싶어요. 왜냐하면 일단 선생님이 좋다고 하셨으니까. (웃음) 저는 출판의 시스템에서 어려움을 느끼거나 고민을 많이 하지는 않는 편이에요. 저는 처음부터 책이 좋아서 이야기를 쓰는 것 같고, 책을 만드는 출판사나 편집자와 이야기하는 걸 되게 좋아해요. 그런데 좋은 편집자를 선생님 이외에는 못 만났

한국 작가에게 듣는다

어요. 그래서 얘기할 사람이 없어요. 근데 선생님은 바쁘시잖아요. (웃음)

정승희 : 저는 솔직히 처음에는 편집자의 역할을 크게 생각하지 않았어요. 제가 쓰고 내면 되고, 안 내면 안 내는 거지 그랬는데, 막상 작품을 쓰다 보니 느낌이 달라지더라고요. 제 작품을 출판하는 과정에서 맨 처음 읽는 사람이 편집자인 거잖아요. 그래서 굉장히 중요한 것 같아요. 어떻게 보면 한국 아동문학을 좌지우지할 수 있는 큰 칼을 쥔 사람이 편집자라는 생각이 드는 거예요. 작품을 매개로 편집자들과 나누는 대화들도 중요한 거잖아요. 이 사람과 작품에 대해 말할 수 있는 공감대가 있구나, 하는. 그런데 그런 편집자들이 많이 있을까 싶어요. 문학적인 소양과 안목을 갖춘 편집자를 만나는 건 정말 중요한 일이에요.

김혜진 : 적합한 비평을 받고 싶은데, 사실 아이들에게서 비평을 받는 건 저는 의미가 없다고 생각해요. 아이들이 좋아해 주는 게 당연히 좋지만, 그걸로 족해요. 대신 내가 신뢰할 수 있는 누군가가 편집자인 것은 정말 중요해요. 이 작품이 나쁜 부분이 있거나 거절 당해도 편집자가 그 부분을 얘기해 주면, 저도 마음을 열고 거기서부터 다시 시작하면 되잖아요. 저는 완전하게 만족하고 손을 털어 본 적이 거의 없어요. 막판이 되면 이

원고를 너무 많이 들여다봤으니까 좋은지 안 좋은지도 헷갈리거든요. 그럴 때 편집자의 객관적인 의견을 들으면 막힌 게 뚫린다고 하나, 머리가 좀 정리가 돼요.

이상적인 편집자의 모습이라면, 일단 기본적인 신념이랄까 취향이 비슷해서 말이 잘 통하고, 그러면서도 제가 못 보는 면을 보고 지적해 주는 편집자가 좋은 것 같아요. 좋은 것, 나쁜 것을 솔직하게 말해 주면 제 성장에 도움이 되겠죠. 또 하나는, 작가들에게 기본을 되새겨 주는 편집자? 글을 왜 쓰는가, 세상에 예술이 왜 필요한가 하는 아주 기본적인 것들 있잖아요. 뭐랄까, 오글거려서 평소에는 잘하지 못하는(웃음) 그런 얘기들을 할 수 있는 상대면 좋겠죠. 글을 계속 쓸 수 있는 자극을 받을 수 있도록.

정승희 : 그런데 가끔 그런 생각은 들어요. 취향이 한쪽에 쏠린 것이라면 문제는 있어요. 그런 문제는 또 다르게 고민해 봐야 되겠지만요.

최윤정 : 편집자뿐만이 아니라 모든 주관을 가진 사람들은 취향이 뚜렷하잖아요. 그렇기 때문에 취향의 문제는 어떤 것이 우월하고 열등하다거나 맞고 틀리다는 게 아니라, 그냥 취향이기 때문에 그 취향이 서로가 맞느냐 안 맞느냐가 중요해요. 근데 작가에게 가장 중요한 게 작품이잖아요.

작품을 매개로 하는 편집자와 작가의 관계는 작가의 내면에 영향을 미치죠. 이상적인 편집자는 작가가 자기 색깔을 만들어 나가는 데에 가장 가까운 곳에서 함께하는 조력자거든요. 서로 다른 취향의 편집자들 때문에 혼동을 일으키지 않고 자기 세계를 구축하려면 모종의 선택은 필요한 거죠. 그래서 제 생각에는 그게 제도의 문제라기보다는 아주 내면적이고 개인적인 문제인 것 같아요.

박서진 : 원고를 나름대로 열심히 다듬어서 출판사에 보낼 때는 고심도 하고 기대도 하면서 보내는데 편집자와 정말 딱 맞는 지점이 있어요. 내가 쓰면서 이 부분이 상당히 이상했어, 그런데 빨리 보내고 싶은 마음에 안 고치고 보내면 그 부분을 정확히 짚잖아요. 그래서 훨씬 더 돋보이게 격을 좀 높여 준다고 할까, 그런 면들이 있는 것 같아요. 제 개인적인 욕심이지만 편집자는 최초의 독자잖아요. 게다가 아주 훌륭한 비평가이기도 하고요. 그래서 좋은 작가를 키우고 관리하겠다는 차원에서 책을 펴내지 않아도 작품을 보내 주면 한 번쯤 읽고 평을 해 줬으면 좋겠어요. 너무 힘드실라나? 무엇보다 작품이 좋으면 팔리고 안 팔리고를 떠나서 과감하게 출판도 해 주셨으면 좋겠어요.

최윤정 : 진지한 관계를 맺고 있는 작가들과는 이미 그렇게 하고 있답니다. 물론 출판은 판매가 아닌 작품의 완성도, 작가의 성장을 고려해서 하고 있고요.

정승희 : 저는 처음에 이상했던 게요. 출판사에 보냈는데 고쳤다는 얘기를 들었을 때예요. 저는 정말 이상했어요. 초기에 동화를 쓸 때였어요. 어떤 강의를 들었는데 그 선생님 하시는 말씀이 작품을 보냈는데 수정을 했다는 거예요. 그래서 아니, 그걸 왜 수정을 하나, 보내서 아니면 아니고 기면 기지 생각을 했던 거예요. 예를 들어 시에서 어디를 고치면 좋겠다, 하고 편집자가 얘기하면 고치나요? 절대 안 고치거든요. 그런데 동화라서 그런 접점이 필요한 것인가 그런 생각을 했어요. 잘 모르니까. 편집자의 손에서 수정을 한다거나 하는 일이 처음에는 정말 이해가 안 됐었어요. 일반 문학에서도 그러나? 아니잖아요.

김혜진 : 제가 읽은 글쓰기 책에서 나온 거지만, 저도 최윤정 선생님한테 경험한 건데, 이 소설가가 소설 초고를 써서 편집자한테 줬어요. 근데 편집자가 거절을 한 거예요, 이 소설을. 소설가가 당장 달려가서 이 소설이 왜 좋은지 설명을 하는 거예요. 설명을 하니까 편집자가 그 사람한테 말

해요. 지금 얘기한 그걸 쓰라고, 당신이 쓴 건, 당신이 쓰려고 한 게 아니라고. 그러니까 작가가 자기가 쓰려고 한 것과 실제 쓴 것에는 괴리감이 있는 거죠. 그럼 편집자가 그걸 짚어 주는 거고. 선생님이 똑같이 저한테 그랬어요. 선생님이 어떤 캐릭터가 이해가 안 간다고 하셔서 제가 그 캐릭터를 막 설명했더니, 선생님이 그렇게 쓰면 되겠다고. 그게 저는 일반 문학도 똑같다고 생각해요. 왜냐하면 작가는 객관적으로 자기 작품을 볼 수가 없기 때문에 그걸 완성된 거라고 생각할 수 있지만요.

최윤정 : 똑같죠. 바람의아이들 내에서는 수정이라고 하는 것을 어떻게 하냐면요. 작가의 원고를 편집자가 고치는 것은 전혀 안 해요. 그렇다고 해서 모든 원고를 투고 상태로 출판한다는 건 아니고요, 부분 부분 짚으면서 '여기가 이상합니다, 여기 좀 다시 봅시다.' 이렇게 이야기해요. 그리고 아까처럼 무슨 얘기를 하려고 했는데 그렇게 됐는지를 점검해요. 그러면 수정은 온전히 작가의 몫이죠. 편집자는 피드백을 할 뿐이고 수정은 작가가 하는 거죠. 근데 제가 지금 들어 보니까 정승희 선생님 얘기는 우리가 얘기하는 거하고 좀 다른 부분 같아요. 출판사에서 편집자가 고친다는 거잖아요. 말투를 고친다거나 아이들에게 맞도록 이렇게 하는 것이 좋다겠다고 제시를 한다거나 그런 얘기 같아요. 근데 그런 게 아니라면 수

정은 어쨌든 작가의 몫이에요. 제안을 할 때도 저는 그렇게 얘기해요. 내가 볼 때에는 이렇게 저렇게 가는 것이 맞다고 생각되지만 생각해 보시라, 자기가 쓰고 싶은 것이 무엇이었는지, 혹은 이게 흐름에 더 자연스럽게 보이지는 않는지. 여기가 너무 좋아서 꼭 이렇게 하고 싶어, 이런 것도 작가의 마음인 거예요. 정말 말이 안 되게 써 놓으면 제가 끝까지 다시 생각해 보라고 그러긴 하지만. 그래도 작가가 난 끝까지 이렇게 갈래, 이러면 뭐 어떻게 해요.

정승희 : 동화를 처음 쓰기 시작할 때 어느 강의에서, 동화는 작가와 편집자가 어린이라는 독자를 위해 함께 만들어가는 거라는 말을 들었어요. 이 말은 사실 당연한 말이기도 하지요. 그런데 저한테는 마치 그게 공동 창작 같은 이미지로 다가왔던 것 같아요. 창작은 내가 하는 거야, 하는 마음에서 그게 싫었던 거죠. 그리고 지금 이야기 속에서는 교정, 교열, 수정, 수정에 대한 제안 같은 개념들을 제가 뒤섞어서 사용했던 것 같아 약간 혼란이 있었던 것 같네요. 이번에 나올 작품이 하나 있는데, 최윤정 선생님께서 그 원고를 보시고 '이런 부분은 이렇지 않을까요?' 라고 말씀해 주셨어요. 그런데 제가 원고를 수정하면서 함께 고쳤어야 할 부분이었거든요. 그걸 딱 집어서 말씀해 주셨는데, 정말 고맙게 느꼈죠. 그런 부분에서

한국 작가에게 듣는다

신뢰가 가요. 작품을 보는 눈, 작품을 작품만으로 보는 눈. 다른 편집자들에게서 절대로 느낄 수 없는 부분이에요.

거절당한 원고들의 무덤

이민영 : 출판시스템 그리고 바라는 편집자의 모습까지 작가분들께 직접 들어볼 수 있어서 좋았어요. 세 분 모두 신뢰가 가는 편집자의 역할이 정말 중요하다는 생각을 갖고 있다는 것, 인상 깊게 들었습니다. 그런데 아까부터 원고들의 무덤에 대한 이야기가 나오는데 거절당한 원고는 어떻게 하시는지도 들어보고 싶어요. 어떻게 처리하는 방법이 있으신지요.

박서진 : 저는 원고 하나가 생각이 나는데요, 제가 고양이를 막 기르기 시작하면서는 고양이에 대한 지식이 하나도 없었어요. 딸 때문에 기르게 된 거라 오히려 선입견이나 편견이 심했죠. 그런데 키우다 보니 참 사랑스러웠어요. 생각했던 것과 정말 다른 거예요. 그러면서 선입견이 참 무서운 거구나, 라는 걸 느꼈죠. 이후에 길고양이들의 밥을 챙겨 주면서 고양이에 대한 얘기를 쓰기 시작했어요. 그런데 잠이 새벽같이 깼어요. 눈이 그냥 저절로 떠지는 거예요. 완전 흥분한 상태로 보름 만에 장편동화가 완성되었어요. 탈고를 하고 났는데 서울 사는 후배한테 전화가 왔어요. "언

니 혹시 좋은 일 있어?" "왜?" "내가 언니가 진짜 큰 집으로 가는 꿈을 꿨
어." 그랬더니, 또 우리 딸이 "엄마, 무슨 좋은 일 있어?" "왜?" "우리가
큰 집으로 이사 가는 꿈을 꿨어." 또 한 명한테 전화가 왔어요. "사람들이
막 뭔가를 구경하고 있어서 갔는데, 반짝반짝 빛나는 해골이 있는데, 제
해골이었다는 거예요. 선생님이 죽었다고 생각하면 불길하긴 한데 자긴
기분이 무척 좋았다는 거예요. 그래서 진짜 흥분했어요, 그 글이 정말 잘
될 줄 알고. 그래서 제가 바람의아이들에 『변신』과 함께 보냈는데 『변신』
이 선택되었어요. 제목을 『발톱』이라고 바꿨는데, 이쪽에서 안 되면 최윤
정 선생님이 프랑스 번역을 하신다니까 그럼 프랑스로 보내면 어떨까요.
(일동 웃음) 『발톱』은 절대 버리고 싶지 않아요. 절대 무덤으로 보내고 싶
지 않은 작품이죠. 누군가 그 작품을 내주는 출판사는 대박 나는 출판사
일 거예요.

정승희 : 무덤에 있는 원고도 무덤에 있는 것이 아니다, 이런 소망인가요.
(웃음)

박서진 : 무덤에 있는 원고는 머리맡에 있어요. 처음에는 너무 애틋해서
죽은 자식 뭐 만지듯이 하고 있었는데, 지금은 애틋하지는 않아요. 애틋

하지는 않고 아, 내가 이만큼 쓸 수 있도록 얘네들이 원동력이 되어줬구나, 이런 생각을 하죠. 저는 머리가 안 좋더라고요. 기껏 쓰고 한 번에 한 개밖에 못 배워요. 한 편 버리고 구성 배우고, 한 편 버리고 캐릭터 배우죠. 그런 무덤이 되게 높아요.

최윤정 : 무덤 안에 들어 있는 게 크고 많을수록 든든한 거죠. 그만큼 저력이 있는 건데. 이건 여담이지만, 보통은 거꾸로예요. 사람들이 재활용을 너무 잘해서 심사를 해 보면, 여기서 본 게 그다음 저기도 있고, 그래서 결국은 원고 쓴 지 5년 된 게 돌아다녀요. 무덤으로 전혀 들어가지를 않아 가지고. (웃음)

박서진 : 맨 처음에는 그랬죠. 작품이 떨어진 게 정말 이해가 안 갔는데 지나고 나서 다시 보니까 떨어질 만했더라고요.

최윤정 : 작가 심정으로는 물론 돌아다닐 만하니까 돌아다닌다 생각할 수 있는데, 그 작품을 돌리고 있는 동안 에너지가 들어가잖아요. 그 에너지를 다른 데에 투자해야 해요. 새로운 작품을 쓰는 데 투자해야지요. 아깝다고 생각되는 마음은 그 마음대로 또 그대로 간직하면 되죠. 그 에너지

를 투자해서 다른 내면을 만들고 자기가 좀 성장했을때 그 원고들을 다르게 또 태어나게 할 수도 있거든요. 근데 이걸 계속 붙들고 있는 한은 좀 어려워요. 너무 그렇게 재활용에 연연하지 않아도……. (웃음)

박서진 : 그걸 금방 깨닫지 못하는 것도 과정인 것 같아요. 지금은 고치는 것보다 쓰는 게 더 편하다고 생각하죠. 진짜 버리기 아까운 작품은 오래 묵혀요. 『발톱』도 1년 후에 보니까 내가 무슨 문제가 있었는지가 이제 파악이 되었어요. 정말 많이 뺐어야 되는 것을 내가 붙들고 있었구나, 그 생각이 들더라고요. 빼니까 훨씬 나아요. 욕심을 너무 집어넣다 보니까 힘이 너무 들어간 작품이더라고요.

정승희 : 거절된 원고를 처리하는 나만의 방법이라…… 저희가 드려야 되는 질문 같은데요?

김혜진 : 태워 버리시거나……. (웃음)

박서진 : 예전에 박범신 선생님이랑 얘기할 기회가 있었는데, 원고 이만 장을 태웠다고 하시더라고요. 저는 원고 10장 쓰는 것도 힘들었던 시기인

데, 그 말 듣고 밤에 제 팔이 시퍼렇게 멍든 꿈을 꿨어요. 너무 안타까웠나 봐요.

최윤정 : 그러니까 그걸 버리는 게 힘이라는 생각이 드는데요. 제가 지금 읽고 있는 책이 자코메티(Alberto Giacometti)에 관한 책인데, 자코메티의 전기 작가 제임스 로드(James Lord)가 모델이 되고 자코메티가 그림을 그리는 과정에 대한 책이에요. 제임스 로드는 초상화 그릴 때 그렇게 오래 그려야 하는지 몰랐는데 자코메티가 그리면서 계속 망치고 지우고 하면서 8일 동안 그렸어요. 그런데 어느 날은 작업실에 갔는데, 자코메티가 화가 있는 대로 나서 자기 드로잉해 놓은 걸 엄청나게 많이 버리고 태우고 하더래요. 로드가 너무 놀라서 왜 그러냐고 했더니, 반드시 버려야만 된다고, 자기 드로잉을 석판 작업을 하려는데 옛날 석판 종이가 지금하고 뭐가 안 맞아서 불가능한 거예요. 자코메티가 분노해서 자기 드로잉을 다 버리려고 하니까 로드가 우회적인 언어로 이게 석판화가 안 되더라도 이 자체로 가치가 있는데, 그랬더니 아니라고, 자긴 꼭 이걸 버려야만 한다는 거예요. 결국 자코메티가 다 태우고 들어왔다라는 얘기가 있는데, 저는 개인적으로 거기서 그런 걸 느꼈어요. 그게 다 그 사람의 에너지잖아요. 그리고 뭐 저도 개인적으로 늘 버리고 없앨 때가 있는데, 나중에 후

한국 작가에게 듣는다

회해요. 그런데 지금은 그런 후회도 안 해요. 그때 버렸어야 하기 때문에 내가 버렸고, 그때 그런 판단을 했기 때문에 지금 내가 이런 판단도 할 수 있는 거고 이렇게 생각하거든요. 그게 중요한 생각인 것 같아요. 특히나 자기가 만든 작품을 자기가 그렇게 버린다는 게······. 옛날에 세잔느도 화폭을 그렇게 박박 찢었다고 하잖아요. 우리는 글을 써서 저장하기 때문에 그렇게까지 하는 건 아니잖아요. 그런데 자기가 손으로 다 만들고 의미를 부여하고 복제도 안 되는 것들을 그렇게 파괴하고 버리는데, 나는 그런 에너지 역동이 분명히 그 사람의 전체 창조 행위 속에 들어가는 기운일 거라는 생각이 들어요. 동화와 일반 문학을 가르는 것은 조심스러운 이야기지만, 동화에 공모전이 많고, 쉽게 당선이 되기도 하고 이런 건 좀 있어요.

박서진 : 그게 출판의 문제인 것 같아요. 제가 글쓰기하는 사람들도 보면, 웬만한 데서는 출판이 안 되니까 일단 문학상에 도전을 해요. 당선이 되면 책이 나오거든요. 일단 책이 출간되는가 안 되는가 문제에 대해서 목숨을 걸어요. 출판사에 도전을 해도 안 되니까 그쪽으로 가는 거죠. 또 그런 것도 있어요. 출판사에 보내면 피드백이 오잖아요. 몇 번 반려가 되면 실망을 하게 돼요. 그러니까 일단 문학상 응모로 보내 본다는 사람도 많

아요.

이민영 : 버리는 게 힘이라는 최윤정 선생님의 말씀도 고개가 끄덕여지고, 박서진 작가님의 말씀에서처럼 작품의 가치를 믿고 원고를 살려 출간하기 위해 노력하는 작가분들의 심정도 이해가 가요. 정승희, 김혜진 작가님 두 분도 쌓아둔 원고들을 다시 꺼내 읽어 보고 하나요?

정승희 : 저는 안 읽어요. 그냥 놔두는데, 묵혀 둬요. 그런데 제가 장편을 미리 구상해서 쓰는 그런 스타일이 아니어서…… 구상을 해 보니까 재미가 없어서 못 쓰겠더라고요. 어떨 때는 단편을 쓰다가 보면 할 얘기가 계속 길어지는 거예요. 그러면서 장편이 되는데, 그전에 제가 썼던 단편과 맥을 같이하는 부분이 있어서, 그래 이 이야기를 여기서 하면 되겠네, 하고 집어넣은 적은 있었어요. 재활용이지요. 그런데 그 작품 전체가 무덤으로 들어갔죠. (웃음) 애정이 가는 작품, 꼭 하고 싶었던 말이 있는 작품. 그런 건 시점을 바꾸든 어쨌든 다시, 다른 얘기로 풀어 나가요, 진짜 죽이고 싶지 않은 원고는요. 무덤이라는 거는 그야말로 죽이는 원고잖아요. 무덤에 있는 원고들 많이 있죠. 우연히 무덤 속 원고를 보게 되면 이렇게 좋은 작품인데(웃음) 이걸 좀 내 봐야 되나, 내 나름대로 진행 중인 것도

있고 안에 갇혀 있는 것도 있고……. (웃음)

김혜진 : 저는 얼마 전에 남편하고 얘기를 했는데, 둘이 많이 통하는 부분이 있었어요. 제 남편은 노래를 만드는 싱어송라이터예요. 소박한 풍의 노래를 만들지만 좋은 작품을 쓰고 싶은 욕망은 되게 커요. 화려한 걸 하겠다는 게 아니라 정말 좋은 작품을 만들고 싶어 하는. 어떤 사람들 같은 경우에는 노래를 만들 때 이 정도면 되겠지, 가볍게 만들고 이런 게 있는데 자기는 그게 이해가 안 된다는 거예요. 듣는 음악이 바흐이고, 책도 스트라빈스키 평전을 읽고 있어요. 기준으로 삼고 있는 사람들은 완전 대가인 거죠. 지금 대가처럼 못 쓰더라도 그냥 소소한 정도의 눈높이에 맞춰서는 아닌 거예요. 근데 저도 공감한 게, 부끄러워서 처음 이야기하는데, 저는 작품을 쓸 때 이 작품이 위대한 작품이 될 거라고 확신이 생길 때까지 기다려요. 이게 진짜 괜찮은 작품이 될 거란 확신을 가지고 썼을 때 그나마 괜찮은 게 나오는 것 같아요. 제가 적당한 아이디어를 가지고 적당한 책을 만들겠다고 생각하면 그건 기운이 안 나는 거예요. 재미가 없잖아요. '역사에 획을 그을 작품을 쓸 거야'라는 마음이 들어야 에너지를 투자하고 재밌게 쓰는 거지. 그러곤 실력과 에너지 부족 때문에 쓰는 과정은 계속 좌절하는 과정인 거예요. 솔직히 말하면 언제나 적정 수준

에서 타협을 하고 끝나는데, 전 또 그게 타협이 아니라고 생각해요. 전 인생 최고의 작품은 60대쯤 쓰고 싶다 이런 생각을 하거든요. 40대쯤에는 그래도 괜찮은 작품을 쓰고. 그러려면 제가 계속 써야지 그런 게 나올 테니까 지금 수준에서 완전히 만족은 못하더라도, 마무리를 짓는 거죠.

그렇게 하니까 글은 무덤에 들어가도 아이디어 자체는 무덤에 들어가지 않는 것 같아요. 1000매 정도 쓴 다음에 무덤에 들어가 있는 작품이 두 편이 있어요. 지금 다시 읽어 봐도 못 썼는데, 발상만큼은 나름의 확신을 가졌던 거예요. 지금 이 작품을 쓸 실력이 안 되는구나, 나중에 다시 살려서 제대로 써 보고 싶다 이렇게 생각하고 있죠.

박서진: 저는 좀 게을러요. 써 놓고 출판사에 노크를 별로 하지 않았어요. 거절당하면 내 스스로 실망할까 봐, 그런 부담도 좀 있는 것 같아요. 쓸 때는 흥분해서 쓰기도 하고, 절실하게 이 글은 꼭 써 보고 싶어, 라는 생각을 가지고 썼는데 반려 당하면 마음까지 차단막에 가려지는 것 같으니까.

김혜진 : 책이 나오면 더 그런 것 같아요. 내가 책도 나왔는데 거절당하면 어떡하지 하는……. (웃음)

『책 밖의 작가』에 대하여

이민영 : 이번에는 조금 다른 질문을 드리고 싶은데, 저희가 메일을 통해서 먼저 『책 밖의 작가』 1차 원고를 보내 드렸잖아요. 그게 또 저희가 그동안 진행한 한국-프랑스 문화교류라든지 그런 게 나와 있는데, 보고 느낌이 어떠했는지 궁금해요.

박서진 : 한국이나 어디나 고민하는 것은 똑같은 것 같아요. 문화적 차이는 있겠지만, 살아가는 방식이 똑같고 작가들이 책 낼 때 고민하는 것과 출판계와 편집자와 관계 등 서로 고민하는 게 다 같아서 굉장히 많은 공감을 느꼈어요. 그분들이 쓴 글 중에서도 공감 가는 글, 도움이 되는 글들이 많았어요.

1인칭 시점이라든가 장르, 있는 그대로의 아이들 모습을 보여 준다든가 하는 말들은 내가 늘 갖고 있는 생각이었어요. 그런데 그분들도 똑같이 고민하는구나, 세계 어디에 있건 같이 고민하고 같이 교류를 하는 것은 정말 좋은 일이다, 바람의아이들만이 아니고 다른 출판사에서도 다른 작가들이랑 같이 얘기하고 소통할 수 있는 장이 많이 마련되면 좋겠다, 하는 생각이 들었어요. 정말 재미있고 즐겁게 읽었어요. 유익하기도 했고요.

김혜진 : 프랑스 작가들이어서 그렇다기보다는 최윤정 선생님이 그렇게 이끌었기 때문에 그런 대답이 나왔을 거라고 생각하는데, 주변에서 아동 문학가들이나 편집자들이 자신의 작업 스타일이나 신념 같은 것에 대해 진지하게 말하는 걸 별로 못 들어본 것 같아요. 그래서 재미있게 읽었어요. 저는 작가들의 모임은 겪어 보지 않아서 모르지만 그렇게 진지한 얘기를 하는 경우가 많지 않을 것 같아요. 경제인들이 만나면 예술 얘기하고, 예술인들이 만나면 돈 얘기하고 그런 말이 있잖아요. (일동 웃음) 근데 속마음에는 다 진지하게 자신의 생각들이 있을 테니까, 이런 좌담회 같은 기회가 참 좋네요.

정승희 : 맨 마지막에 선생님이 질문 두 개를 했는데, 그분들이 한 일이 너무 화가 나서 대답을 안 했다는 게 제일 웃겼어요. 그리고 선생님이 엄청 기획력이 있으신 분이구나, 생각했어요. 뭐, 그냥 이메일로 작가랑 인터뷰했어요, 전화로 뭐 했어요, 이러면서 툭툭 내던지는데 어쨌든 대단한 거예요. 다른 외국 작가들의 솔직한 이야기들을 들을 수 있어서 참 좋았어요.

한국 작가에게 듣는다

최윤정 : 그런 게 애들 같은 태도인 것 같아요. 애들은 궁금하면 물어보잖아요, 진지하게. 제가 약간 애들처럼 되어 가지고 그렇게 단순하게 행동한 것 같은데 지금은 다시 좀 어른처럼 되었기 때문에(웃음) 그렇게 못할 거 같아요.

정승희 : 선생님도 그 일들을 너무나 심각하게, 뭔가를 기획해서 어렵게 하는 게 아니고, 그냥 당연하게 물어봐야 할 것을 나는 물어본다, 나는 20년 전부터 그랬어, 이런 식이야, 라는 태도가 마음에 들었어요. 그리고 이게 1, 2년의 결과물이 아니라 20여 년의 결과물이라는 게 저는 참 소중했어요. 그 힘이 아마 지금 나타난 것이라는 생각이 들었어요. 그리고 수지, 올리비에 다 좋은 얘기 많이 해 줬고, 편집자하고 얘기하는 뒷부분도 많이 새로웠어요.

박서진 : 그렇죠? 몰랐던 부분이니까. 편집자를 매니저처럼 두고 그러기도 해요? 읽으면서 그런 생각이 들었는데.

최윤정 : 아르튀르 윕슈미트라고 「편집자란 정원사와 같은 것」에 나오는데, 수지 모건스턴이 수십 년간 교류하는 사람이 그 사람이에요. 근데 그

건 좀 예외적인 경우예요. 한 사람이랑 오래 교류를 하는 것은 예외적인 게 아닌데, 그 사람은 아트 디렉터예요. 그래서 그 회사 속에서 섹션이 달라요. 소설 쪽 편집자가 수지를 그다지 좋아하지 않아요. 수지는 또 아르튀르를 말도 못하게 좋아해요. 물론 아르튀르는 그림책뿐만 아니라 문화예술 전반에 탁월한 감식안을 갖춘 편집자라서 수지가 그를 '선택'한 거죠.

아동문학의 윤리와 미학

이민영 : 드리고 싶은 질문은 더 많은데, 시간상으로도 그렇고 마지막 질문을 드릴게요. 오늘 좌담회 자리가 어떠셨는지, 하고 싶은 이야기가 있다면 자유롭게 해 주시면 좋겠어요.

정승희 : 이 말은 참 해야 하는 말인 것 같았어요. 윤리와 미학 문제. 특히 아동문학 같은 경우 더 많이 얘기됐으면 좋겠다는 생각이에요. 아동청소년문학에서 아이들의 인격적 성장이나 정신적인 성숙, 그런 성장의 문제가 있기 때문에 윤리와 도덕이 굉장히 중요하잖아요. 그런데 미학적인 관점이나 자기가 추구하고 싶은 미의 방향 이런 것과 상충이 되는 것, 그것이 아동문학에서는 사실 터부시되는 문제일 수도 있고요. 지금은 그런 게 많

한국 작가에게 듣는다

이 깨지기는 했는데, 그럼에도 불구하고 두 가지가 부딪힐 때가 있잖아요.

박서진 : 저는 『숙제 해 간 날』(아이세움 2013)이라는 짧은 저학년 동화를 썼는데, 요즘 아이들이 생각하고 있는 문제들을 다 집어넣었거든요. 예를 들면 애완견을 버리는 것, 층간 소음, 놀이터를 만들어 놓고 왜 못 놀게 하는가, 아이들이 라면을 끓여도 되는가, 라는 걸 교훈적이지 않게 돌려 말할 수 있을까 하는 게 관건이었어요. 애들한테 무조건 정답을 말하는 게 아니라 서로 토론을 해 보라는 식으로요. 서로 같이 이야기를 나눠야 한다고 생각했거든요. 얼마 전에 말과 글의 중요성이 주제인 동화를 써 달라는 청탁을 받았어요. 그런데 요즘 애들 일상어가 졸라, 열라, 18이잖 아요. 그 얘기를 직접 드러내 놓고 해야 할 것인가 숨기면서 해야 할 것인 가, 너무 고민이 되는 거예요. 애들 수업하다 보면 무심코 졸라라는 말을 쓰는 아이들이 있어요. 그러면 애들에게 말의 뜻을 설명해 줘요. 옆에 사 전이 있으면 확인도 시켜 주고요. 졸라나 존나라는 말은 바로 좆이라는 말에서 온 거야, 그건 바로 남자의 고추라는 거지, 너 지금 졸라 덥다고 그랬지, 나왔는지 안 나왔는지 한번 보여 줘. 그러면 아이들은 거기를 두 손으로 가려요. 그 뜻을 모르고 따라서 습관적으로 썼던 거예요. 그 말을 꼭 쓰고 싶으면 한번 보여 주고 쓰자, 그러면 다음부터는 거의 안 써요.

그러니까, 아이들이 몰라서 쓰는 것들을 직접 드러내 놓고 얘기할 것인가? 동화에서 어느 정도 수위로 표현을 해야 할 것인가 고민하고 있어요. 어떻게 생각하세요?

김혜진 : 선생님 지금 얘기하신 에피소드를 써도 재밌을 것 같아요. 어른 입장에서 재미있는데.

박서진 : 썼는데. 어떻게 받아들이실지, 출판하는 쪽에서는. 직접 졸라, 좆 이런 얘기가 들어가도 되는 건지, 그게 실질적이고 사실적으로 대화에서 너무나 많이 쓰는 말이거든요. 기본 앞에 접두어가 그거예요.

정승희 : 윤리적인 측면이나 도덕적인 측면에서 보았을 때 어느 정도를 작품 안에 드러낼 것인가, 도덕적 잣대에서 통용되는 수준은 어디까지인가, 그 말씀이신 것 같아요. 저는 작가의 선택이 중요하다는 생각이 드는데요. 미학적인 관점이나 아름다움을 느끼는 대상과 그것을 추구하는 방법들도 사람마다 다르잖아요. 어린이 청소년 작품을 쓰는 작가 본인이 끌리는 것을 쓰려고 할 때, 예를 들어 내가 죽음에 끌린다거나 내가 아름답다고 느끼는 부분을 동화와 청소년소설에 담아내려고 하는데 뭔가 걸림

돌처럼 느껴질 때가 있잖아요.

김혜진 : 저는 일단 '존나'의 문제에 있어서는 제가 작품을 쓴다고 하면 쓸 것 같아요. 그게 작품의 방향에 어울리는 거고 중요한 키워드라면요. 아이들이 깨달아 가는 그런 카타르시스를 줄 수 있는 거잖아요. 편집자가 좋아하고 싫어하고 상관없이 일단 쓸 것 같긴 해요.

　저는 아동문학에 있어서 표현할 수 없는 것이 분명히 있다고 생각하는데, 개개인이 갖고 있는 어떤 미적인 관점과 그게 충돌할 수 있잖아요. 근데 아까 동화를 쓸 수 있는 내면에 대한 이야기를 많이 했는데, 그 충돌을 조화시킬 수 있는 내면이면 동화를 쓰는 거고 자신이 표현하고 싶은 게 스펙트럼 밖에 있다면 쓸 수 없는 거 같아요. 억지로 맞출 수는 없죠. 제 경우엔, 제가 보수적인 면도 좀 있고 폭력적인 것을 싫어해서 제 작품 인물들은 대부분 온건해요. 제가 그런 걸 좋아하기 때문에 동화를 쓰는 것 같아요. 제가 강렬하고 센 것이 쓰고 싶으면 동화를 쓰는 것만으로 만족할 수 없었겠지만 저는 그게 더 좋은 거예요. 제 내면이 여기에 적합한 거죠. 제가 쓰는 청소년소설의 가장 큰 일탈은 담배 피고 술 마시는 것 정도예요. 그런 쪽으로 파격적이고 깊어지는 게 아니라 다른 쪽으로 깊어지는 걸 원하니까.

제가 최근에 『우주 VS 알렉스 우즈』(개빈 익스텐스, 진영인 옮김, 책세상 2014)라는 영국 작가의 작품을 읽었는데, 그걸 읽고 생각을 많이 했었어요. 그게 설정은 제가 싫어하는 설정이에요. 엄마는 싱글맘이고, 간질 발작도 앓고 있는 왕따 소년이 마을에서 홀로 동떨어져 살아가는 괴팍한 노인과 친구가 되는…… 너무 뻔하잖아요. 근데 그 작품이 진짜 재미있는 거예요. 최근에 읽은 소설 중에서 제일 재미있게 읽고 제일 감동받았어요. 한국 작품에 대한 편견일 수 있지만 우리나라 작품에서는 상황에 휩쓸리는 개인이 많이 나오는 것 같아요. 전쟁, 이념 같은 역사적 문제 때문에 그럴 수도 있고. 그런데 이 주인공은 왕따와 간질과 온갖 문제에도 불구하고 안 흔들려요. 얘는 내면이 굉장히 탄탄한 아이인 거예요. 그 아이의 시점으로 읽고 있으면 이 모든 고통스러운 상황을 자연스럽게 넘어갈 수 있는데 이게 정말 감동적인 거예요. 그리고 저는 그게 어린아이들이 실제로 가지고 있는 어떤 힘이라는 생각이 들어요. 좌절하기도 하지만 한편으로는 무한히 순진하고 밀고 나가는 뚝심이 있는……. 작품 중에도 어떤 사람이 애를 보고 '넌 천진한 사람이구나' 이런 식으로 말을 하는데, 제가 읽으면서 기분 좋게 느꼈던 그 부분이 천진함인 거예요. 근데 저는 아동문학가는 그런 천진함이 내면에 있는 사람들이 아닌가 싶어요. 동화도 그런 천진함을 어떤 부분에서든 가지고 있는 거 같고요. 천진하니까 충돌을 조화시킬 수 있죠. 이 작품에서도 안락사 같은 논쟁적인 문제를 다루는데, 그게 전혀 거북하지 않거든요.

최윤정 : 그래요. 그런 게 있어야 버틸 수 있고, 아이들하고 소통을 할 수 있는 거죠. 그런 것을 사람들이 자꾸 이상하게 언어화해서, 도덕적이다, 계몽적이다, 해피엔딩이다 뭐, 이런 말로 이렇게도 가고 저렇게도 가는데 가장 중요한 지점은 그런 거죠. 그런 내면의 힘을 어른이 되어서도 가지고 있지는 않잖아요. 아이라서 그런 게 있는데, 어른이 되면서 그게 없어지는 게 아니라 그냥 속으로 눌러 놓고, 다른 것들을 받아들이지 않으면 살 수가 없으니까 그렇게 어른이 되는 거잖아요. 그러다 살짝 지치는 어느 순간에 돌아보면 자기 안에 그런 것이 있다는 걸 발견하거나 현실의 아이나 동화를 보면서 그런 힘을 얻고 그러는 거잖아요. 동화의 큰 장점 중에 하나죠.

정승희 : 이 두 가지가 정말 자기 식대로 잘 어우러졌을 때, 감동이 있는 것 같아요. 윤리적인 것으로만 하면 너무 교훈적이고, 그렇다고 미학적으로만 할 수 없는 거고, 두 가지가 정말 조화를 이루어야 할 것 같아요.

최윤정 : 그런 것도 있고 저는 도덕, 미학, 윤리 이런 걸로 규정하는 내용이 무엇인가에 대해서 생각해 봐야 할 것 같아요. 아까 수지가 한 말을 인용하자면 '아이들에게 세상은 살 만한 곳이라고 얘기해 주어야 한다' 이런 거, 그리고 우리가 처음에 시작할 때, '동화는 대체로 해피엔딩으로 가는 경향이 있다' 이런 얘기 다 연결되는 거거든요. 도덕과 윤리라고 하면 너무 범위가 크니까 구체적인 예를 들어볼까요? 가령 동화가 죽음이나 이혼 이런 문제를 다룬다고 해 봅시다. 이런 것들은 다 사람이 살면서 일어나는 어떤 모습인데 어디까지 어떻게 보여 주느냐, 그게 관건인 거 같아요. 인간이 살아가는 데 필요한 기본적인 규범이라는 게 있잖아요, 동화는 그런 것까지는 흔들어 대면 안 되는 것 같아요. 소설은 그런 것도 흔들죠. 하다못해 언어의 문법도 흔들고, 최소한의 법질서도 흔들고 삶의 기반도 흔들고 모든 것을 다 흔들어 볼 수 있는 것이 일반 문학이지만, 그래도 아이들은 어쨌든 어른이 되어야 하기 때문에 어린이청소년문학이라고 하는 것은 온전한 예술성으로 완전히 경도될 수 없는 거라고 생각해요. 그것이 아마 수지가 얘기한 교육적 배려라는 것일 텐데, 가령 걸음마를 배우는 아이가 최소한 내가 발걸음을 떼면 여기서 저기까지 갈 동안 이 땅이 똑바로 탄탄하다는 것은 알아야지 발을 뗄 수 있지, 한 발을 딛고 그다음 발을 떼면 이 땅이 꺼질지 물이 될지 모른다는 거는…… 그거는

시로 생각하면 얼마나 멋있어요. 근데 아이들한테는 온전한 위협이죠. 삶을 지속시킬 수도 없고. 그러니까 도덕과 윤리 이런 것에 대해서는 기본을 지켜주는 거고, 물론 그것에 대해서 성찰할 수 있게 하고 의문을 던져볼 수는 있지만 '정말 이 세상은 쓰레기 같은 곳이야', '인생은 살아 봤자 지옥이야, 차라리 죽는 게 나아' 라는 느낌이 들게 할 필요는 없죠. 소설은 그렇게 하기도 해요. 바타이유의 말을 그대로 인용하면, 예술은 위반이잖아요. 그런데 위반이라는 건 일단 질서가 존재해야 가능한 거잖아요. 얘기가 좀 멀리 갔는데, 저는 미학, 윤리, 도덕, 이런 말들이 너무 딱딱하게 껍데기로 잘못 오해되지 않았으면 좋겠어요. 그런 개념어를 쓰는 이유는 그렇게 사용하면 간단하게 소통할 수 있어서 그런 것인데, 그 내용이 자칫하면 전혀 다른 얘기가 될 수 있어요. 가령, 아이들에게 윤리적인 배려 차원에서 죽음 같은 얘기는 다루지 않는 게 좋다, 이혼은 좀 힘들다, 어떻게 해서든 끝에는 재결합을 해야 한다, 이런 얘기는 이상한 거잖아요. 그런 건 아니죠. 그래서 아까 '존나' 같은 얘기, 좋은 예를 들어 주셨는데, 제가 아는 프랑스 작품 중에 그런 게 있어요. 엄마 아빠가 졸지에 교통사고로 한꺼번에 죽고 오남매가 사는데 큰애는 이십대고 막내는 다섯 살 쯤 됐는데, 얘네들을 나라에서 보호하려고 어디로 보내려고 하는데 이 아이들은 어떻게든 같이 뭉쳐서 살려고 해요. 근데 법적으로 이게 좀 문제가 있어요. 제일 큰애가 동성애자이고 누가 봐도 얘네들이 자기들끼리 살 수 없는 그런 상황이에요. 이 작품이 굉장히 재미있고 다양하고 인간적이고 그런데, 작품 중에서 큰애가 섹시하다는 말을 끊임없이 해요. 사실은 그 말은 섹스하고 관련도 없고, 물론 큰아이는 그런 뉘앙스를 풍기는데, 형이 하도 그러니까 동생들한테는 기분 좋을 때 쓰는 말이에요. 뭐가 되게 맛있을 때, 좋은 결과가 나왔을 때, 그런 말이 나오면 어른들은 애가 듣는데 저런 말을 한다 이러지만 다섯 살짜리는 자기가 나름대로 그 말뜻을 이해하는 거예요. 마지막에 판사가 그래, 너희들 같이 살아라, 하는데 이 꼬마가 섹시하다고 말해요. (웃음) 그 장면이 요새 말로 '빵터진다'고 할 정도로 웃기고 적절해요. 만약 다른 말로 순화해서 썼으면 그런 효과가 나올 수 없었을 거예요. 어떤 말이 그 속에서 어떻게 쓰여서 어떤 느낌을 주는지가 중요하지, 이런 낱말을 쓰면 돼, 안 돼, 이런 건 법 집행자나 하는 거지 편집자가 할 일은 아닌 것 같아요. 근데 그런 얘기도 나올 수 있는 게, 한때 청소년문학에서 좀 과하게 아이들 말을 받아쓰기를 하다 보니 그런 문제 제기를 할 만하긴 했죠. 우리는 굉장히 지르고 오히려 외국 작품은 보수적이고요. 그런 걸 지켜보자니까 이런 의문들이 계속 생기는 거겠지요. 이렇게 해도 되나, 도덕에 문제 있지 않나. 미학과 윤리 사이에서 갈등이 일어난다 뭐 이렇게 되는데, 청소년의 미래와 삶에 대해서 언제든지 걱정하고 떳떳하게 바라본다면 그렇게 문제가 되지 않을 것 같아요. 작가가 문학적 갈망 성공에 대한 욕심 이런 걸 위해 작품을 쓴다고 해서 무조건 나쁜 건 아니잖아요. 어떤 작가든지 그럴 수 있지요. 그런데 청소년소설이나 동화를 도구로 굳이 자기 욕망을 채워야 하는가는 좀 생각할 부분이 있단 말이에요. 그런 부분에서 일반 문학보다 훨씬 조심스럽지요. 작가가 작품으로 욕망할 수 있는 게 많지만 어린이청소년소설로 그걸다 해야 하는 건 아니지요. 그러면 이제 정말 마지막으로 지금 하고 싶은 얘기가 있으면 해 주세요.

박서진 : 오늘 정말 좋았어요. 저는 처음에 좌담회를 한다고 해서 그냥 작가들끼리 모여서 다과회 하듯이 안면도 익히고 담소를 나누는 건 줄 알았어요. 그런데 녹음을 하면서 문학 전반에 관한 이야기를 나눈다는 걸 알고 사실 겁먹었어요. 하지만 최윤정 대표님이랑 정승희, 김혜진 작가님을 만나는 순간 긴장했던 마음이 금세 풀어졌어요. 저랑 비슷한 부류(?)라는 걸 딱 눈치챘거든요. 이민영 편집자가 자연스럽게 이야기를 나누도록 진행도 잘해 주셨고요. 그래서 두서없이, 스스럼없이 이야기를 나눌 수 있었던 것 같아요. 전주에서 서울까지 올라온 보람이 있었지요. 다음에도 이런 기회가 있다면 또 참석하고 싶어요. 그때는 다른 작가님들도 더 많

이 참석했으면 하는 바람도 있어요. 그러면 작가로서의 소명이라던가 글 쓰는 데 많은 자극을 받을 수 있을 거예요.

김혜진 : 꽤 오랜 시간 얘기를 했는데도 아쉽네요. 그래도 오랜만에 이렇게 같은 관심사를 가진 분들과 이야기할 수 있어서 정말 좋았고, 저 스스로도 생각을 정리할 수 있는 기회가 된 것 같아요. 진짜 열심히 써야겠다 싶기도 하고요. 사실 저는 이번에 세월호 사건을 겪으면서 생각이 좀 달라진 점이 있었어요. 그전에는, 사회적인 압박은 어쩔 수 없고 그 안에서 어떻게든 잘 살아남는 것이 청소년들이고, 그 특유의 에너지는 긍정적인 거라고 생각했거든요. 그런데 이번 세월호 사건이 터지면서…… 이건 일단 목숨이 살아야 그 에너지도 있는 건데 싶고, 내가 너무 수동적으로 받아들이고 살았다는 생각이 들었어요. 또 전에는 청소년과 성인을 가르는 게 싫었어요. 그런데 성인은 성인으로서의 의무가 있다는 생각도 하게 됐어요. 무슨 꼰대처럼 아이들을 지도하겠다, 이런 생각이 아니라 내가 자라지 않는 것처럼 어리광을 부리거나 사회를 바꿀 수 없다고 포기하고 있으면 안 되겠다는 생각이었고…… 이런 제 내면의 변화가 또 작품에 반영되겠죠.

정승희 : 세월호 사건은 할 말이 너무 많은 일이라서 다른 자리에서 또 이야기를 나눴으면 합니다. 오랜만에 이렇게 다른 작가 선생님들과 함께 이야기할 수 있어서 좋았습니다. 솔직한 이야기들 나눌 수 있어 더 좋았고요. 작가는 작품으로 말해야 하는데 너무 말이 많았던 게 아닌가 싶어 뒤통수가 약간 근질거리기도 하네요. (웃음) 이렇게 자리 마련해 주셔서 감사하고요. 다음에 또 좋은 자리에서 뵐 수 있으면 좋겠습니다.

이 좌담회는 2014년 6월 13일 서교동 바람의아이들 건물에서 이루어졌다. 좌담회의 사회, 녹취 및 원고 정리는 이민영이 맡았다.

"

바람의아이들 첫 청소년소설인 『어느 날 내가 죽었습니다』를 낸 이경혜와 2014년 현재, 가장 나중 청소년소설 『얼음붕대 스타킹』(바람의아이들 2014)을 낸 작가 김하은이 참여했다는 상징적인 의미가 있는 이 대담은 동화 작가 좌담회와는 다르게 진행되었다. 작가들의 낯가림이 원인이기도 하지만 말과 글이라는 표현 수단의 차이도 커서 좋은 선택이었다는 생각이 든다. 이들이 이메일로 대화하는 것을 지켜보면서 나는, 서로의 작품을 읽었을 뿐 개인적으로는 전혀 알지 못했던 두 작가가 글을 주고받으면서 차츰차츰 마음을 열고 서로를 받아들이는 과정에 색다른 감동을 느꼈다. 편지라는 글이 가지는 독특한 울림, 사적인 감정은 이 대담에 잔

잔한 무늬를 만들어 나갔다. 서로에게 질문을 하고 답을 하기로 처음 규칙을 정했지만 조금씩 자기를 열어 보이기 시작하던 작가들은 더러는 질문과 상관없는 이야기에 열을 올리기도 했다. 하지만 나는 개입하지 않고 가만히 지켜보았다. 그것 나름대로 자연스럽고 인간적인 아름다움이 있었고, 이제 막 맺어지기 시작한 그들의 우정이 부럽게도 여겨졌다. 이메일이라는 방법 때문에 이 원고는 동화 좌담과는 달리 시간과 에너지가 훨씬 많이 필요했다. 늘 바쁜 일정에 시간을 내어 이 작업에 임해 준 두 작가들에게 편집자로서 미안했는데 20여 일의 대화를 끝내면서 두 사람이 "초심을 잃은 작품이나 노력이 부족한 작품을 태연히 내놓을 때면 누구보다 앞서서 나무라 주고, 새롭고 감동적인 작품을 써낼 때면 누구보다 따뜻하게 축하해" 주자고 다짐하는 것을 지켜보면서 이 기획을 한 보람이 느껴지고 뭔지 모를 안심이 되었다. 긴 시간 몰입해 준 두 작가에게 감사와 격려의 마음을 전한다.

"

아직도 말하는 청소년을 품고

_ 이경혜, 김하은 이메일 대담

김하은(좌), 이경혜(우) © 바람의아이들

첫 번째 편지

안녕하세요, 이경혜입니다

안녕하세요, 김하은 선생님? 저는 동화와 청소년소설을 쓰는 이경혜 라고 합니다.

이렇게 한번 뵙지도 못한 상태에서 첫 인사를 드리자니 조금 쑥스럽습 니다만 그래도 선생님이 쓰신 『얼음붕대 스타킹』(바람의 아이들 2014)을 무척 감동적으로 읽은 터라 독자로서 '아는 작가'를 만나는 설렘을 느낍 니다. 이 책이 처음으로 쓰신 청소년소설이지요? 동화를 써 오시다가 새 로운 첫 걸음을 내디디신 것을 진심으로 축하드립니다! 독자들을 위해 그동안 어떤 작품을 쓰셨는지, 그리고 청소년소설을 쓰시게 된 계기는 어떤 것이었는지 먼저 말씀해 주시겠어요?

- 2014. 06. 04 이경혜

두 번째 편지

김하은입니다, 선생님!

반갑습니다, 이경혜 선생님! 선생님이 쓰신 『유명이와 무명이』(푸른책들 2005)를 보며 습작기를 견뎠고, 『어느날 내가 죽었습니다』도 읽었습니다. 한번 만나 뵙고 싶었는데, 어쩐지 선생님과 마주 앉으면 수다를 떠는 게 아니라 나란히 풍경을 감상하다 헤어져도 뿌듯할 것 같다는 생각이 들었답니다.

제가 지금까지 쓴 동화책으로는 『꼬리 달린 두꺼비, 껌벅이』(해와나무 2011)와 단편집 『네 소원은 뭐야?』(미세기 2011) 그리고 기획 동화가 몇 편 있습니다. 『꼬리 달린 두꺼비, 껌벅이』는 꼬리가 사라지지 않고 달려 있는 데다 죽지 않는 특별한 두꺼비 껌벅이가 주인공인 동화입니다. 단편집 『네 소원은 뭐야?』는 변신을 주제로 묶인 책이며, 아이들이 공룡, 거위, 갈치로 변하는 이야기입니다.

『얼음붕대 스타킹』은 처음 쓴 청소년소설입니다. 동화만 쓰던 터라 감을 잡기 어려웠습니다. 처음에는 과연 할 수 있을까 망설였고, 동화만 쓰기에도 부족할 텐데 하며 피하고 싶었습니다. 하지만 쓰고 싶은 마음이 저를 사로잡았어요. 그래서 결국 무모한 도전을 했지요. 초고를 썼을 때 글 동무들 중에서 성추행은 성폭행, 즉 강간보다 미미한 것인데 이것으로 선혜가 고통 받는 게 이해되지 않는다고 하더군요. 하지만 저는 '왜 그렇게 생각하지? 내 생각은 달라' 라는 의문이 들었고, 결국 그 의문이 작품을 완성으로 이끌었습니다. 쓰기 전까지 많이 울었고, 쓰면서 힘들었지만 수정할 때는 객관적으로 보이더군요. 이제는 쓰길 잘했다 싶습니다. 가슴에 돌덩이처럼 누르고 있던 이야깃감을 풀어헤치고 나니 저도 자유롭게 세상을 바라볼 수 있게 되었습니다.

선생님도 동화와 청소년소설 사이에서 힘드셨던 적이 있나요? 동화와 청소년소설은 대상에 대한 관심과 애정을 나타낸다는 점이 같지만, 표현 방식이나 서술 등이 꽤 차이가 납니다. 선생님도 동화와 청소년소설을 다 쓰시는데, 둘 사이에서 가져야 할 차이점이나 태도는 무엇일까요?

– 2014. 06. 04 김하은

세 번째 편지

동화와 청소년소설에 대한 몇 개의 생각

저는 청소년소설이 평균대 위에 서 있는 체조 선수 같다는 생각을 가끔 합니다. 조금이라도 균형감을 잃으면 당장 동화가 되거나 일반 소설이 되어 버리는 게 청소년소설이란 장르니까요. 청소년이라는 독자의 특성이 바로 그렇잖아요? 청소년은 어린아이와 어른의 중간 단계이면서 동시에 양쪽의 특성을 다 품고 있고, 그러면서 또한 어린이도 아니고 어른도 아닌 정의하기 힘든 존재지요. 이토록 미묘하고 힘든 존재이기에 그들을 독자로 삼는 청소년문학도 같은 어려움을 겪을 수밖에 없다고 생각합니다.

그럴 경우 동화 쪽으로 기울기 쉬운 작가들도 많겠지만 제 경우는 일반 소설 쪽으로 기울어 실패할 때가 종종 있습니다. 제 동화는 주로 환상의 세계를 다루기 때문에 그쪽으로 가는 위험은 비교적 차단이 되어 있는데, 현실 세계를 다루는 일반 소설 쪽으로는 저도 모르게 자꾸 몸이 기울어 청소년소설로서의 특성을 놓칠 때가 있지요. 그렇다면 청소년소설이란 과연 무엇인가, 그런 고민을 해본 적도 있습니다. 하지만 그것을 정의하는 데에 제가 별 관심이 없다는 것만을 깨달았지요. 제 마음속에서 청소년소설이란 제가 하고 싶은 이야기들 중에서 청소년들에게 들려주고 싶은 이야기일 뿐입니다. 결과적으로 출판된 작품을 더 어린 친구들이 읽든, 나이 든 어른들이 읽든 상관없이 제가 쓸 때의 마음가짐이 그렇다는 것이지요.

그런 맥락에서 선생님의 질문인 '동화와 청소년소설을 쓸 때의 차이점이나 태도'에 대한 답변도 저로선 그 이야기를 읽고 있는 사람이 누구인지를 명확히 인식하고 써야 한다는 말씀밖에 드릴 수가 없습니다. 그러나 이때 독자에 맞추는 것은 표현 방식일 뿐이지 내용은 절대로 달라지지 않아야 한다는 점이 중요하겠지요. 가령 예를 들어, 제가 한 사람의 성인으로서 남녀간의 성애를 아름답다고 생각한다면, 그림책이든 청소년소설이든 표현만 달리 할 뿐 그 관점은 같아야 한다는 것입니다. 같은 이야기를 하면서 어른을 대상으로 할 때와 아이를 대상으로 할 때 전혀 다른 이야기를 하는 태도가 저는 마음에 들지 않습니다. 그건 아이들에 대한 이중적 태도이며, 아이들을 무시하는 태도겠지요. 이 점은 선생님이 '동화와 청소년소설은 대상에 대한 관심과 애정을 나타낸다는 점이 같다'고 하신 말씀과 같은 맥락의 얘기라고 생각됩니다.

저는 사실 그림책부터 일반 소설까지 장르만은 다양하게 온갖 것을 쓰고 있습니다. 그런데 다시 강조하지만 장르를 정하는 원칙은 단 하나, '내 마음에 쓰고 싶은 이야기가 있는데, 그 이야기를 누구에게 가장 들려주고 싶은가' 하는 것입니다. 그 이야기를 유아에게 들려주고 싶으면 그림책으로 쓰고, 어린이에게 들려주고 싶으면 동화로, 청소년에게 들려주고 싶으면 청소년소설로 씁니다. 청소년들을 위한다거나 그들에게 어떤 가치관을 제시한다든가, 그런 점들에 대해서는 거의 관심이 없습니다. 물론 쓰다 보면 저의 가치관이 저도 모르게 스며들겠지만, 청소년문학이니 이래야 한다는, 어떤 룰은 전혀 가지고 있지 않다는 말이지요. 그것은 동화나 다른 장르일 때도 마찬가지입니다.

이런 생각으로 작업하니 문제가 되는 건 표현 양식일 뿐인데 청소년소설의 표현 양식이 제게는 가장 어렵습니다. 본질적으로는 조선 시대의 청소년이나 21세기의 청소년이나 같은 존재겠지요. 청소년의 본질이란, 무엇이든 어른에게 의존해야 하는 아이의 상태를 벗어나 스스로 독립된 존재로 서고자 몸부림치는 상태란 점에서 그때나 지금이나 다를 바가 없습니다. 그러나 그들의 외양, 말투, 생활 방식은 천지 차이이고, 지금 이 순간에도 급속도로 변해 가고 있습니다. 본질이 같기 때문에 저도 미루어 짐작해 청소년소설을 쓸 수 있는 것이지만 급격하게 변하는 그들의 표현 양식은 저로선 따라잡기 힘든 영역입니다. 앞으로 제가 청소년소설을 더 쓸 수 있을지 정말 자신이 없습니다. 제 경험이나 제 아이들을 통해 취득한 경험을 통해 그간 청소년소설을 써왔습니다만 지금의 청소년들은 제가 그 본질만을 알 뿐 현상에 대해서는 잘 모르는 대상이 되고 말았으니까요. 쓰더라도 제가 겪은 청소년기를 그리거나 아예 판타지의 세계를 그리게 될 거라고만 생각했습니다.

그러다가 도저히 있을 수 없는 비극인 세월호 참사를 만나게 되었습니다. '단 한 사람도 돌아올 수 없었던' 그 끔찍한 비극에서 가장 많은 희생을 당한 청소년들을 생각하면, 그래도 청소년문학 작가로 살아온 사람으로서 그렇게 내 맘대로 거기서 도망쳐 버릴 수 있는 것일까, 하는 생각이 들었습니다. 그러나 과연 무엇을, 어떻게 써야 할지는 막막하기만 합니다. 가장 낮은 바닥으로 떨어져 모든 것을 새로이 생각하고, 새로이 시작해야 한다는 생각만 들 뿐입니다.

— 2014. 06. 09 이경혜

네 번째 편지

청소년들에게 들려주고 싶은 이야기

선생님 편지 기다리는 마음이 꼭 연애편지 주고받을 때 같아요! 엄청 설레고 기분 좋습니다. 혹시 저만 그런가요? 그래도 저는 기분 좋습니다.

청소년소설을 쓰기 전에 저는 요즘 청소년들 말투나 표현 방식을 그대로 따라할 수 있을까, 내가 청소년인 척하는 걸 아이들이 알아차리는 건 아닐까, 겁을 냈어요. 그때 딸아이가 한 마디를 하더군요. 모든 청소년들이 똑같이 사는 건 아니다, 나는 그런 거 싫다. 그 말을 듣고 웃었어요. 제 주변에 있는 아이들은 학교 공부에 지쳐서 짜증을 내지만 연애도 하고 맛있는 걸 먹으러 다니고 몰려다니는, 제가 청소년기를 보냈을 때와 비슷한 점이 많았거든요. 아무리 시간이 많이 흘러도 그 시기는 불안하고 초조한 때로 규정할 수밖에 없고, 그게 옳다고 생각해요. 십 년 넘게 남이 하라는 대로 살았던 삶을 내 스스로 바꿔 보려고 꿈틀거릴 때니까요. 그래서 겁먹지 않기로 했어요. 다른 사람들이 뭐라 하든, 나는 내가 아는 청소년을 쓰겠다, 내가 쓰는 청소년이 다른 청소년과 조금 다르면 어떤가. 이렇게 딱 선포했어요.

청소년소설이 제게는 갑자기 내린 소나기 같았어요. 작년에 연희문학창작촌에 입주해 있을 때, 소설가 이명랑 선생님에게 이 이야기 씨앗을 언뜻 말했어요. 그랬더니 당장 청소년소설로 쓰라고 닦달을 하지 뭐예요. 매일 아침마다 얼마나 썼느냐고 물어보는 수고로움까지……. 동화를 쓰던 사람이 하루아침에 청소년소설을 쓸 수 있나요. 그것도 연습이 필요하고 훈련이 필요한데 언제 하나 싶었어요. 미적거리는 제게 선혜가 직접 말을 걸어 왔어요. "저예요, 선혜." 그날 밤에 펑펑 울었어요. '그래, 선혜야, 기다려, 내가 대신 말해 줄게, 조금만 기다려 줘.' 초고는 엉망진창이었어요. 앞부분만 선명했고 뒷부분은 힘이 빠졌지요. 수정할 때는 선혜만 생각했어요. 그 아이가 말을 걸어 왔던 그 순간 내가 하고 싶었던 말을 풀어 놓자, 이 생각뿐이었어요.

『얼음붕대 스타킹』을 쓸 때, 선혜가 받는 고통을 덜어 줄 해결방법을 못 찾을까 봐 전전긍긍하는 제 두려움을 극복하는 일이 가장 어려웠어요. 선혜 주변 인물들도 마찬가지였어요. 이 사건을 직접 마주치는 건 선혜 혼자였지만, 그걸 간접 경험하게 되는 인물들 모두 입을 닫으라는 강요를 받아요. 어떤 부분은 옳을 수 있지요. 평생 모르는 게 약인 일도 있으니까요. 하지만 어떤 부분에서는 극복할 수 없기 때문에 더 큰 상처로 남기도 해요. 특히 사람으로 인해 받은 상처는 사람이 아니면 나을 수 없다고 생각해요. 선혜를 단단하게 만드는 것, 그게 가장 힘들었고 제일 신경 쓴 부분이었어요. 이 글을 쓰면서 제가 지닌 두려움도 많이 줄어들었어요. 어쩌면 제가 선혜에게 빚을 졌다고나 할까요. 두고두고 고마워해야 할 것 같아요.

요즘 들어 제 스스로가 어떤 인물이 말하려는 바를 대신 말해 주는 전달자 같다고 자주 생각해요. 제대로 못하면 그 인물이 혼을 내요. 하루 종일 머릿속에서 빠져나가질 않고 볶아 대죠. 해리포터 시리즈에서 교장 선생님이 갖고 있던 펜시브처럼 복잡한 생각을 뽑아내 저장하고 싶다는 생각을 하는데, 제 경우에는 그 펜시브가 글입니다.

청소년소설을 쓸 때 가장 힘들었던 점은 아이들을 잘 모른다는 자괴감이었어요. 기껏해야 학부모 시험 감독 때 잠깐 보는 게 다였으니까요. 나머지 부분은 언론에서 드러나는 문제아, 말썽꾸러기, 충동적인 아이들, 그런 이미지가 강했어요. 그러다 거꾸로 생각해 보았죠. 어른들도 문제를 일으키고 말썽을 부리며 충동적일 때가 많은데 왜 청소년들 문제만 부각시킬까, 너희들은 문제가 많은 세대니까 끽 소리 말고 따라와 하고 강요하는 것처럼 보였어요. 그래서 그 문제도 단순화시켰어요.

'나는 내가 아는 한 아이만 집중하겠다. 우리는 청소년들을 키워내는 게 아니라, 어떻게든 잘 지켜야 할 어른이다.' 이 두 가지만 생각했어요. 어른은 그냥 표지판일 뿐이지, 그 애들을 다 태우고 가는 수레는 아니라고 생각해요. 표지판 역할을 충실히 하는 것도 벅차고 힘든 일이지요. 다양한 길을 알려 주는 것, 어디로 가면 쉴 수 있고, 어디로 가면 마음껏 소리 지를 수 있다는 걸 알려 주는 역할, 그게 제가 꿈꾸는 어른이에요.

세월호 참사를 보면서 느낀 것도 마찬가지였어요. 말 안 듣고 성질부리는 청소년이라 해도, 어느 순간 어른들이 가만 있으라고 하면 그 말을 듣는다는 사실이 참 아팠어요. 지난 몇 년간 청소년과 어른들 사이가 이렇게 가까워진 사건이 있었나 싶어요. 어른들은 그제야 아이들이 얼마나 힘들어하는지 들여다보았고, 아이들은 어른들에게 자기 소리를 냈어요. 그 경험이 부모와 자식 모두에게 쉽게 꺼질 것 같지 않아요. 저도 숙제를 떠안은 기분으로 지켜보고 있어요.

선생님, 작품에서 바퀴벌레를 싫어한다고 하셨는데, 「그 녀석 덕분에」에서 바퀴 변신체에게 내 삶을 맡기잖아요. 제가 어릴 때 본 바퀴벌레는 휙휙 날아다니는, 커다란 놈이었어요. 혹시 싫어하시는 바퀴벌레가 커다란 놈인가요? 왜 작품에서 바퀴벌레를 다루셨나요?

— 2014. 06. 09 김하은

다섯 번째 편지

작가의 욕심과 역할, 그리고 바퀴벌레!

저도 날마다 설레는 마음으로 메일을 기다립니다. 오랜만에 이런 생각들을 나누는 기분이 참 좋습니다. 그리고 정말 멋진 따님을 두셨네요! 그렇게 근사한 말을 해 주다니! 맞아요. 정말 그렇지요. 모든 청소년들은 다 다르지요. 모든 인간들이 다 다르듯이.

오래전에 외국에 사는 교포 작가 강연을 들은 적이 있어요. 우리 말을 곧이곧대로 이해하는 그는 '벼룩도 낯짝이 있다'는 속담을 좋아한다고 하더군요. 그 작은 벼룩에게도 얼굴이 있다는 말이니 얼마나 멋진 말이냐고 했지요. 사실 '낯짝'은 얼굴을 비하하는 말이고, 그 경우 염치없는 사람을 비꼬는 전혀 다른 뜻으로 쓰인 거잖아요? 그런데 저는 그 해석이 너무나 신선했어요. 그 작은 벼룩들도 분명 다 다른 얼굴을 가지고 있을 거예요. 하물며 인간이야 말할 것도 없겠지요. 그래서 우리가 소설이란 걸쓸 수 있는 거고요. 다 똑같다면 굳이 쓸 말이라곤 없을 테지요.

'전달자'라는 말도 깊이 이해됩니다. 비슷한 느낌이겠지만 저는 제 자신이 '통로'가 되는 느낌을 받곤 합니다. 그건 '나'를 텅 비워서 그냥 그 인물에게 '나'를 내어 주는 일로 느껴지지요. 나를 비우면 비울수록 다른 존재가 선명히 살아나는 경험도 했고, 그럴 때의 희열이 더욱 크다는 것도 익히 알고 있지요. 글이란 그렇게 다른 존재에게 나를 통로로 내어주는 일이 아닐까, 생각하곤 합니다.

『어느 날 내가 죽었습니다』의 경우, 한 소년의 억울한 죽음과 그 허무한 삶을 만나면서 제 책 속에서라도 다시 한 번 살게 해 주고 싶다는 강렬한 바람으로 글을 쓰게 되었습니다. 그래서 정말 텅 빈 통로가 되고 싶었습니다. 그 아이들이 세상으로 쏟아져 나오는데 걸리적거리는 것이 없도록 깨끗이 치워진 통로를 꿈꾸었지요. 그러나 저한테는 또한 작가로서의 자의식이 있었기에 그것과의 싸움이 퍽 힘들었습니다. 달리 말하면 '문학적 허영과의 싸움'이라고 할 수 있을까요? 더 멋지게, 더 문학적으로 완성도가 높은 작품으로 만들고 싶다는 욕구와 싸우는 일이라고나 할까요? 이 말은 잘못하면 '독자들의 비위에 맞추어 문학적인 격을 떨어뜨리는 일'로 오해될 여지가 있지만 제 말은 물론 그런 뜻이 아닙니다.

그 책을 쓸 때 이런 자신과의 싸움으로 상당히 힘이 들었습니다. 조금만 긴장을 늦추면 자꾸 어른스럽고 문학적인 표현이 나와서 나중에는 주변의 중학생들 사진을 얻어다가 눈앞에 붙여 놓고 쓰기도 했지요. '나는 이 이야기를 너희들에게 해 주고 있는 거야'라는 걸 잊지 않으려고요. 그러나 그보다 더 어려웠던 것은 완성도에 대한 욕심과 싸우는 것이었어요. 그 글은 구조상의 완성도를 생각해서도, 앞에서부터 얘기를 풀어 가는 대로 자연스럽게 이루어지는 플롯으로 따져 보아도 반드시 주인공인 재준의 죽음에 반전의 미스터리가 있어야만 했습니다. 그걸 만들어 넣고 싶은 욕망과 저는 싸워야 했어요. 왜냐면 그 글을 쓰는 목적이 훌륭한 문학 작품을 쓰려는 게 아니었기 때문이었습니다. 저는 안 그래도 끔찍하게 세상을 떠난 그 아이를 또다시 무겁고 힘들게 만들고 싶지 않았습니다. 그러니까 '문학'이 아니라 '그 아이'를 택한 거였는데, 그러자니 당연히 그 글은 완성도도 균형감도 떨어지게 되었지요. 어떤 평론가한테서 정확히 그 점을 지적 받기도 했는데, 저는 백 프로 수긍했습니다. 그게 바로 제가 고민하고 싸웠던 지점이니까요. 이 점은 사실 일반 독자들 중에서도 냉정을 잃지 않고 읽으시는 분들의 경우 실망하는 지점이기도 합니다. 무언가 나올 것 같은 지점에서 아무것도 안 나오니 당연히 실망하게 되지요. 그냥 제가 쏟아 놓는 감정 라인에 충실히 따라가는 독자들만이 그 글을 좋아하는 것 같더군요. 그런데 저는 그걸 후회하지 않습니다. 아니, 제가 가장 잘했던 점이라고 오히려 생각합니다. 왜냐면 그렇게 써서 다른 누구보다 제가 가장 위로를 받았기 때문이지요. 농담처럼 말한다면, '잃은 것은 작품이요, 얻은 것은 주인공의 행복(이라기엔 이미 죽은 주인공에게 어울리는 표현은 아니지만)' 이라고나 할까요?

저는 확실히 동화나 청소년소설을 쓸 때는 거리감을 못 가지는 것 같아요. 제 속의 어떤 유아적인 마음이 그들을 실재하는 존재처럼 여겨서 그들이 불행해질까 봐 노심초사합니다. 행복해지면 너무 기뻐하고요. 어릴 때 책을 읽으면서 등장하는 인물이나 동물을 죽게 하는 작가를 지독히도 미워했던 기억이 있어요. 어린아이들은 책 속의 이야기를 다 사실로 받아들여서 그럴 때가 많잖아요? 그래서 그때 저는 '내가 커서 글을 쓰게 된다면 누구도 죽지 않는 글을 쓰겠다' 고 굳게 결심했는데, 지금 저는 오히려 죽음을 주로 다루는 작가가 되어 버렸으니 이상한 기분이 들 때가 있습니다. 직접 글을 쓰는 입장이지만 등장인물의 생사는 작가가 마음대로 할 수 없다는 걸 이제는 알게 되었지만, 그래도 아직 제 속에 있는 어린아이는 등장인물들을 실재하는 존재로 받아들여서 문학성보다는 그들이 행복해지기만을 간절히 비는 것입니다. 본인이 쓰고 있으면서 이러니 좀 웃기긴 하지요. 이런 태도는 집필에 있어 좋은 태도라고 여겨지지는 않지만 쓰는 저는 그렇게 쓰는 게 재미있으니 어쩔 수 없다고 생각합니다.

「그 녀석 덕분에」에 나오는 바퀴는 우리 주변에서 흔히 보이는 보통 크기의 바퀴입니다. 그 날아다니는 커다란 바퀴가 아니고요. 그 이야기는 원래 '쥐 설화'에서 모티프를 얻어 썼던 글입니다. 쥐가 주인이 던져 주는 손톱을 받아 먹고 주인으로 변해 주인 행세를 하는 설화 있잖아요? 집안의 숟가락 수, 장독 수 등을 주인보다 더 잘 맞추어서 주인 자리를 꿰차는 이야기 말입니다. 저는 그 이야기가 '나는 누구인가'에 대해 쓰기 좋은 모티프라고 생각했어요. 그렇다면 옛날의 쥐에 해당하는 현대의 존재는 무엇일까 생각했던 것이지요. 그렇게 생각하니 바퀴야말로 가장 가까이에 있고, 가장 혐오스러운 존재라는 점에서 적당하다고 여겨졌습니다. 현실에서 저는 바퀴를 겁내는데, 「그 녀석 덕분에」를 쓸 동안은 바퀴에 대해 친밀감까지 느꼈더랬지요. 그거 쓸 동안에는 ROCK에도 얼마나 심취했던지 당장 밴드라도 만들 것 같은 마음이었고요. 하지만 작품과 헤어

한국 작가에게 듣는다

지고 나니 그 모든 열정이 씻은 듯이 다 사라지더군요. 그냥 한 생 잘 살고 떠난 듯이. 어떤 존재로 들어가 그 존재가 되어 글을 쓰면 그 존재가 온전히 이해되곤 합니다. 그런 경험이야말로 창작을 통해 맛볼 수 있는 최고의 즐거움이 아닐까 생각하지요.

저는 약간 방향을 틀어서 선생님의 어린 시절에 대해 듣고 싶어요. 선생님의 어린 시절(혹은 청소년기)에서 작가의 삶과 연결되는 부분은 어떤 부분인지 궁금합니다. 또한 선생님이 살아온 삶이나 해온 일 중에서 글쓰는 일에 가장 도움을 준 요소는 무엇인지도 궁금합니다.

- 2014. 06. 12 이경혜

여섯 번째 편지
글쓰기는 내가 꼭 풀어야 할 숙제

선생님이 보내 주신 글 읽다가 아하, 그렇구나 하고 무릎을 탁 쳤어요. 저는 『어느 날 내가 죽었습니다』를 몇 번 읽었는데, 처음에는 왜 재준이가 죽었을까에 초점을 맞추었어요. 그랬더니 아주 우울했어요. 그다음 읽을 때는 유미에 초점을 맞추었는데, 조금 다르게 읽혔어요. 응, 그런 친구가 있었어, 상처이기도 하고 기쁨이기도 했던 친구였다고 말하는 것 같았어요. 사실 이 책은 제목이 쇼킹해서 "아니, 왜 죽었대?" 하고 질문을 던지고 책을 펼치는 경우가 많았다고 들었어요. 다시 읽어 보니 엄마 기대대로 살아야 했던 겁 많은 재준이가 사랑을 위해 한 걸음 나아갔고, 어떤 죽음도 그 의미가 가볍지 않다는 뜻으로 읽혀요.

올 초에 아버지가 돌아가셨는데, 한 사람을 객관적으로 돌아볼 수 있는 기회는 죽음이라고 깨달았어요. 살아 있을 때는 그 사람이 어떤 이인지 제대로 알 수 없다고요. 그러니 살아 있는 사람을 객관적으로 보려면 정말 다양한 각도에서 살펴야 한다고 생각했어요. 아마 재준이도 그렇지 않았을까요? 재준이 죽음을 돌아보는 유미는 그제야 재준이를 제대로 봤어요. 그래서 저는 재준이가 선생님 작품을 통해 위로 받았다고 생각해요. 오토바이 사고로 죽었다, 이러면 색안경을 끼는 사람들이 많죠. 하지만 재준이는 그럴 이유가 있었고 그 이유를 제대로 들어주는 사람이 없었어요. 재준이가 흔적을 남겨놓지 않았다면 유미도 몰랐겠죠. 그러니 재준이 죽음을 잘 보듬어 주셨어요. 문학성보다 더 중요한 건, 그 인물을 잘 살리는 거라 생각해요. 어떤 이야기가 살아남는 건 인물이 가진 진실성인데, 그 진실성이 문학성보다 우선한다고 여깁니다. 진실함을 나타내기가 어디 쉽나요.

이제 선생님 질문에 답을 해야겠어요. 어릴 때는 진짜 조용했고 눈물도 많았으며 찍 소리 못하는 소심한 아이였어요. 기절을 많이 했고 코피를 잘 흘렸고 자잘한 수술도 했고요. 그래서 몸으로 놀지 못했어요. 남들다 하는 고무줄놀이, 이런 건 깍두기로 끼어서 주전들이 화장실에 갈 때잠깐 놀았어요. 사방치기나 오징어 달구지, 뭐 이런 놀이들도 제대로 못했어요. 가만히 앉아서 하는 놀이가 다였어요. 소꿉놀이, 공기놀이처럼정적인 놀이를 했지요. 그러다 보니 친구들도 별로 없었고 책 읽는 게 더즐거웠어요. 가상 친구를 만들어서 같이 놀았는데, 저는 그런 친구가 여럿 있었어요. 혼자 중얼거리다 들켜서 가족들이 걱정했지요. 이런 이야기를 하면 사람들이 그래요. "네가? 약했다고? 헐, 말도 안 돼." 지금 제 모습은 20대부터 꾸준히 돌아다녀서 바꾼 거예요.

글을 쓰게 된 가장 큰 계기는 결핍이라기보다 충격이었어요. 제가 사립초등학교를 졸업했는데, 자수성가한 아버지가 자식만큼은 기죽지 않게키우려고 넣었지요. 우리 형편에는 맞지 않는 학교였어요. 그런데 주변친구들 중 부자가 많아서 모든 사람들이 그렇게 사는 줄 알았어요. 독일산 소꿉놀이 장난감, 영국산 버터, 프랑스산 원피스를 가진 친구들이 꽤있었어요. 그런데 중학교를 공립으로 갔더니 첫날 담임선생님이 그러시지 뭐예요. "생활보호대상자들 있지? 손들어 봐." 정말 야만적인 질문이지요? 그런데 저는 그게 뭔지 몰랐어요. 그래서 짝한테 물었더니 왜 그걸 모르냐고 되묻더라고요. 짝은 2부제로 초등학교를 다녔대요. 오전반 오후반으로 수업을 받았기 때문에 교실에 물건을 놓아둘 수 없었대요. 그것도 못 알아들었어요. 희한하게 그날 그 일들이 아직도 선명해요. 내가 당연하다고 생각했던 것들이 다른 사람들에게는 그렇지 않을 수 있다, 내가 보는 것과 다른 것도 존재한다, 이런 생각들이 의문을 갖게 했어요. 그 의문이 저를 변화시킨 첫 번째였어요. 아이를 임신하고 동화책을 읽었는데, 프랑수아 플라스(François Place)가 쓴 『마지막 거인』(디자인하우스 2002)이었어요. 그 책을 읽고 또 읽었어요. 그러다 동화를 쓰고 싶다는 생각을 했지요. 『마지막 거인』 같은 작품을 쓰고 싶다는 꿈을 지금도 꿉니다.

청소년소설은 처음 도전했지만 더 쓸 것 같은 예감이 들어요. 머리에서 나오지 않는 애들이 더 날뛰기 전에 해결해야겠어요. 그것도 어쩌면 결핍일 수 있겠네요. 현실에서 도저히 채워질 수 없는, 내가 꼭 써야 하고 풀어야 할 숙제? 사람들하고 만남이 쌓일수록 숙제도 더 늘어나겠죠. 지금은 그걸 즐기려고요.

선생님께도 똑같은 질문을 드릴게요. 그렇다면 선생님께서 겪은 일이나 결핍 중에 글쓰기에 영향을 끼친 것으로 무엇이 있을까요?

– 2014. 06. 13 김하은

일곱 번째 편지

"실컷 반항하고 제멋대로 지내되 반드시 살아남아"

깍두기! 정말 오랜만에 들어보는 반가운 말입니다. 우리는 둘 다 과거에 '깍두기'였군요! 역시 글은 깍두기들이 쓰는 건가 봐요? 하하. 저 역시 환경이 많이 다른 아이들 틈에서 초등학교를 다녔습니다. 그 바람에 2학년 때까지 그림자처럼 학교를 다녔지요. 희미한 색연필로 칠해진 아이처럼 그렇게 조용히 학교에 다녔고, 아이들과 어울리지 못해서 쉬는 시간이면 도서실로 달려가곤 했습니다. 그 바람에 여자아이들이 다 하던 고무줄을 못 배우고 말았어요. 그렇게 학년이 높아진 저는 나중에야 아이들과 어울려 놀게 되었지만 고무줄을 할 줄 몰랐으니 함께 놀기가 힘들었습니다. 그런데 저는 그때 조숙해서 키가 컸기 때문에 아이들이 서로 자기 팀으로 데려가려고 했거든요. 고무줄을 높이 잡고 서 있게 하려고요. 그래서 다툼 끝에 저는 어느 팀이 하든 고무줄을 잡고 서 있는 역할, 즉, 깍두기 역할을 맡게 되었지요. 이편도 됐다가, 저편도 됐다가, 양쪽에 다 소속되지만 어느 쪽에도 소속되지 못하는 존재, 이제 보니 깍두기라는 건 작가와 참 비슷한 역할같이 여겨지네요.

2학년 때까지는 집에 가서도 밖에 나가 놀지 않았어요. 작은 한옥이었던 그 집에는 고물을 쌓아 놓는 골방이 하나 있었는데, 거기에 콕 박혀서 1학년과 2학년 시절을 보냈지요. 외로웠고, 심심했고, 그러니 혼자라도 놀 수밖에 없었고, 그 작은 골방에서 할 일이라곤 읽고, 상상하고, 쓰는 일밖에 없었으니까 쌓여 있는 책들을 (백과사전, 무협지, 주간지 가리지 않고) 마구 읽어 댔고, 그러다 지겨우면 공상에 빠지는 시간들을 보냈고, 자연스레 무언가를 끼적거리게도 되었지요. 결국 읽고, 상상하고, 쓰는 일에 중독이 되고 만 것이니, 그 시간이 저를 글 쓰는 사람으로 만든 셈이 되었습니다.

그리고 또 하나, 초등학교 6학년 때부터 혼자 비밀 일기를 써 오기 시작해서 지금까지 이어 오고 있는데, 이 일도 저를 쓰는 사람으로 만들어 준 큰 요인이라고 생각됩니다. 문학적인 기록은 전혀 아니고, 저로 하여금 정신과에 갈 필요만 없게 해 준 작업이지만 어쨌든 그것은 제가 '과거의 나'를 더욱 이해하고, 기억하게 해 준 듯싶습니다. 수시로 들여다보며 내 자신을 되짚어볼 수 있는 기록이었기에 인간에 대한 이해력을 조금은 더 높여 주었으리라 생각됩니다.

선생님은 이제 첫 청소년소설 출간을 앞두고 계시고, 저는 10년 전에 첫 청소년소설을 발표했지만 출간한 권수가 비슷하니(그 뒤로 청소년소설은 한 권을 겨우 보탰어요.) 우리 둘 다 신인이나 마찬가지라고 생각되는데, 아무래도 이 질문을 한 번은 해야 할 것 같아요. 지금 시기 우리 청소년들에 대해 어떻게 생각하시는지, 그리고 앞으로 어떤 점을 가장 염두에 두고 작품을 쓰고 싶으신지요. 질문이 좀 이상하네요. 그냥 우리 청소년들과 앞으로 쓰시려는 청소년문학에 대한 얘기를 무엇이든 말씀해 주시면 좋겠습니다. 제가 먼저 말씀을 드리자면, 지금의 아이들은 너무도 납득할 수 없는 환경 속에 처해 있다고 여겨져요. 유사 이래 가장 위험한 청소년기를 보내는 세대가 아닐까 싶을 지경입니다. 기성세대가 지금의 아이들을 마치 사냥꾼이 토끼를 몰듯 몰아왔으니 말입니다. 물론 저는 아이들의 생명력을 믿고, 요즘 아이들이 보여 주는 그 건강한 발랄함과 솔직함을 참 좋아합니다. 그 힘이 결국 아이들을 스스로 구해낼 거라고 기대도 하고 있고요.

세월호의 아이들에 대해서도 저는 좀 다르게 생각합니다. 그 아이들이 마지막 순간에 어른들 말을 들었다고도 볼 수 있겠지만 그건 '어른들'이라기보다는 전문가의 판단을 믿은 게 아닐까요? 저도 실제 배 사고를 당한 적이 있는데, 선장님 명령만을 무조건 들었거든요. 제가 세월호에 탔다면 저도 안내 방송을 따랐을 게 틀림없어요. 자기들이 아는 분야의 일이었다면 아이들은 결코 허술한 어른들의 판단을 맹목적으로 따르지 않았을 것 같아요. 하지만 아이들의 동영상에서 보여지는 그 무한한 신뢰만은 어른들에 대한 것이었지요. 어른들이 우리를 구해 주리라는, 헬기가 왔으니 당연히 구출되리라는…… 죽으리라곤 생각도 못하고 끝까지 발랄하고 천진난만했던 아이들을 생각하면 미칠 것 같은 심정이 됩니다.

그동안 학생들에게 강연을 갈 때면 '실컷 반항하고, 제멋대로 지내되 반드시 살아남아 달라'고 얘기하곤 했습니다. 살아만 있다면 어떤 일을 겪어도 다 성장이 될 수 있다는 게 제 생각이니까요. '제멋대로'란 말도 부정적으로 쓰이는 말이지만 말 그대로로 생각해 보면 참 좋은 말이거든요. 제멋대로, 즉, '자기 자신의 멋대로'란 말이잖아요? 그 말은 일단 스스로 선택한다는 뜻이고, 선택한 것을 멋지게 잘 해낸다는 의미로 읽히지요. 그것이 공부든, 운동이든, 노는 것이든 청소년들 자신이 선택해서, 자신이 감당할 수 있는 범위에서 자신의 멋대로 해내며 살 수 있기를 저는 꿈꿉니다. 그런데 이제는 이런 말도 못하게 되었습니다. 살아남는 게 자신의 뜻만으로는 안 되는 세상이니 말입니다. 우리 사회는 이렇게 아이들을 죽입니다. 토끼 사냥하듯 벼랑으로 몰아대서 아이들을 자꾸만 벼랑에서 뛰어내리게 하더니 이제는 세월호 같은 참사까지 만들어냈습니다. 자살이든 타살이든 명을 다하지 못하고 세상을 떠야 하는 아이들은 누구의 마음에나 가장 아프게 여겨지겠지만 저는 글 쓰는 사람으로서도 이 문제가 가장 예리하게 다가옵니다.

글을 쓴다는 일은 결국 가슴에 꽂힌 가시들을 하나하나 뽑아내는 일이라고 저는 생각합니다. 『어느 날 죽었습니다』도 결국 그래서 썼던 것이고, 제가 쓴 단편 중에 광주의 학살을 다룬 「명령」이란 소설이 있는데, 그것도 그 아픔을 풀어주고 싶어 썼던 것입니다. 그렇게 생각하면 세월호야말로 제 마음을 짓누르는 가장 무거운 배입니다만 그 이야기는 제게 너무 버거운 이야기여서 아직은 써낼 자신이 없습니다. 오히려 이 일을 겪으며 지난 이야기인 '광주'를 써야겠다는 생각이 강해졌습니다. 그곳에서 억울하게 사라져간 원혼들 중에서도 어린 넋들의 이야기만 쓰고 싶다는 염원은 몇 년 전부터 품고 있었고, 「명령」에 이은 연작소설을 써서 마무리 지어야 한다는 채무감도 지니고 있었거든요. 사실 죽음에 대해서는 그만 쓰고 싶은데 마음에 걸린 게 그러하니 어쩔 수가 없을 것 같습니다.

－ 2014. 06. 14 이경혜

여덟 번째 편지
경계에 선 아이들

제게는 사립초등학교를 졸업한 경험이 '어린이들은 차별 없는 교육을 받아야 한다'는 명제를 갖게 한 셈이에요. 장애인이든 부자든 가난한 사람이든, 한데 모여 차별 없는 교육을 받아야 어른이 되었을 때 그 사회가 잘 굴러갈 것이라고 생각해요. 제가 청소년 시기를 겪을 때는 인문계와 실업계로 분리되었고, 그 단계에서 어떤 것을 선택하느냐에 따라 삶이 달라졌어요.

요즘 청소년들은 여러 갈래 선택을 할 수 있지요. 과학고, 외고, 특성화고, 국제고, 그리고 일반고. 저는 '일반고'라는 말이 영 어색하더라고요. 마치 다른 학교들은 다 특별하지만 이도 저도 아닌 고등학생들이 가는 학교라는 느낌이 들어요. 그건 '일반고'를 다니는 애들도 그렇다고 해요. 특별하고 재능이 있는 아이들만 뽑는다는 학교는 그 숫자가 꽤 많고, 특성화고에 들어가는 학생들 중에는 자신이 이 사회에서 떠밀린다는 느낌을 받기도 한대요. 정말 자기가 좋아서 가는 학생들 빼면, 그렇게 생각할 수도 있겠구나 싶어요.

"인성 교육, 조기 교육, 이런 거 다 필요 없어요. 중학교만 들어오면 옛날이랑 똑같아요. 자기 적성? 그딴 것도 다 개소리예요."

제가 다른 청소년소설을 쓰게 된다면, 이 이상한 구조에서 아이들이 갖는 갈등을 쓰지 않을까 싶어요. 무조건 몇 년만 참으라는 말은 못 하겠

한국 작가에게 듣는다

고요. 학교가 사회를 축소한 구조를 갖고 있듯이 이 아이들이 이끌어갈 사회 모습을 들여다보고 싶어요. 앞으로 살아갈 사회에서 두려움을 조금 덜어 주고 싶어요. 나만 이런가 하는 생각을 하는 청소년들에게 또 다른 사람들도 그렇게 생각한 적 있다고 말해 주고 싶어요. 사실은 어른들도 불안하고 힘들었다고 말해 주고 싶고, 네 삶을 응원한다고 손뼉 칠 생각이에요.

다음 작품은 아직 구상 중이라서 뭘 쓰겠다고 섣불리 말씀드리지 못하겠어요. 그랬다가 못 쓰면 어쩌지 하고 두렵기도 하고요. 다만 딸애가 써 달라고 부탁한 이야기는 있어요. 자식에게 하청 받는 느낌이 살짝 들었지만 워낙 간절한 부탁이라 거절할 수 없었어요. 시간이 좀 걸리는 작업인데다 애들 협조가 필요해서 방학이 오기를 기다리고 있어요. 그때 이야기를 많이 들으면 써야 할 이야기가 뚜렷하게 보이지 않을까 싶어요.

선생님이 쓰시고자 하는 이야기가 세상에 나오기를 바랍니다. 하나씩 풀어내다 보면 선생님에게 맺혔던 응어리가 풀리겠지요. 더불어 그 비슷한 경험이나 감정을 느꼈던 사람들 응어리도 풀릴 거예요. 광주를 다루시려면 체력이 필수겠어요. 힘든 이야기를 쓸수록 햇볕을 쬐는 일이 중요하더군요. 따끈한 햇볕 한 줌이면 우울함이나 힘든 마음을 덜 수 있어요. 저는 쓰다가 막히면 걸었어요. 걷다 보면 힘이 생겼어요. 선생님께도 글 쓸 힘이 솟아나길 바랍니다. 제 기운이 필요하시면, 빠샤!! 쏘아 드릴게요.

선생님 작품을 읽으면 경계에 선 청소년들이 잘 보여요. 삶과 죽음, 어른과 아이, 그 날카로운 경계에 서서 어디로 가야 할지 방황하는 모습이 잘 나타나요. 사실 경계에 선 사람들을 다루는 게 쉽지 않죠. 특히 청소년들 사이에서 일어나는 관계를 더 집중적으로 다루고 있다고 읽혀요. 선생님은 아이들 관계에 더 집중을 하시는 편인가요? 어떤 시대를 겪더라도 서로 의지하는 친구들이 있다면, 하고 질문을 던지시는 것 같은데 실제로 그런 생각을 갖고 쓰시나요?

– 2014. 06. 14 김하은

아홉 번째 편지
한 인간의 삶에 일어난 하나의 사고

선생님이 관심을 두고 있는 부분에 대한 이야기를 읽으니 어쩔 수 없이 『얼음붕대 스타킹』이 떠올랐어요. 이미 말씀드렸지만 저는 이 작품을 대단히 인상 깊게 읽었어요. 무엇보다 가장 좋았던 점은 이 이야기가 주제에만 초점을 맞춘, 그야말로 '작품'만이 아니라 살아 움직이는 아이들의 동영상으로 느껴지는 점이었어요. 등장인물들이 하나같이 살아 있고,

그들의 삶이 자연스럽게 녹아 있었지요. 그렇기 때문에 등장인물들은 포즈를 취하지 않고, 직접 숨쉬고, 직접 뛰어다니고, 그리하여 제 몸으로 직접 자신의 삶을 살아 내지요. 저는 그 점이 아주 좋았습니다.

사실 선혜가 겪는 마음의 갈등은 대단히 강하고, 무거운 것인데도(사고를 당한 자체의 후유증도 그렇지만 그것이 영향을 미쳐 겪게 되는 연애의 갈등, 그리고 그와 별도로 겪게 되는 연애 문제로 꼬인 우정의 갈등 등) 선혜는 그것을 참으로 건강하게 풀어 나가서 자신의 성장의 동력으로 삼아 내지요. 그 생명력이랄까, 마음의 건강함이 놀랍고도 감동적이었어요. 어떤 사건이 한 사람의 인생을 짓누르는 게 아니라 한 인간의 삶에 어떤 사건이 일어난 것일 뿐이라는 느낌이 들었다고나 할까요? 아무리 끔찍한 일을 겪어도 사람은 먹고, 배설하고, 잡니다. 어떤 사건이 한 사람의 인생을 완벽하게 짓누르고 있는 건 소설 속에서만 일어나는 일입니다. 그렇기 때문에 저는 이런 느낌이 드는 소설을 더 좋아합니다. 그게 진정한 리얼리티라고 생각하니까요.

앞서 선혜가 당한 일에 비해 고통이 너무 과장된 게 아니냐는 말을 들으셨다고 했는데 저는 그 말이 퍽 놀라웠어요. 오히려 제게는 선혜가 엄청난 고통을 대단히 건강하고 발랄하게 극복해 냈다고 여겨졌으니까요. 이 작품은 사실 사랑의 문제를 다룬 소설로도 읽히고, 특수학교를 다니는 학생들의 삶을 다룬 글로도 읽히고, 출세 지향적이고 타인의 시선에 종속된 삶을 보내는 기성세대에 저항하여 자신의 진정한 행복에 충실한 삶을 지향하는 청소년들의 이야기로도 읽혀요. 그런 풍부한 결이야말로 이 작품의 큰 강점입니다.

외고라는, 특수하다면 특수한 환경의 학생들의 속내를 다룬 점도 좋았습니다. 대다수의 아이들과는 다른 환경에서 살아가는 아이들의 모습을 볼 수 있어 좋았지요. 보통 공부 잘하는 학생의 세계는 작가들이 잘 다루지 않잖아요? 첫 번째 청소년소설이라고는 믿어지지 않게 자연스럽고도 완성도 높게 작품을 써내신 점도 같은 일 하는 사람으로서 부럽습니다. 선생님이 다루고자 하시는, 이 이상한 구조 속에 내몰린 채 살아가야 하는 아이들의 이야기를 하나하나 만나고 싶은 기대로 설레네요. 열심히 걸으시기를! 저도 그럴게요.

선생님의 질문은 제가 글을 쓸 때 아이들의 관계에 집중하냐는 것이었지요? 별로 그런 생각 없이 글을 썼는데 써놓은 글을 보니 말씀대로 '관계'의 문제가 많이 나오네요. 의식적으로 그런 건 아니었고요. 인물에 집중하다 보니, 아이들의 사회란 게 '학교'나 '가정'이 대부분이라 저절로 관계를 도외시할 수 없게 되었나 봅니다. 그리고 그중에서도 저는 확실히

'친구' 관계에 관심이 많은 것 같고('같다'는 말은 피해야 하는 표현인데, 제가 제 자신을 관찰하며 짐작하여 하는 답변이다 보니 자꾸 이렇게 되네요.), 친구 관계 중에서도 이성 친구(애인이 아닌) 얘기를 꽤 하는 것 같습니다. 그건 이성 친구를 가장 중요하게 생각해서가 아니라 바람직한 이성 간의 친구 관계를 제가 몹시 좋아하는 데다 청소년들이 그런 관계를 꼭 누리기를 바라는 마음 탓일 겁니다. 이성간의 우정은 서로의 지적, 심적 성장에 큰 도움을 주고, 인간에 대한 이해의 폭을 넓혀 준다는 점에서 동성 친구 못지않게 중요합니다. 거기다 진정한 이성 친구는 이 시기가 아니면 얻기 힘들다는 생각도 갖고 있으니까요.

그런데 『얼음붕대 스타킹』의 소재는 어떻게 얻으셨는지요? 그리고 평소에 작품 소재는 어떻게 얻으시는지도 묻고 싶어요. 독자들이 가장 궁금해하는 점일 것 같기도 하고요.

– 2014. 06. 16 이경혜

열 번째 편지
각자가 살아가는 이유를 최대한 존중해 주기

『얼음붕대 스타킹』을 잘 봐 주셔서 감사합니다. 첫 번째 청소년소설이라서 선생님과 이메일을 주고받기가 민망하지 않을까 걱정했어요. 무슨 이야기를 어떻게 해야 할지 걱정되고 고민스러웠어요. 그런데 이런 극찬을 해 주시다니요. 오늘 밤에 기분 좋은 꿈을 꿀 것 같아요!

『얼음붕대 스타킹』은 오랫동안 품었던 이야기예요. 선혜가 겪은 그날은 제 경험이에요. 스무 살 때였고, 그걸 극복하는 데 십 년 가까운 시간이 걸렸어요. 선혜처럼 심한 육체적 변화까지 겪진 않았지만, 그런 경험을 겪은 또 다른 분과 제 경험을 합쳐서 선혜를 만들었어요. 작가가 하는 말에는 그 이야기를 쓰지 않았어요. 그 말 때문에 독자들이 오히려 읽는 데 방해를 받을까 봐서요. 그날 일을 다시 끄집어낸 건, 그때와 지금이 전혀 다르지 않다는 조건 때문이었어요. 여성이 약자인 세상, 성을 상품화하거나 함부로 대해도 된다는 생각은 여전히 존재해요. 우리나라에서는 '성기 삽입'을 기준으로 성폭력인지 성추행인지 판단하는데, 성추행이라 할지라도 피해를 입은 사람이 받는 상처는 무척 커요. 그걸 말하고 싶었어요.

이 작품을 쓰기 전에 외고를 다니는 학생들과 학부모 몇을 알게 되었어요. 잘나고 특별한 아이들만 모았다는데 그 학교 학생들이 상대적 박탈감과 불안함을 더 많이 느끼더라고요. 그 모습이 굉장히 익숙했어요. 대학으로 진학하면서, 자기보다 똑똑한 사람들이 주변에 널렸다는 사실을 깨닫고는 당황하던 어른들 모습이 겹쳐 보였어요. 외고생들이, 어른들이 겪을 일을 3년 정도 앞당겨 겪더군요. 어른들이 아이들에게 보여 주는 미래가 과연 이대로 좋은가, 그런 의문도 가졌어요.

작품 속 인물들도 그래요. 각자가 살아가는 이유를 최대한 존중해 주고 싶었어요. 선혜가 소개팅한 지훈이가 일반적인 남학생이라면, 선혜가 짝사랑했던 선배인 민석은 남자 사람 친구, 선혜와 사귀게 되는 창식은 배려하는 남학생? 이렇게 나눌 수 있겠네요. 이 세 남학생들이 선혜에게 갖는 감정도 다 이유가 있을 거라 생각했어요. 글쓰기를 배울 때 악인은 악인대로 이유가 있다고 하더라고요. 그냥 악하기만 한 인물은 쓰지 않도록 노력하라고 들었고요. 그게 쉽지 않겠지만, 사실은 사람들 속에 다 있는 성격들이지요. 악하고 선한 면들이 다 조금씩 있지만 어떤 부분을 더 많이 드러내느냐 차이겠지요. 선혜와 가장 친한 친구인 지애한테도 그런 의미를 주었어요. 그냥 옆에 있는 친구가 아니라, 선혜 옆에서 가장 가깝게 있는 친구라면 그 친구한테도 아픔과 기쁨이 있어야 할 것 같았어요.

소문 때문에 선혜가 힘들어하는데, 이는 SNS에 남긴 부정적인 댓글 때문에 힘들어하는 사람들과 비슷하죠. 제가 가입했던 온라인 카페가 있었는데, 거기에서 글 때문에 일어난 싸움과 화해를 많이 지켜보았어요. 대부분의 사람들은 만날 이유가 없는 사람들 이야기는 함부로 해도 된다고 생각해요. 그러나 온라인에서만 만나던 사람들을 오프라인에서 만나자 거리가 확 줄어들었어요. 말을 더 조심하게 되고 싸움도 줄어들었어요. 그 경험 때문인지, 지금도 SNS를 할 때 모르는 사람들도 언젠가는 만날 수 있다고 생각해요. 사실 선혜가 고통 받는 건 2차적인 폭력 때문이죠. 그 일을 당하는 사람이 겪는 고통에는 관심이 없기 때문에 무관심하고, 충분히 나쁜 결과를 낳을 수 있기 때문에 악의라고 봐요. 이런 무관심한 악의들이 말이나 글로 사람들에게 입히는 피해가 신체적인 피해 못지 않게 크지요. 선혜는 몸과 마음, 모두 상처받아 더 외로웠던 친구였고, 그런 친구는 주변에서 쉽게 찾아볼 수 있어요. 정도에 차이가 있을 뿐이지요.

작품 소재를 찾는 건 대부분 작가들과 비슷할 텐데, 아이들하고 이야기를 많이 해요. 두 아이를 키우는 엄마라서 시행착오도 많이 겪었고요. 애들하고 다투고 싸우는 과정에서 먼저 사과하는 법을 터득했어요. 그다음으로, 다큐멘터리 영화나 시사기획 프로그램을 꼽을 수 있어요. 그 프로그램들을 보면 조금 넓은 시야를 가질 수 있거든요. 극영화도 많이 보고요. 그리고 책도 읽어요. 동화, 소설, 인문, 사회 등등 책을 읽으면서 소재를 찾는 경우도 있어요. 신문도 읽고요. 어떤 소재이건 그 소재를 찾으면 그 상황에 처한 인물을 머릿속에서 그리는 데 시간을 쏟아요. 잘 안 그

한국 작가에게 듣는다

려지면 다시 도서관으로 가거나 사람을 만나요. 토론을 할 때도 있어요. 주로 남편하고 많이 하는 편이에요. 그러면서 하나둘씩 스치는 걸 잡게 되더라고요. 그래도 이런저런 방법 중에 가장 좋은 건, 사람하고 이야기하면서 찾는 소재예요. 그게 가장 생생하고 살아 있어요.

선생님은 번역도 하시고 글을 직접 쓰기도 하시는데, 두 경우에 출판 경향이 조금 다르지 않나요? 요즘처럼 출판 시장이 불황을 겪을 때에 두 작업에 변화가 생겼는지 궁금해요. 요즘 동화 작가들은 앓는 소리들을 많이 해요. 인세로 들어오던 수입이 반 토막 난 작가들도 꽤 있고, 예전 같았으면 출판할 원고들도 반려되는 경우가 많아요. '까였다' 라고 이야기하는데요, 그러다 보니 자기가 쓰고자 하는 작품이 아니라 어떻게 하면 팔릴 책을 쓸 것인가 하고 고민하게 되고요, 편집자들도 재밌는 이야기를 써 보라고 주문하기도 해요. 심각한 이야기 말고 재밌는, 신나는 이야기를 내고 싶다고 말이에요. 그러다보니 자기 고민이 충실하지 않은 이야기를 내놓게 되는, 악순환에 빠질 수 있다 싶어요. 자칫 작가와 편집자들이 행복하지 않게 일하는 구조가 될 수도 있고요. 혹시 선생님도 그런 경험이 있으신가요? 솔직히 저는 팔릴 책이나 신나고 재미난 책도 좋지만, 제가 쓰고 싶은 이야기를 풀어내고 싶거든요. 그런데 막상 몇 번 거절당하고 나면 자신감이 뚝 떨어져요. 자기 이야기를 책으로 내고 싶은 작가, 그 이야기를 책으로 만들고 싶은 편집자, 그 책을 팔고 싶은 출판사, 이 셋이 모두 만족할 만한 대안은 좋은 이야기겠죠. 그렇다면 그 좋은 이야기를 위해 이 셋이 공동으로 무엇을 할 수 있을까, 그런 고민이 살짝 들어요. 과연 무엇을 해야 할까요?

야밤에 선생님께 편지 쓰는 것도 즐겁네요. 정말 연애편지 쓰는 기분 이에요. 혼자 히죽거리며 편지 쓰는 재미도 쏠쏠해요. 또 연락드릴게요.

– 2014. 06. 17 김하은

열한 번째 편지

작가로 산다는 것

『얼음붕대 스타킹』에 대한 선생님의 얘기를 들으면서, '역시 그랬구 나.' 하고 고개를 끄떡였습니다. 그 작품을 읽으면서 어떤 간절함을 내내 느꼈거든요. 그 간절함이 그 작품에 생명력을 부여하고, 사실감을 품게 했을 거예요. 간절함이란 선생님의 실제 경험이 조금이라도 들어가서가 아니라 선생님의 어떤 염원이 강하게 들어가서일 거라고 생각돼요. 어찌 되었건 저는 간절함이 있는 작품이 좋아요. 그래서 기획적인 성격이 강한 작품을 별로 좋아하지 않아요. 어떤 주제나 소재를 정해서 글짓기하듯 써 낸 글은 아무리 능수능란하게 써냈더라도(사실 그런 작품들이 주제 의식

한국 작가에게 듣는다

이 더 강해서 완결성도 더 높을 때가 많지요.) 묘하게 마음에서 거부감이 들곤 하더라고요. 어디까지나 개인적인 취향일 뿐이지만요. 때론 간절함이 작품을 망치는 경우도 분명 있으니 함부로 단언하기는 힘든 얘기지만 어쨌든 저는 그런 작품에 끌립니다. 김하은 선생님은 첫 작품에게 좋은 길을 내주었다고 생각돼요. 첫 작품을 간절하게, 그러면서도 균형을 잃지 않게 써냈으니 얼마나 좋아요? 앞으로 손끝이 더욱 능수능란해지더라도 초심의 간절함을 잊지 마시고, 가능한 간절한 작품만을 써 주시기를 바랍니다. 이건 뭐, 선배라고 잘난 척 조언하는 게 아니라 제 자신에게도 새삼해 보는 다짐이니 고깝게는 듣지 마시고요.

지금 자제분이 청소년이란 건 청소년소설을 쓰는 데 가장 큰 축복이지요. 거기다 아이들과 소통도 잘되는 부모라면 금상첨화고요. 저야말로 청소년기를 지낸 딸들이 없었더라면 절대로 청소년소설을 쓰지 못했을 거예요. 굳이 취재하지 않아도 알게 모르게 습득된 것들도 있었을 것이고, 무엇보다 곁에서 같이 겪었고, 어쨌든 그건 제가 조금은 아는 세계였으니까요. 물론 혹독하게 대가를 치르면서 알게 된 세계이기도 했지요. 애들이 저를 많이 키워 주었거든요.

저는 출판 상황에 대해서는 잘 모르지만 그림책 번역은 확실히 줄었습니다. 저는 번역 중에도 주로 그림책 번역을 해 왔는데, 한동안 외국 그림책 번역 작업이 퍽 활발했지요. 제 감각에는 십여 년 그랬던 것 같아요. 그동안 우리 아동문학 출판사들이 싹쓸이하다시피 그림책 번역을 해내서 지금은 포화 상태가 된 게 아닌가 싶습니다. 창작 그림책 수준이 높아져서 많이 나오고 있는 덕도 있을 거고요. 저는 사실 외국어 실력이 좋지는 않지만 영어와 불어, 두 가지를 조금씩 하는 덕분에 그림책 번역을 수백 권 해 왔습니다. 제가 진정한 번역가였다면 마음에 드는 작품만을 골라서 번역했겠지만 저한테 있어 번역은 생계를 위한 '일'이었기 때문에 의뢰받는 대로 거의 다 해 왔지요. 그런데 역시 '일'이 중요하고, '양'이 중요하다는 생각이 들곤 합니다. 순정을 품은 창작 작업은 작업량도 형편없고, 아직도 제대로 된 프로가 되려면 멀었는데, '일'이라고 생각하고 매진해 온 그림책 번역은 제가 생각해도 스스로 '프로'라는 생각이 드니까요.

『예술가여, 무엇이 두려운가』(데이비드 베일즈 · 테드 올랜드, 임경아 옮김, 루비박스 2006)란 책에 보면, 두 그룹의 예술가 지망생들에게 한쪽은 일정량 이상의 작품을 제출하게 하고, 한쪽은 일정 수준 이상의 작품을 제출하게 했더니 양에 치중한 그룹에서 훨씬 훌륭한 작품이 많이 나왔다는 얘기가 나옵니다. 그 얘기 읽으며 정말 뜨끔했습니다. 많이 쓴다고 꼭 작품이 좋아지는 건 아니지만(문학은 참 냉혹해요), 그래도 끊어지지 않고 쓸 때에 작가의 성장이 이루어질 가능성이 높은 것만은 사실이지요. 이제는 정말 창작에 매진하고 싶고, 창작만 하는 전업 작가가 되고 싶습니다. 그런데 요즘 번역량이 현저히 줄어서 어쩔 수 없이 그렇게 될 것 같기도 합니다. 하하. 하지만 창작을 '일'로 삼고 싶다고 말할 때 그건 어디까지나 양을 늘리고 싶다는 염원이 가장 큽니다. 실력으로는 '프로'가 되고 싶지만 아무리 그래도 '문학'이 '일'이 되게 하고 싶지는 않으니까요. 그건 다른 '일'을 해서라도 고이 지켜내고 싶은, 이를테면 존재의 증명이라고나 할 소중한 영역이지요. 밤에 글을 쓰면 흥분하기 쉬운데, 역시 또 흥분해서 공자님 말씀만 늘어놓은 거 같군요. 대안도 없고, 현실성도 없는 얘기. 사실 저도 답을 모르니까요.

'까인다'는 얘기, 저는 밥 먹듯이 당한 일이에요. 바로 얼마 전에도 '까여서' 계약금을 돌려준 일이 있었는걸요. 작품이 제 맘에도 안 좋아서 흔쾌히 그렇게 해 드렸지요. 아직 창작은 '프로'가 못 돼요. 매번 쓸 때마다 어렵고, 운이 좋아야 괜찮은 작품이 나오니까요. 하긴 창작 작업이란 게 어쩔 수 없이 그런 속성을 가지고 있고, 그 점이야말로 창작 작업의 매력이기도 하지요. 영원히 안정된 상태에 도달하지 못하는 일, 언제나 신인으로 도전해야 하는 일이라니, 너무나 어렵지만 참 매혹적인 일이지요. 아무리 청탁 받은 원고라 할지라도 처음 완성해서 편집지에게 보낼 때면 정말 불안하고 초조합니다. '까일' 까 봐요. 그러나 저는 '까일' 수 있는 게 좋은 거라고 생각합니다. 유명한 작가가 되어 아무도 작품에 대해 바른 말을 해 주지 않고, 이름만으로 형편없는 작품을 마구 발표할 수 있게 된다면 얼핏 편안해 보이지만 그건 사실 작가에게는 가장 치명적인 일이 될 테니까요. 훌륭했던 작가들이 유명 작가, 혹은 원로 작가가 되어 형편없는 작품들을 뻔뻔스레 내놓는 모습을 너무 많이 봐 왔습니다.

그런데 작품이 거절당하거나 좋지 않은 평가를 받는 것도 여러 경우가 있지요. 판단이란 사람마다 다른 거라 어떤 판단이 옳은지 누가 알겠어요? 그럴 때, 자신이 지향하는 작품 세계와 궤를 같이 하고, 그 판단을 신뢰할 수 있는 편집자가 있다면 큰 도움이 됩니다. 자신의 작품은 원래 본인으로선 판단하기가 어려울 경우가 많으니까요. 그런 편집자가 읽고, 작품이 좋지 않다고 한다면 마음을 얼음같이 냉각시켜 다시 들여다보고, 새로 쓰든가 버리든가 해야 하는 거라고 봅니다. 그런데 그렇게 봐도 편집자의 판단에 자신이 동의할 수 없다? 아무리 봐도 이 작품은 괜찮다는 생각이 든다면? 그럼 그 작품의 가치를 알아줄 사람을 끊임없이 찾아야겠지요. 세계 명작 중에는 몇 십 번씩 '까인' 작품이 무수히 많다는 게 얼마나 큰 위로입니까? 그러나 '팔릴 작품'을 위해 타협해서는 안 된다고 봅니다. 그런 관점에서 기획되거나 수정된 작품은 잘 팔릴 수는 있겠지만 작가에겐 수명의 낭비니까요. 수명을 줄여 쓰는 게 작품인데 그런 걸 쓴다면 너무 아깝잖아요? 뭐, 수명이 200년쯤이나 된다면 그럴 수도 있겠지만요.

그런데 지금까지는 바람직한 편집자의 역할에 대한 얘기고요. 얘기가 나온 김에 우리 아동문학 출판계에 대한 저의 불만을 얘기한다면, 창작에 대한 존중심이 너무 낮다는 말씀을 드리고 싶어요. 저는 번역과 창작을 다 해 왔고, 일반 소설 작업도 해 왔기에 비교해 본다면 그 차이가 확연합니다. 이 말은 다른 말이 아니라 창작에 대해서도 '아이들에게 쉽게 읽히기 위해서'라는 이유로 편집자들이 월권을 행사할 때가 너무 많다는 것입니다. 제가 등단해서 활동을 해온 게 20년이 넘었는데, 지금은 많이 나아졌지만 초기에는 이런 관행과 싸우느라고 실제 작업보다 더 에너지가 들어가곤 했습니다. 번역이든 창작이든 독자들에게 더 좋은 원고를 주기 위해 문제점을 지적하는 행위는 물론 꼭 필요하고, 일하는 입장에서도 고마운 작업입니다.

그러나 지금까지 제 경험에 의하면 그 정도와 의욕이 지나쳐 월권을 행사하는 경우도 적지 않은 것입니다. 교정을 넘어서서 마치 자신의 글을 수정하듯 편집자 스타일대로 마구 수정한, 난도질된 원고를 받는 창작자의 심정은 참담하고 난감합니다. 번역은 말할 것도 없지만 창작 원고에까지 이렇게 할 때는 격분하지 않을 수가 없습니다. 그리고 그렇게 남이 애써서 토씨 하나까지 신경 쓴 원고를 자신들의 스타일로 마구 헤쳐 놓은 경우치고, 수긍하고 받아들일 만한 지적이 있었던 적은 거의 없었습니다. 그런 분들은 대부분 남의 원고에 대한 존중감이 없기 때문에 깊은 생각 없이 순간적으로 든 판단대로 수정을 해 버리는 경우가 많기 때문입니다. 초기에 저는 그런 항목 하나하나마다, 내가 왜 그 표현을 썼는지 일일이 반박 글을 달아 보내느라고 진이 빠지곤 했습니다. 기본적으로 이런 태도는 창작에 대한 몰이해와 무시에서 나온다고 여겨집니다. 물론 그런 관행이 생길 만큼 그동안 번역자나 창작자들이 잘못한 점도 많습니다. 아이들이 읽는다는 걸 배려하지 못한 채 원고를 어렵고 재미없게 써와서 편집자들의 수정을 거치지 않으면 출판할 수 없었던 시기가 이런 관행을 만들어 냈겠지요. 또한 어떤 작가들은 그렇게 편집자들이 손봐 주는 걸 더 좋아한다는 얘기도 들었습니다. 자신의 원고에 대해 조금의 자부심도, 애착도 없는 작가들이지요. 하지만 지금 아동문학 번역가나 작가들의 수준은 그렇지 않습니다. 원고에 대한 이해가 부족한 편집자가 말도 안 되는 주장

한국 작가에게 듣는다

을 펼치며 마구잡이로 자기 스타일로 고친 원고를 받아들면 어이가 없고, 의욕을 잃게 되고, 작업 자체가 하기 싫어집니다. 저는 실제로 이렇게 해서 작업을 중단해 버린 경우도 있습니다. 이제는 제가 기력이 딸려서 예전처럼 일일이 반박해서 싸우는 일을 할 수가 없거든요. 그렇게 하기 싫기도 하고요.

예전에 저는 제가 보낸 '작가의 말'이 안 좋다고, 출판사에서 새로 써서 보내 주는, 지금 생각하면 믿어지지 않는 일까지 겪은 적이 있습니다. 아마도 제가 보낸 '작가의 말'이 전형적이지 않았기 때문이라고 여겨집니다만 기가 막혔지요. 당장 계약 파기하겠다고 길길이 날뛴 덕분에 제가 쓴 글을 사용할 수 있었습니다. 극단적인 예이지만 우리 아동문학계에 기본적으로 이런 관행이 이루어지고 있는 것은 사실이며, 저는 반드시 바뀌어야 할 부분이라고 생각합니다.

쓰는 사람들은 다른 사람의 원고를 존중하는 버릇이 있기 때문에 그렇게 무언가를 고쳐서 보내오면 그것들을 쉽게 무시하기가 힘듭니다. 그래서 일일이 반박을 써야 하는데 그런 식으로 쓸데없는 에너지를 낭비하는 데에 대해 허무감마저 느끼게 되지요. 그래서 저는 아예 피드백이 오기 전에 '문제가 되는 부분은 지적만 해 달라, 절대로 미리 고쳐서 보내지 말아 달라'는 부탁을 하기도 하는데 이런 풍토는 아동문학계가 아닌 곳에서는 찾기 힘듭니다. 번역이든 창작이든 문장이란 것은 건축물 같아서 벽돌 하나만 볼 수 있는 게 아닙니다. 벽돌 하나가 마음에 안 든다고 쑥 빼 버리거나 다른 벽돌을 갈아 끼우면 그 건축물은 흔들리게 됩니다. 그렇기 때문에 건축가 본인이 고쳐야만 하는 것입니다. 벽돌 하나를 바꿔 끼워야 한다면 다른 부분도 그에 맞춰 고쳐야 하니까요. 거기다 한 줄의 문장은 의미만을 전달하는 게 아니지 않습니까? 리듬이니, 뉘앙스니, 모든 것을 고려해서 쓰는 것인데 그런 것에 대한 이해 없이 단순한 판단으로 마구 수정하는 것은 정말 문제가 많습니다. 거기다 '아이들이 읽기 때문에', 작품성은 생각지 않고, 무조건 쉽게, 무조건 무난한 표현으로만 가려는 태도도 아동문학의 발전을 가로막는 요인이라고 저는 생각합니다.

저는 편집자들이 오히려 자부심을 가지고 자신의 위치를 격상시키면 좋겠습니다. 벽돌 하나하나를 보기보다 건축물을 보는 자세를 가졌으면 합니다. 그 건축물의 문제점을 가장 최초의 독자로서 짚어 주는 것이 훌륭한 편집자의 역할이라고 저는 생각합니다. 그 외에는 교정 차원에서만 원고를 손봐야 합니다. 이것이 창작에 대한 기본 예의입니다. 물론 벽돌 하나하나가 마음에 안 들 수 있지요. 그런 경우에도 작가가 왜 이 벽돌을 썼는지 더 깊이 고민해 보고, 그래도 문제가 있다고 생각될 때는 그런 느낌만을 얘기하고 수정을 부탁하는 게 창작품의 질을 높이는 올바른 자세라고 생각됩니다. 작가가 미처 생각하지 못한 지점을 편집자가 지적해 줄 때는 진심으로 감사한 마음을 느끼거든요. 그런 소통과 교류는 아주 바람직한 것이지요. 번역은 창작보다 더 그런 관행이 심한 터라 이런 문제에 대한 저의 불만이 너무 높아 좀 흥분한 듯싶습니다. 선생님은 이런 문제에 대해 어떻게 생각하시는지요? 선생님도 이런 일을 겪으신 적이 있는지 얘기를 듣고 싶습니다. 김하은이란 작가가 가장 좋아하고 영향을 받았다고 생각하는 작가들은 어떤 작가들일까요? 혹은 가장 감명 깊었던 책들에 대해 얘기해 주셔도 좋습니다.

－ 2014. 06. 18 이경혜

열두 번째 편지

숲을 함께 걸어야 할 사람들이 지켜야 할 의리

메일 잘 받았습니다.

선생님 말씀처럼 쓰는 양이 늘어나면 좋아지는 부분이 확실히 있지요. 그런데 그럴 때도 늘 자신을 경계해야 하는, 피곤한 일이 바로 글쓰기라고 생각해요. 내가 습관처럼 글을 쓰고 있진 않은지, 쉽게 타협하면서 대충 쓰지는 않는지, 살피고 단속해야 할 거리들이 많아서 살짜쿵 피곤하기도 하고요. 그렇지만 뭐 어쩌겠어요. 그 피곤함 끝에 오는 쾌감을 잊지 못해서 또 쓰고 또 쓰는 게 작가인 것을요.

직업이 동화 작가라고 하면 사람들이 그래요. 참 맑고 해맑은 영혼을 가졌을 것 같대요. 꽃무늬 원피스나 레이스 달린 치마를 입고 글을 쓰면서, 아이들에게 큰 소리 한번 안 치는 사람일 것 같다나요. 꽃무늬 원피스는 아예 갖고 있지 않고 우아하게 글을 쓸 정도로 여유롭지 않으며 애들에게 하도 소리쳐서 십 년 사이에 목청만 좋아졌다고 이야기하면 안 믿더라고요.

저는 흔히 말하는 '동화 같다'라는 표현도 싫어해요. 그 말은 현실과 동떨어지고 순진무구하며 밝기만 하고 모든 사람들이 서로 돕는 이상적인 상태를 지칭하는 것이기도 하고요. 아이들도 나름대로 치열하게 갈등하고 자기주장을 내세우면서 어른들과 부딪히는데, 왜 애들을 동심천사주의로 묶으려 하는지 이해할 수 없어요. 그러다 보니 동화 작가에 대한 시선도 그 연장선에 있어요. 동화를 쓰든 청소년소설이나 소설을 쓰든, 글을 쓰는 건 동일해요. '부터'가 아니라 '만' 읽는 것이라고 생각하니 문제가 발생하는 게 아닌가 싶어요. 청소년소설은 청소년들부터 읽고 동화는 어린이들부터 읽는 글인데, 자꾸 구분하고 구획 지으면서 동떨어진 대상으로 만드는 것이 아닌가 의심스럽고요. 저 참 의심이 많지요?

선생님이 쓰신 대로 타협하지 않고 사는 건 지키고 싶은 원칙이에요.

그러나 글을 써서 먹고 살아야 하는 사람이라면 쉽지 않은 일이지요. 십년 전이나 지금이나, 계약금도 비슷하고 인세로 받는 비율도 비슷하고 책값도 거의 오르지 않은 상태이니까요. 다른 물가 상승률에 비하면 아직 책값은 싼 편이라 더 그렇겠지요. 그러니 어떻게 하면 책이 잘 팔리겠느냐는 고민을 편집자가 아닌 작가들도 하게 되었지요. 선배 작가에게 물었더니 단칼에 무 자르듯 대답하셨어요. "글이나 잘 써! 그딴 걸 신경 쓰느니 글을 잘 쓰는 게 우선이야." 그래서 깨갱, 꼬리를 내렸습니다. 백 번 천 번 들어도 맞는 말인데 아직 그게 자신 없으니 문제예요. 그래서 또 책을 들여다보고, 읽으면서 반성하고 그럽니다.

선생님이 말씀하셨던 편집자와 작가 사이, 그런 경험은 저도 있습니다. 최근에도 그런 일 때문에 언성을 높인 일이 있어요. 제가 '관행'이라는 말을 무지 싫어하는데, 관행이 잘못된 것이라면 고쳐 나가야 하고 자기 문체를 지키고자 하는 작가들 마음은 존중되었으면 해요. 제가 번역투 문장을 싫어해서 그렇게 쓰지 않으려고 하는데, 편집자가 손 본 문장들은 죄다 그런 투어서 일일이 토 달아서 고치기도 했고요. 한번은 교정지가 온통 빨간색으로 왔어요. 이해할 수 있는 건 고칠 수 있는데, 제 문체가 아니라 편집자 문체였어요. 물론, 책을 상업적으로 만들어야 하는 편집자의도는 이해하지만 그렇다고 해도 제 문체는 고수하고 싶었어요. 그때는 아예 편지를 썼어요. 결국 관철시키긴 했지만, 두고두고 찜찜했어요.

수많은 작가가 쓴 작품들을 읽는 편집자들에게 얼마나 많은 일감이 주어지는지 알고 있지만, 그래도 개성은 존중되었으면 해요. 선생님 말씀대로 건물 전체, 제 생각으로는 숲 전체를 보는 관점으로 작품을 보길 원하죠. 그러니 작가와 편집자, 둘 다 막중한 책임이 있다고 생각합니다. 작가가 그린 나무와 숲을 편집자가 오롯이 볼 수 있다면 참 좋겠어요. 간단한 작업이 아니지만 숲을 같이 걸어갈 사람이라면 꼭 지켜야 할 의리라고 생각해요.

저는 책 읽기를 참 좋아해요. 그런데 어떤 사람, 어떤 작가가 마음에 드는지 콕 꼬집어 대답하긴 참 힘드네요. 박경리가 가진 구체성과 인물에 대한 묘사, 조정래가 드러내는 능청스러움, 웅장한 서사의 조지 R.R.마틴(George R.R.Martin), 아스트리드 린드그렌이 나타내는 발칙함, 통통 튀는 인물은 수지 모건스턴, 신화적 상상력은 김진경과 임정자, 엉뚱한 로알드 달(Roald Dahl), 거기에 진지한 이경혜까지. 다 좋아해요.

그중에서 가장 좋아하는 작품은 레널드 위벌리(Leonard Wibberley)가 쓴 『약소국 그랜드 펜윅』(박중서 옮김, 뜨인돌 2005) 시리즈예요. 아주 작은 나라여서 종종 지도에서 빠지는 수모를 겪고, 와인과 양모가 주 수입원이며, 공국 전체를 자전거로 돌아다닐 수 있는 곳이지만 뉴욕을 침공하고 달나라를 정복하는 대단한 나라예요. 1950년대에 첫 출간된 책인데 지금 읽어도 재밌고 흥미진진해요. 우울하거나 글이 잘 안 풀리면 이 책들을 읽는데, 그러면 깔깔 웃으면서 행복한 마음을 되찾을 수 있어요. 최근에는 카렌 암스트롱(Karen Armstrong)이라는 종교 학자가 쓴 책들을 찾아서 읽는데요, 『축의 시대』(정영목 옮김, 교양인 2010)라는 인문 교양서도 좋아한답니다. 4대 종교를 균형 있게 바라보는 시각이 마음에 들어요. 선생님은 어떤 작가, 어떤 책을 좋아하세요? 선생님 이야기도 듣고 싶어요. 들려주세요.

— 2014. 06. 18 김하은

열세 번째 편지
좋아하는 동화 작가들

오늘 설거지하다가 문득, 지난번에 보낸 메일에 대한 후회가 몰려왔습니다. 문학을 일로 생각하지 않고, 순정한 존재로 따로 소중히 여기고, 생계는 다른 일을 해서라도 하고 싶다고 했던 말에 대한. 그건 원칙적으로는 옳은 말인지 몰라도 그런 말은 완벽하게 상업적인, 오히려 드문 작가

들에게나 해야 할 말이지, 그 문제를 고민하면서 몸부림치는 작가들에게
할 말은 아니란 생각이 들었어요. 거기다가 저는 어쨌든 한 권이라도 이
른바 스테디셀러라는 것을 가지고 있고, 번역 같은 비슷한 일을 해서라도
생계를 해결할 수 있는 사람이잖아요? 그런 사람이 그런 말을 하는 건 한
마디로 잘난 척한 것밖에 아니라는 후회로 가슴이 아팠어요.

　하여튼 지난번 메일의 그 얘기는 이상적인 얘기일 따름이라고 생각해
요. 문학은 엄연히 우리의 일이고, 그래서 저도 전업 작가를 꿈꾸는 것이
고, 삶의 모든 부분을 쏟아부을 때에만 좋은 작품을 쓸 수 있는 것이니,
그러기 위해선 생계가 보장되어야 하고, 그러자면 책이 잘 팔려야 하는
것이 맞는 말이지요. 그런데 책이 팔리는 건 정말 알 수 없는 일이더라고
요. 쓴 사람의 마음에 들게 잘 써지고, 독자들에게 읽혀 보아도 다들 좋다
고 하여도, 판매가 되지 않는 경우도 많으니까요. 그러니 정말로 그 부분
은 우리 몫이 아니란 생각이 들고, 그것에 의존할 수는 없겠구나, 하는 절
망이 드는 때가 많습니다. 제 말은 그럴 때 제가 스스로를 다독였던 그런
혼잣소리에서 나온 말이라고 봐주세요. 어떻게 해야 책을 잘 팔 수 있는
지, 답을 전혀 모르겠으니까 그런 식의 해결책밖에 생각하지 못하는 거겠
지요.

　사실 이렇게 쓰면서 생각해 보니까 책 낭독회라든가 북 콘서트라든가,

무언가 책을 독자에게 직접 알리는 일들을 작가들이 스스로 할 수도 있겠다는 생각도 듭니다. 청소년문학이나 아동문학이라면 홍보차원에서 적극적으로 인형극이라든가, 연극을 먼저 조직해 순회공연을 할 수도 있겠고, 작가들이 소규모로라도 낭독회 등을 할 수도 있겠단 생각이 들어요. 어쨌든 기존의 책 사인회 등을 넘어선 창의적인 방식을 생각해 볼 필요가 있겠다 싶네요. 사실 선생님의 질문은 그보다는 어떻게 써야 하는가 하는 것일 텐데, 저는 그 답은 정말 모르겠어요. 좋은 원고가 판매와 반드시 연결되지 않는 건 부정할 수 없는 사실이니까요. 이건 참 슬픈 이야기지만 어쩔 수 없이 인정해야 하는 명백한 일이기도 하지요.

애기가 나온 김에 보탠다면, 가끔 강연에서 학생들이 작가의 수입에 대한 질문을 해요. 그럴 때 저는 구체적으로 말을 다 해 줍니다. 책값의 10퍼센트 인세를 받는다, 즉, 만 원짜리 책 한 권이 팔리면 작가는 천 원을 받는다, 그러니 책이 잘 팔려서 그걸로 먹고 살 수 있는 스타 작가는 극히 소수다, 그러니까 수입이나 명예에 대한 욕심으로 작가를 택한다면 만족하기 힘들다, 그걸 다 각오하고, 정말 즐거워서 하거나, 안 쓰면 못 살 사람들만 해야 할 거다, 하고요.

어떤 학생은, 자식이 글을 쓰겠다면 어떻게 할 거냐고도 묻습니다. 그럴 때 저는, '적극 밀어준다, 왜냐면 글 쓰는 일은 전망이 불투명하고, 고

생문이 훤한 길이지만 자기가 좋아서 하는 사람이라면 말도 못하게 행복한 일이다, 거기다 작가의 모든 경험은 아무리 괴로운 일일지라도 모든 게 그 사람의 재산이 된다, 이런 직업 흔치 않다'고 말해 줍니다. 사실 제 아이들이 다들 글 쓰는 일과 비슷한 일을 하고 있기도 하니 조금도 거짓은 아니지요. 제 자신, 이 세상에 태어나 글 쓰는 사람으로 살 수 있다는 걸 가장 큰 행복으로 여기고 있기도 하고요.

참, 선생님 동화 『꼬리 달린 두꺼비, 껌벅이』를 오늘 읽었습니다. 역시나 제가 느낀 선생님의 인상과 고스란히 맞아 떨어지는 작품이네요. 세상의 상처 받고 약한 대상에 대한 연민과 애정이 넘치는 글이었어요. 아주 재미있었고, 껌벅이는 글 쓰는 걸로 존재 증명을 하는 우리 모든 작가들에게 공감을 불러일으킬 존재로 다가왔어요. 저는 완전 이입되어 큰 위로를 받았습니다. 다리 셋인 여우 얘기 같은 건 그대로 그림책 원고로 써도 좋겠다 싶었고요. 그러고보니 선생님의 작품 한 편을 보고 선생님과 이메일 대담을 시작했고, 대담을 하다가 다른 작품을 또 읽었는데, 대담 전에 가졌던 선생님의 이미지가 거의 그대로 맞아떨어지는 느낌이네요. 서로 만나지 않고도 이렇게 많이 안 듯한 느낌이 드는 게 참 좋습니다.

그리고 또 하나, 전혀 '동화 작가스럽지' 않을 거라는 느낌도! 물론 이

때의 말은 선생님이나 저나 싫어하는 뉘앙스의 '동화스러움'을 말하는 거고요. 일반적인 표현에서의 뉘앙스요. 자신의 어린 시절을 기억하는 사람들이라면 절대로 그런 말 하지 못할 겁니다. 어린 시절의 자신이 얼마나 많은 갈등에 시달렸는지, 얼마나 영악했는지, 얼마나 현실을 잘 보고, 어른들을 들여다보고 있었는지 기억하는 사람들이라면 말이죠. 어쩌면 동화 작가들이야말로 다른 누구보다 자신의 어린 시절을 가장 잘 기억하는 사람들이겠지요. 그때의 기억이란 행위나 사건에 대한 기억이 아니라 그 마음의 무늬, 생각의 결에 대한 기억을 말할 거고요.

좋아하는 작가에 대한 질문은 언제나 답하기 힘든 질문이죠. 저도 그런 질문을 받으면 늘 당황해서 곤란해하면서도 궁금해서 묻지 않을 수가 없었어요. 저도 너무너무 좋아하는 작가가 많아서 이루 다 쓰기도 힘들고, 그중에서 누군가를 뽑아 말할 때면 죄책감마저 들거든요. 선생님이 좋아하는 작가들과도 대부분 겹치고요. 그런데 레널드 위벌리는 처음 들어보는 작가예요. 선생님이 그렇게 좋아하는 작가고, 작품이라니 꼭 찾아 읽어 보겠습니다.

저는 동화작가로는 누가 뭐래도 안데르센을 가장 좋아하고(선생님이 받으신 안데르센상, 무지 부러워요!), 몽고메리(Lucy Maud Montgomery)의

『빨간 머리 앤』 시리즈는 저의 초등학교 시절, 가장 강렬한 영향을 끼쳤던 책이었습니다. 어찌 보면 참 보편적인 취향이지요. 저는 어렸을 때는 동화책을 정말 많이 읽었지만 어른이 되어서는 별로 읽지 않았어요. 동화를 쓰면서도 그랬어요. 그래서 제가 좋아하는 동화 작가들은 거의가 어렸을 때 만났던 작가들, 즉, 일종의 고전 작가들이네요. 『작은 아씨들』을 쓴 메이 올컷(Louisa May Alcott)도 참 좋아하는 작가였지요. 몇 년 전 뉴욕에 갔을 때, 그녀가 살던 집 앞에 앉아 거기서 살았을 작가의 모습을 한참 상상했던 적도 있었습니다. 『빨간 머리 앤』은 제가 번역도 했는데, 출판사 사정으로 책이 되어 나오지는 못했어요. 언젠가 몽고메리의 고향이고, 『빨간 머리 앤』의 배경 무대인 캐나다의 프린스에드워드 섬에 직접 가서 그곳의 사진을 함께 넣은 『빨간 머리 앤』 번역본을 내고 싶다는 꿈도 가지고 있습니다. 최근엔 『보물섬』 완역 작업을 했는데, 그러면서 어릴 때는 크게 좋아하지 않았던 스티븐슨(Robert Louis Stevenson)에게도 깊이 매료되었어요. 그 외에 어른이 되어 발견한 동화 작가로는 『가벼운 공주』를 쓴 조지 맥도널드(George Macolonald)도 아주 좋아합니다. 이 작가도 번역을 하면서 알게 된 작가인데, 그 옛날의 작가가 얼마나 현대적인 유머 감각과 상상력을 가지고 있는지 새삼 감탄했지요.

외국의 작가로는 그 외 도스토예프스키(Fyodor Mikhailovich

Dostoyevsky), 마르께스(René Marqués), 아옌데(Isabel Allende), 카프카(Franz Kafka), 다자이 오사무(Dazai Osamu, 太宰治), 레싱(Gotthold Ephraim Lessing) 등을 좋아하고, 우리나라 작가 중에 박경리와 오정희, 김지원을 오랫동안 흠모해 왔습니다. 그 외에도 수많은 작가를 좋아합니다. 정말 좋아하는 책만큼 좋아하는 작가가 있는 것이니 서로 앉아 얘기하다 보면 밤을 새도 모자랄 얘기지요. 그런데 더욱 반가운 건 선생님이 문학만이 아닌 다른 책도 얘기하신 점입니다. 저도 사실 가리지 않고 마구 읽는 편이거든요. 저는 특히 우주나 뇌 과학, 심리, 예술에 대한 책들을 아주 좋아합니다. 그 외에도 사주, 점성술 같은 책도 좋아해요. 인테리어나 패션에 대한 책도 즐겨 보는데 그건 주로 대리만족을 느끼기 위해서고요. 하하.

모든 것을 책으로 풀고 살다 보니 어떤 관심사가 생기든 그에 관련한 책을 주로 읽는 걸로 인생을 탕진합니다. 요리는 못하면서 요리책은 잘 보고, 아이를 키울 때도 정작 제대로 아이에게 해 주지는 못하면서 육아책은 수도 없이 읽는 게 제가 살아온 방식입니다. 정말 웃기는 모습이지요.

작가로서의 기본 역량을 높이기 위한 노력이라면 저는 사실 책 읽는 거 말고는 별로 한 게 없지만, 돌이켜보니 글 쓰는 친구랑 시 엽서 쓰는 일을 한 게 그런 노력의 일환이었던 것도 같네요. 한 해를 시작할 때 서로 관제엽서를 한 뭉치 사주고, 거기에 서로 좋은 시나 문장을 적어서 교환하는 일을 해 왔어요. 코멘트를 붙여서 보내는 경우도 있고요.

요즘 신문에 보면 '오늘의 시' 같은 게 보이는데, 그 비슷한 작업이었죠. 가끔은 어떤 구절이 모티프가 되어 코멘트가 길어질 때도 있었고요. 일 년 동안 날마다 한 적도 있었고, 일 년에 백 장 정도를 한 적도 있었는데, 한 몇 년 해서 그것만도 한 상자 가지고 있습니다. 요즘에도 계속 하고 싶은데 서로 바쁘다 보니 잘 안 되더라고요. 가끔 예전 엽서를 읽어 보면 옛날 일기 읽듯 재미있기도 해요. 처음엔 각자 상대방의 것을 받아 간직했는데, 나중에는 연말에 서로 받은 걸 도로 바꾸어요. 그러면 자기가 좋아하는 시구나 문장을 기록한 자료가 되니까요. 좋은 표현을 공부한다는 의미로 시작했지만 지나고 보니, 일상생활의 늪 속에서 잠시라도 문학적인 순간을 낚아채려는 노력이었다는 생각도 듭니다.

선생님의 작업 스타일은 어떤가요? 날마다 규칙적으로 작업을 하시는지, 아니면 일에 맞춰 집중적으로 작업하시는지 궁금합니다. 제 얘기부터 먼저 드린다면, 저는 일단 날마다 꾸준하게, 그러니까 일상적으로 하는 작업은 잘 못해 왔어요. 다른 일들은 닥치는 대로 마감에 맞춰서 해 오고 있지만 창작은 꼭 몰아서, 어딘가에 처박혀서 하는 편입니다. 물론 오래 전에는 그럴 수가 없었으니, 애기 재우고 추운 베란다에 나가 앉아 쓰기도 했지만 제가 좀 자유로워진 뒤로는 꾀가 생겨서 다시 그런 식으로는 작업을 하지 못합니다. 사람이 간사해요. 컴퓨터로 쓰다 보면 다시 원고지에 글 쓰는 게 힘들어지듯이 말이에요. 이미 능률의 차이를 알아 버려서 어디로 숨어들지 않고는 창작 작업은 거의 하지 못해요.

그런데 이런 작업 방식이 좋은 점도 있지만 나쁜 점도 많아요. 일단 모든 데서 단절된 채 이어진 시간과 밀폐된 공간을 확보하면, 저 같은 경우 쉽게 그 세계로 빠져들어 상당히 빠른 시간에 작업을 해낼 수 있는데, 문제는 실제로 그런 환경을 만들기가 너무 힘들다는 것이죠. 무엇보다 다른 일을 많이 해야 하고, 식구들과의 관계도 몹시 중요하게 생각하기 때문에 시간을 확보하기가 힘듭니다. 그래서 창작 원고는 한정 없이 미루어지는 일이 잦아요. 그야말로 'all or nothing' 같은 폐단이 있어요. 아예 시작도 못하니까요. 어쨌든 과작이라도 작업을 해온 건 그런 방식이었습니다. 끊기지 않는 시간을 단 며칠이라도 확보해서 혼자 틀어박혀 쓰는 식이지요. 그러고나서 일상으로 돌아오면 오직 생활만을 전력을 다해 합니다. 노는 일이나 번역 같은 일들까지 포함해서요. 이런 리듬이 저한테는 익숙하고, 효율적이기는 한데, 잦게 할 수가 없으니까 요즘은 어떻게든 날마다 나누어 조금씩이라도 창작에 대한 시간을 낼 수 있는 방법을 고민하고 있습니다. 근데 참 쉽지 않네요.

선생님은 자제분들이 아직 학생이니까 어쩔 수 없이 일상생활 속에서 창작 작업을 하시고 있을 텐데, 어떤 식으로 해내시는지요? 일정한 시간을 빼내시는지, 도서관이나 작업실에 가서 작업을 하시는지, 모든 게 궁금합니다. 일상생활에서 창작의 세계로 넘어가기 위한 개인적인 작은 의식이라도 혹시 있는지도 궁금하고요.

전 작업이 시작되면 그 공간에 그와 관계된 것들을 놓아두기도 합니다. 등장인물과 비슷한 인상의 사진이라든가, 이야기가 관련된 소품 등등을요. 2년 전에 어떤 대학 기숙사에 잠시 들어가 공룡 이야기를 쓴 적이 있는데, 공룡 피규어를 창가에 잔뜩 늘어놓아 두었거든요. 그런데 갑작스레 기숙사 점검을 받게 되어 어떤 학생이 검사하러 들어왔는데, 그 광경을 보고 깜짝 놀라 표정이 이상해지더라고요. 물어봤으면 설명해 주었겠지만 물어보지 않는데 말할 수도 없고 입장이 아주 곤란했어요. 늙은 여자가 공룡 인형을 방에 가득 늘어놓아 두었으니 얼마나 이상했겠어요!

— 2014. 6. 19 이경혜

역시 글은 거짓말을 못하는구나 싶어요

선생님 편지를 받고 더작가에서 했던 활동이 떠올랐어요. '더 나은 세상을 꿈꾸는 어린이책 작가 모임'에서 활동할 때 '놀이 도깨비'라는 소모임을 했어요. 작가라고 매일 강연회에 가서 책 내용을 읽어 주는 건 재미없다, 그러니 우리가 작정하고 놀아 주자, 이게 모토였어요. 실제로 뛰어논 건 딱 한 번이었어요. 서촌 네트워크에서 아이들을 모아주었어요. 신나게 놀았는데 나중에는 저희가 지쳐서 꼼짝도 못하겠더라고요. 애들은 쌩쌩하고요. 강연회가 아닌 다른 방식으로 변화시키는 것도 체력이 모자라 못하겠구나 했다니까요. 그래도 그 한 번, 뛰어놀았던 아이들 모습은 아직 생생하게 떠올라요. 앞으로 이런 방식도 고민해 보면 어떨까 늘 생각하지만, 교실에서 아이들을 만나는 상황이 되면 두세 명이 입을 열어도 금세 온 교실이 시끌벅적해서 당황하곤 해요. 강연하러 갔을 때 만난 애들에게 이름을 물어보는 것도 조금 더 가까워지고 싶은 마음으로 그런답니다. 그 이름들을 거의 활용해요. 『얼음붕대 스타킹』에 나온 애들 이름도 그렇고, 다른 작품에서도 마찬가지예요.

『꼬리 달린 두꺼비, 껌벅이』는 제가 제일 좋아하는 책이에요. 그 책은 '토지'에서 썼어요. 작가를 그만둘까 하는 고민에 한참 휩싸여 있을 때였지요. 그때 돌파구로 삼고 싶어서 무작정 토지문화관을 신청했어요. 가족들 반대를 무릅쓰고요. 정말 마지막 기회다 싶어 갔는데, 한 달 내내 쓴 다른 작품은 엎어 버리고 며칠 만에 쓴 이 껌벅이만 책으로 나왔어요. 선생님 말씀이 맞아요. 저는 제대로 이야기를 풀어놓지 못해 늘 이야기꾼을 꿈꾸는 제 이야기를 썼어요. 쓴 사람이 이 세상을 떠나도 남아 있는 끈질긴 생명력, 이야기를 다루고 싶었지요. 작가들은 선생님들처럼 읽고요, 다른 사람들은 환경과 장애를 읽어요. 사실은 다 같은 이야기인데 말이에요. 제가 제일 좋아하는 작품이긴 하지만 별로 인기는 없어요. 그 이유는 대상 연령이 정확하지 않기 때문이래요. 그래도 후회는 안 해요. 사람들 평가보다 제가 쓰고 싶은 걸 썼으니 그걸로 충분하다 싶어요.

저는 일정하게 일을 해요. 애들 학교 가면 그때부터 책상에 앉아서 일해요. 점심을 먹으면 잠깐 산책을 하고 다시 오후 일을 하죠. 저녁 식사를 하고 나면 설거지를 후다닥 끝내고 다음 날 먹을거리들을 준비해요. 아이들이 학교에서 돌아오는 시간까지 오롯이 제 시간이에요. 그 시간 동안 작업을 하는데, 책을 읽거나 필사를 하거나 구상을 하거나 직접 쓰거나, 이런 일들을 해요. 청소도 그 시간에는 안 해요. 청소는 애들이 학교에서 돌아올 때쯤 해요. 그때쯤이면 일에 지치니까 그럴 때 해치워요. 그림을 들여다보거나 붙여 놓는 경우는 있지만 음악은 틀지 않아요. 몇 번 시도해 보았지만, 음악 세계로 훅 빠져 버리는 일이 생겨서 쉬는 시간에만 틀지요. 보람찬 하루 일이 끝나면 다시 그다음 날, 이렇게 작업합니다.

저희 집은 전세라서 몇 년 만에 한 번씩 이사를 하는데 지금까지는 운이 좋아서 다락이 있는 집을 얻어 왔어요. 그 다락은 제 작업실이죠. 겨울에 아늑하고 운치 있어 좋은데 여름에 무지 더워요. 어쩔 수 없이 지금은 식탁으로 내려와 일해요. 다락으로 올라가면, 생활공간하고 분리가 되니까 집중이 잘되는 편이에요. 밤늦게 일을 할 때도 찻주전자와 잔 들고 올라가면 그만이니까요.

선생님 작품을 읽으면서 막연히 상상했어요. 그런데 이메일을 주고받다 보니 제 생각이 딱 맞아떨어져요. 역시 글은 거짓말을 못하는구나 싶었다니까요. 그러면서 의외로 알게 된 것들도 있었어요. 발랄함과 진지함, 정의와 원칙, 틀을 벗어난 사고, 거기에 노련함까지. 책으로 만나는 데 그쳤더라면 알지 못했을 점들이에요. 역시 사람은 자꾸 만나고 이야기를 나누어야 해요. 제가 의외로 알게 된 것들도 조만간 선생님 글에서 풀려 나올 것 같아요.

제가 자주 만나는 동화 작가들이 있어요. 공동 취재를 하거나 작업을 함께 한 적도 있어요. 오랜 세월을 같이 지낸 동료들이니까 가족 같은 느껌도 들어요. 글을 쓰면서 버틸 수 있게 한 것도 이 사람들 공이 커요. 약도 올리고 위로도 하는, 병 주고 약 주는 전문가들이지요. 선생님도 함께 어울리는 작가들이 있으시죠? 외롭고 고독한 작업이 끝나면 끝났다고 기뻐해 주는 동료들이 없다면 참 버티기 힘든 일이에요.

오늘은 여기까지 쓸래요. 질문을 따로 안 드려도 선생님이 하실 말씀이 있으실 듯해서, 그냥 다음 편지를 기다리는 쪽을 택했어요. 그래도 되겠죠?

— 2014. 6. 20 김하은

열다섯 번째 편지

청소년소설에 대하여

선생님의 정해진 일과가 참 부럽습니다. 작품을 많이 써낸 대작가들은 대부분 그렇게 일상 속에서 창작을 진행하는 규칙을 수행해 내더라고요. 말씀드렸듯이 저도 돌이켜보면, 네 살짜리 아이와 젖먹이를 데리고, 이틀에 한 번씩 7시간 수업을 내리 하는 고등학교 시간 강사 일을 할 때도, '관 뚜껑을 밀어내듯이' 악착같이 일어나 차가운 베란다에 나가 앉아 원고지에 글을 쓴 적도 있는데, 지금은 제게 맞는 완벽한 상황이 안 되면 글 한 줄 못 쓰는 핑계쟁이 인간이 되고 말았습니다. 그리고 다락에서 일하신다니 부러워요. 예전에 저도 아이들이 어려 다 함께 살 때는 다락 있는 집에 사는 게 꿈이라 그런 집을 얻은 적도 있었어요. 그때 얼마나 좋아했는지 몰라요. 예쁘게 도배를 하고 앉은뱅이책상도 하나 놓았는데, 도무지 버텨낼 수 없을 정도로 춥고 더워서 결국 잘 활용하지 못하고 부엌 식탁으로 내려와 글을 쓰곤 했지요. 가끔씩 생쥐도 출몰하고, 도둑고양이가 창문으로 들여다보는 부엌이었지요.

규칙적으로 작업하신다니 지금은 산책을 하시거나 아니면 오후 집필 시간이겠네요? '더작가' 에서 활동하셨군요. 거기서 재미난 일을 많이 하셨던 모양이에요. 선생님 말씀대로 어떤 아이디어를 낼 수는 있지만 실제 어떤 일이든 그 일을 준비하고 실행하는 데는 시간과 노력이 드니, 쓰는 시간 확보만으로도 쩔쩔매는 작가들에게는 선택하기가 참 힘든 일입니다. 하지만 아이들과 놀았던 그 생생한 경험들은 선생님 작품에 고스란히 스며들 거예요, 분명. 저도 아이 어릴 때 학교 특별활동 문예반을 잠깐 맡은 적이 있는데, 그때 아이들 이름을 작품 속에 다 넣어 주기로 약속해 놓고 아직도 다 지키지 못하고 있습니다만.

같이 작업도 하고, 자주 만나는 동료 작가들이 있다니 든든하시겠어요. 저도 습작기에 만난 작가 친구들이 몇 있어요. 작업을 같이 하거나 문학 얘기를 하는 일은 거의 없는 진짜 '친구' 들이지만 그래도 작품을 쓰면 서로 평도 해 주고, 슬럼프에 빠졌을 때 격려도 해 주긴 합니다. 지난번에 말씀드린 시 엽서도 그중에서 가장 친한 친구와 했던 거고요. 친구가 같은 일을 하는 작가면 여러 가지로 좋은 점이 많지요. 다른 설명을 할 필요 없이 서로의 상황을 잘 알고, 작품에 대해서도 예리하게 비평해 줄 수도 있으니까요. 무엇보다 글 쓸 시간에 굶주려 있다는 걸 잘 알고, 혼자 있고 싶어 하는 마음까지 잘 이해하는 사람들이라 굳이 만나지 않아도 우정이 이어지는 점이 그중에서도 가장 좋은 점이지요.

저는 일하면서 스트레스를 받으면 책을 읽거나 영화를 봅니다. 집필 중에는 영향을 받을 수 있으니 다른 사람의 글을 읽지 말라는 말도 많이 하는데 제 경우는 책을 읽을 때면 완벽하게 '독자'로만 돌아가기 때문에 괜찮은 듯합니다. 오히려 잠시라도 쓰는 사람의 무거운 책임에서 벗어나 책임 하나 없이 즐길 수 있는 독자나 관객이 되는 게 홀가분해요. 그러다 보면 책에서 기쁨과 감동을 얻고, 다시금 그런 걸 나도 써 보고 싶다는 의욕을 얻기도 합니다. 때론 내가 작가를 얼마나 선망하고 동경했는지가 새삼 떠오르고, 말석에라도 그 세계에 끼어들어 일하고 있는 현실에 전율을 느낄 때도 있고요. 정말로 좋은 작품을 써서 나도 내가 받았던 위로와 기쁨을 독자들에게 돌려주고 싶다는 건강한 의욕도 솟아오르지요. 그 힘으로 다시 책상 앞에 앉게 되고요.

하지만 어떤 때는 그런 세계에서 무조건 도망치고 싶을 때도 있습니다. 그럴 때는 옷장이나 책상을 뒤집어 정리를 시작하기도 하고, 잡지에서 좋아하는 그림을 오려 붙이는 일을 하기도 하고, 음악을 듣거나 뜬금없이 노트나 책 표지를 싸기도 합니다. 특히 마감이 코앞인데 일이 안 풀릴 때는 안 하던 모든 짓을 시작하지요. 이성으로선 하지 말아야 할 일들을. 어떤 때는 가구까지 옮기며 방 정리를 시작하거나, 화분 분갈이까지 하기도 하고, 평소에 미루어온 모든 번잡한 일들을 다 꺼내서 하기도 합니다. 갑자기 밑반찬을 잔뜩 만들거나 페인트칠을 시작하기도 하고, 인터넷 들어가 엄청 쇼핑을 하고 결제를 안 하는 장난을 치기도 합니다. 여기저기 인터넷 서핑을 하기도 하는데, 이건 돌아오기가 아주 나쁜 방법이라 가능하면 하지 않으려고 피합니다. 그야말로 끝이 없는 일이라 마무리가 안 되거든요. 단, 게임에는 절대 손대지 않습니다. 개인적으로 중독 기질이 좀 있는 것 같아 한번 시작하면 빠져나오지 못할 것 같아서 말입니다.

제가 처음 청소년소설을 발표했던 2004년만 해도 청소년소설이란 분야는 별로 존재감이 없었습니다. 그런데 불과 십 년 정도에 청소년문학은 지금 가장 수요가 높고, 작품 발표가 활발한 분야가 되었지요. 아동청소년소설 전문 출판사들이 생기고, 일반 소설이나 아동문학에서 입지를 다진 출판사들도 청소년문학 전문 출판사들을 함께 꾸리게 되었지요. 작품을 공모하여 상을 주는 일도 많고, 그런 작품이 영화가 되거나 엄청난 베스트셀러가 되는 일도 자주 생깁니다. 이러한 현상에는 장단점이 분명 있겠지만 저는 크게 보아 바람직한 면이 있다고 생각합니다.

우선은 청소년문학을 하려는 작가들이 많이 생기다 보니 작품의 수준이 많이 높아진 점이 있을 거예요. 일반 문학이 빠져 있는 지나친 관념성이나 난해함(독자가 분명한 청소년문학은 그것에서 빠져나오기가 쉽지요. 문학적 엄숙주의에서 벗어난 보다 생기발랄하고 재미난 소설들이 많이 나오게 되었어요)을 벗어던지면서도 깊이 있고 재미난 작품들이 많이 나오게 되었습니다.

그러다보니 터부에 대한 몸 사림도 점점 없어져 지금 청소년문학에서 소재만으로 다루는 게 금지된 부분은 거의 없다고 보입니다. 물론 그 점은 지나친 소재주의로 기울 위험도 내포하지만 그보다는 청소년문학에서 '청소년'에 대한 방점보다 '문학'에 대한 방점이 짙어진 바람직한 현상으로 제게는 보입니다. 문학이 계도성 같은 데서 벗어나 진정성을 가지려면 금기가 깨져야 한다는 게 필수라고 생각하거든요. 설사 그 과정에서 많은 부작용이 있다 하더라도 말입니다.

그리고 다른 무엇보다도 이즈음의 청소년소설에서 제가 느끼는 가장 큰 반가움은 작가들의 마인드가 그야말로 '청소년의 마인드'인 작가가 많다는 점이에요. 이걸 뭐라고 설명해야 될지 잘 모르겠는데, 청소년의 얘기를 바로 자신의 얘기로 쓸 수 있는 작가라고 할까요? 무엇을 쓰든 스스로 청소년의 육성을 낼 수 있는 작가라고나 할까요? 그런 작가들은 진정으로 '청소년소설'을 쓸 수 있는 작가라고 생각됩니다. 청소년을 위해서, 그들의 얘기를 대신해서 써 주는 게 아니라 바로 자신의 얘기를 쓸 수 있는 거지요. 그건 작가의 나이나 신분과는 별로 상관없는 얘기예요. 정말 마인드의 문제인데, 저는 요즘 작가들에게서 그런 힘을 많이 느껴요. 저도 물론 그런 마인드로 쓰고 싶어 노력한 사람이지만 저는 분명 한계가 있어요. 저는 부모의 마음으로 쓰기 시작했고, 또한 제 마인드 자체가 그렇지 못하기 때문에 그러기 위해서 의식적인 많은 노력이 필요했어요. 그런데 새로운 작가들은 대부분 청소년기를 벗어났어도 마음속에 '아직도 말하고 있는 청소년'을 품고 있는 걸로 보여요. 이분들이 제게는 우리의 청소년문학을 새롭게 만들어 줄 큰 힘이라고 여겨집니다.

『얼음붕대 스타킹』에서도 저는 그런 힘을 느꼈어요. 선생님이 자신의 경험과 간절함을 거기에 쏟은 걸 알고 더욱 크게 고개를 끄떡였지만 선생님은 다른 이야기를 써도 그렇게 써내실 수 있을 거예요.

제 경우는 청소년보다 어린아이가 가슴속에 있는 것 같아요. 청소년기를 저는 너무 어른같이 보내기도 했고, 내 속의 청소년보다는 내 아이들의 청소년에 더 집착했던 탓인지 청소년소설을 쓸 때도 내가 쓴다기보다 대신 써 준다는 느낌이 강해요. 그래서 자꾸 청소년소설 쓰는 일을 두려워하고 자신 없어 하는지도 모르겠어요. 어쨌든 저는 우리 청소년문학의 미래를 밝게 봅니다. 지금은 우후죽순으로 작품이 쏟아져 나와, 가끔 심사 같은 걸 할 때 보면 너무 비슷한 이야기들에 진절머리가 날 때도 있지만 그것도 과도기의 한 현상이 아닐까 여깁니다. 그런 강물 같은 흐름 속에서도 빛나는 작품들이 솟구치는 물고기처럼 튀어오를 테지요. 그런 작품들이 이어질 때, 우리의 청소년문학은 훨씬 더 풍성해지리라 생각합니다. 강물이 풍부해야 솟구치는 물고기들도 있는 법인데, 이제 강물은 충분히 흐르고 있다고 보입니다.

– 2014. 06. 21 이경혜

열여섯 번째 편지

쓰고 깨지고 쓰고 깨지고

이번 메일로 선생님이 청소년소설에 대해 갖고 계신 애정을 읽을 수 있었습니다. '아직도 말하고 있는 청소년'이라니, 흥미진진한 표현이네요. 청소년이 내 속에 있는 사람이 제대로 된 청소년소설을 쓸 수 있다는 뜻이고, 제 생각과 일치하는 부분도 있습니다. 동화를 쓰기 시작할 때쯤 동화는 어린이와 눈높이를 맞추는 게 아니라 눈길을 맞추는 거라 들었고, 그 의견은 지금도 제가 마음속에 품고 있는 태도입니다. 눈높이를 맞춘다는 건 대상을 철저히 분리하는 것이지만, 눈길을 맞추는 것은 글을 쓰고 있는 사람이 대상을 제대로 들여다보는 마음으로 써야 한다는 뜻이에요. 동화를 쓰는 내내 그 생각을 잊지 않았는데, 이건 청소년소설을 쓸 때도 마찬가지였어요.

잠깐 화제를 돌려보자면, 습작 단계일 때 늘 받던 지적이 갈등이 부족하다는 거였어요. 어떻게든 이야기를 끌고 나가는 건 맞는데 갈등으로 진행되지 못한대요. 솔직히, 그 말을 못 알아들었어요. 그래서 사건을 만들어 보려고 노력도 하고 애를 썼지만 그게 쉽진 않더라고요. 그렇게 몇 년 동안 계속 쓰고 깨지고 쓰고 깨지는 걸 반복했어요. 그러다 그건 갈등 자체라기보다 인물에 대한 고찰이 부족하다, 인물이 약하기 때문이라는 지적을 받게 되었지요. 인물을 제대로 짚어내야 그 인물로 인한 갈등도 생긴다고 하더라고요. 그래서 그걸 어떻게 고칠까, 고민했지요.

저는 한번에 인물과 구성과 갈등을 짤 수 있는 천재가 아니랍니다. 좀 늦되고 깨닫는 것도 더딘 사람인데, 대신 제 장점 중 하나인 꾸준함만 믿었어요. 꾸준히 노력하면 언젠가는 될 거야, 이 믿음으로 버텼어요. 사람들을 만날 때마다 그 인물을 관찰하고 들여다보면서 상상하고, 그러다보니 갈등을 만드는 일이 스르르 해결되더라고요. 처음으로 그걸 깨달았을 때 기쁨은, 이루 말할 수 없어요!

저는 자아도취에 빠진 작품은 쓰지 않으려고 노력해요. 내 스스로 대단하다고 착각하거나 바람 들어간 글은 쓰고 싶지 않아요. 사람이 가진 복잡한 면과 함께 대단한 힘을 믿기 때문에, 한 면만 드러내지 않기를 원하지요. 제 책상에 노신이 그린 부엉이 그림이 있어요. 노신이 책 귀퉁이에 조그맣게 그려놓은 것인데, 이 그림이 묘해요. 처음 보면 부엉이인데, 자세히 보면 두 사람이 마주보는 것 같아요. 사람과 자연이 한데 어울린 느낌도 들어요. 그 그림을 보면, 제가 잊지 말아야 할 것들이 생각나요. 처음 내가 쓰고자 했던 걸 잊지 않아야겠다는 다짐도 들지요. 다락방은 별거 없어요. 짐이 쌓여 있는 공간에 제 책상이 비집고 들어가 있는 것뿐이에요.

제가 연희문학창작촌에 있을 때 번역원 분들과 외국 번역 작가들과 함께 저녁을 먹었어요. 말이 잘 통했더라면 더 깊은 이야기를 했을 텐데 그러지 못해서 안타까웠지요. 선생님은 미카엘 올리비에 좌담 때 패널로 참석하셨는데, 이런 해외 교류에 대한 이야기를 들려주세요.

— 2014. 6. 22 김하은

       한국 작가에게 듣는다

열일곱 번째 편지

무소속의 자유와 외로움

선생님의 얘기 중에, '눈높이가 아니라 눈길을 맞춘다'는 말, 깊이 다가옵니다. 그리고 갈등의 부족을 해결하기 위해 인물에 더 깊이 천착해야 한다는 얘기에도 깊이 동감해요. 언제나 출발은 인물일 테니까요. 등장인물들이 살아 있으면 저절로 갈등이 생기는 법이지요. 우리 사는 삶 자체가 갈등의 연속이니까. 갈등을 우선시해서 작품을 쓰다보면 만들어지게 되는 경우가 많고, 갈등을 드러낼 인물들이 자기의 맡은 역할을 연기하듯 해내는 작품이 되기 쉽지요. 물론 작품은 그 자체로 생명력을 가지고 있어서 좋은 작가들은 갈등으로 시작했어도 자연스레 생생한 인물들을 빚어내기도 하지만 그건 정말 노련한 작가들이나 가능하지 않겠어요?

선생님 얘기와 맥락은 조금 다르지만 저는 매우 자아도취적으로 글을 씁니다. 정말 '미친년'처럼 혼자 울고 웃으면서 완전 도취되어 쓰는 걸 즐겨요. 그러고나면 한 세상 잘 살고 온 것처럼 개운해지는데, 그 기분을 정말 좋아하거든요. 사람들이 글을 왜 쓰냐고 물을 때, 저는 일종의 중독이라고 대답하는데 그런 도취의 상태를 아주 좋아해요. 비행기가 이륙할 때처럼 점점 가속도가 붙어 어느 순간 하늘로 떠오를 때의 그 절정감을 못 잊어서 글을 쓴다고나 할까요?

그래서 오래 안 쓰면 사는 것 같지 않아지고요. 그런데 그렇게 쓴 원고를 들여다보면 쓴 직후에는 도취 상태가 풀리지 않아 세계 명작을 쓴 것 같거든요? 그래서 마구 황홀해 있는데 다음 날 들여다보면 형편없는 게 보여서 당장 나락으로 떨어지곤 합니다. 그걸 늘 되풀이해요. 이제는 그런 패턴을 알아서 일부러 황홀한 상태를 즐깁니다. 다음 날이면 깨질 기쁨이라는 걸 알기 때문에 일부러 더 오래 누리려고 애쓰지요. 물론 선생님이 하신 말씀의 뜻은 정확히 알아요. 단지 자아도취라는 말 때문에 이런 얘기가 떠올랐어요. 저는 그런 식으로 쓰기 때문에 초고가 말도 못하게 엉터리일 때가 많습니다. 초고는 비교적 빨리 쓰는데(일단 착수하면), 퇴고에 그 몇 배가 걸리는 경우가 태반이죠. 자아도취되어 마구 쏟아 놓고, 냉정한 눈길로 퇴고를 해내는 게 제 작업 스타일이에요. 제가 결코 쓰지 않으려고 노력하는 작품은 작위적인 작품입니다. 무언가 '작위'가 들어가면 몸이 먼저 반응한달까, 역겨운 느낌이 들지요. 그러나 '어떤 것이 작위인가' 하고 묻는다면 명확하게 정의 내리지는 못하겠어요. 그냥 저한테 역겨운 느낌이 드는 글이라고나 할까요? 제 얘기가 늘 그렇듯 죄다 애매모호하지요? 너그럽게 이해해 주시길.

해외 교류에 대한 이야기는 사실 저도 별 경험이 없습니다. 『어느 날

한국 작가에게 듣는다

내가 죽었습니다」나 『마지막 박쥐 공주 미가야』(문학과지성사 2000)가 프랑스에서 번역되어 책으로 나왔지만 크게 실감이 나지는 않아요. 물론 처음에 책이 나왔을 때는 감격 그 자체였지요. 제가 쓴 책이 외국어로 옮겨져 다른 나라의 독자들을 만난다는 생각은 참으로 감사하고, 짜릿했지요. 저야말로 번역 동화를 엄청나게 읽고 자란 사람이니까요. 그러나 좀 시간이 흐르니까 그 자체가 잘 실감이 나지 않았어요. 내 책을 읽은 독자를 만난 것도 아니고, 책이 있는 서점에 가본 것도 아니라서 감격을 유지할 재료가 동이 났던가 봐요. 그런데 말씀하신 대로 몇 년 전, 미카엘 올리비에 작가의 좌담회에 패널로 참가했을 때, 그 작가가 제 책을 잘 읽었다고 얘기를 하는데, '아, 내 책이 불어로도 나왔지!' 하는 강한 실감이 들었습니다. 제가 좋아하는 외국 작가가 제 책을 읽고 소감을 말해 주다니, 말할 수 없이 기뻤지요. 그건 단순한 기쁨만이 아니라 막혀 있던 한 세상이 확 터지는 해방감 같은 것이기도 했어요. 저를 막고 있는 어떤 울타리가 확 무너지는 느낌이랄까요? 그렇게 서로의 책을 읽은 입장에서 그의 작품에 대한 패널로 이야기를 하니까 진정한 교류가 이루어지는 기분도 들었어요. 저는 작가들 사이의 영향이 중요하다고 봐요. 물론 작가들 사이의 영향이란 작품을 위주로 이루어지겠지만 해외 작가들과의 만남은 워낙 다른 세상의 존재와 접하는 거라 작품만으로 만났을 때보다 몇 배나 강렬한 영향을 주고받게 되는 것 같더라고요. 선생님처럼 저도 작품을 모른 채 작가만을 만난 경우는, 말도 안 통하는 상태에서 그냥 외국인을 만난 것 이상의 의미를 잘 찾지 못했거든요.

이제 우리의 이야기도 슬슬 마무리 단계에 들어가고 있네요. 작가가 되었기에 이렇게 선생님과도 이야기하는 기쁨을 누렸습니다. 저는 등단한 지 올해로 22년이 되었지만, 그동안 작가가 된 걸 후회한 적은 한 번도 없었습니다. 작가가 되었기 때문에 죽고 싶을 만큼 힘든 일을 겪은 적도 있긴 합니다. 그러나 그때에도 제가 작가가 된 걸 후회하지는 않았습니다. 결국 그 시간을 견딜 수 있었던 것도, 내가 글을 쓰는 사람이고, 내가 쓴 글을 내가 알고 있기 때문이었습니다. 물론 다른 많은 독자들이 제 글을 알고, 믿어 주고, 격려와 위로를 보내 준 덕분도 컸지요. 하지만 그래도 마지막 힘은 내가 내 글을 안다는 믿음에서 나왔습니다. 글의 내용만이 아니라, 내가 그 글을 쓸 때의 간절한 염원까지 알기 때문에 저는 겨우 쓰러지지 않고 다시 일어날 수 있었습니다. 세상에서 오해를 당하고, 누명을 쓴 자식을 부모가 믿어 주듯이 그렇게 자기가 낳은 자식인 제 작품을 부모로서 믿어 준 셈이었지요.

글은 세상으로 나가면 제 것이 아니게 되면서도 또 언제까지나 자신의 것이기도 합니다. 그래서 한없이 자유로우면서도 말할 수 없이 두려운 존재이기도 하지요. 선생님이나 저나 그런 일을 업으로 가지고 사는 사람입니다. 작가는 때로 일상생활 속에는 꼭두각시 하나 던져 놓고, 끊임없이 다른 세상을 들락거리며 어디에도 제대로 속하지 못한 채 살아야 하는 존재인지도 모릅니다. 한때 선생님과 제가 둘 다 맡았던 '깍두기' 처럼 말입니다. 그래도 깍두기도 아무나 하는 건 아니니까요. 소속이 분명한 사람은 절대 할 수 없는 일이지 않습니까? 이 무소속의 자유와 외로움을 만끽하는 작가로 우리가 끝내 남을 수 있기를 빌어 봅니다.

- 2014. 6. 23 이경혜

열여덟 번째 편지

Reading is Sexy!

선생님과 메일을 주고받았던 이 일이 제가 했던 일 중에 가장 행복한 기억으로 남을 것 같아요. 물론 모든 것을 다 알 수는 없겠지만, 누가 다른 사람을 온전히 알겠어요, 자기 자신도 잘 모르는 판에. 그렇지만 편지가 갖는 효과는 확실히 있다고 느꼈어요. 그냥 말로 했다면 스쳐 지나갔을 일들이 글로 남으니, 그 효과가 더 컸어요. 저는 선생님을 응원하는 든든한 독자로, 때로는 함께 고민하는 동료로, 때로는 뒤따르는 후배로 같이 걸어가겠습니다.

글을 쓴다는 것은 자신을 스스럼없이 내보여야 할 수 있는 일인 동시에 끝없이 비워내야 할 수 있다는 생각을 요즘 들어 자주 한답니다. 고인 물을 비워내야 또 다른 물이 고이듯이 말이에요. 그런데 이 비워내는 게 쉽지 않아서 좌절도 많이 하고 주저앉기도 하지요. 하지만 어쩌겠어요. 이 일을 선택했고 그 끝이 어딘가 궁금해져요. 누군가 그러더라고요. 너무 많이 깨달으면 글을 더 이상 못 쓴다고요. 제가 그 경지까지 이를 것 같지는 않으니 쓰고 또 쓰는 게 저를 위해서 가장 좋은 방법일 듯해요. 'Reading is sexy' 선생님이 쓰셨던 글 제목인데, 책을 읽을 때마다 '나는 섹시해' 하고 주문을 외우게 된답니다. 헐벗고 골반춤을 추는 선정적인 섹시 말고, 건강하고 자신을 채우는 진정한 섹시 말입니다. 사람이 갖는 수많은 매력을 성적 매력 하나로 귀결시키는 거, 별로예요. 그래서 저는 읽고 쓰는, 섹시한 작가로 남고 싶어요. 몸뚱이는 섹시하지 않더라도 제 스스로 그렇게 생각하면 그게 진정한 섹시가 아닐까요?

저도 또 다른 작품으로 선생님과 소통할 수 있기를 바랍니다. 그래서 더욱 열심히 살고 작업해야겠다는 의지를 불태우겠습니다. 가슴은 뜨겁고, 머리는 냉정하게, 글을 읽는 사람들이 제 마음 한 구석을 알 수 있게 더 비우고 채우며 작업해야겠다 마음먹습니다. 결국 자기가 어떻게 사느

한국 작가에게 듣는다

냐에 따라 글도 따라가기 마련이니까요.

날씨가 점점 더워져요. 선생님 체력이 강건하시길 바라며, 또 다른 작품에서 만날 수 있기를 바랍니다. 얼굴 뵈면 더욱 반가울 테죠. 선생님, 그동안 정말 반가웠습니다.

사랑해요!

 – 2014. 06. 24 김하은

열아홉 번째 편지

Writing is Sexy!

'Reading is sexy'란 말은 제가 너무너무 좋아하는 '길모어 걸스'라는 미국 드라마의 홍보 티셔츠에 적힌 말이었습니다. 그 말이 너무 좋아서, 오직 그 말 하나로 소설을 써낸 신기한 일을 한 셈이지요. 선생님 말씀대로 제가 말한 섹시함은 세상에서 말하는 섹시함과는 좀 다릅니다. 보다 근원적인 섹시함, 생명력, 그러니까 선생님 표현대로 건강하고 자신을 채우는 섹시함이라고도 할 수 있을 거예요. 그런 면에서 reading도 writing도 그야말로 섹시한 일이지요. 이렇게 섹시한 직업을 가지게 되어 참 감사합니다.

 – 이경혜 2014. 06. 24

독자의 사랑, 평론가의 평가, 동료 작가의 위안

어떤 일이든 같은 일을 하는 동료에게서 인정받는 것이 가장 최고라는 말을 들은 적이 있습니다. 우리 일도 그렇지요. 독자의 사랑보다도, 평론가의 평가보다도, 같은 작가로부터 '좋은 작품이야, 잘 썼어.' 이런 말을 들을 때 마음이 놓인 적이 많았습니다. 독자들의 사랑은 문학성을 담보해 주지 않고, 평론가들의 평가는 문학성을 알아주더라도 결과물에 국한된 것이라면, 같은 일 하는 동료들의 인정은 문학성은 물론이요, 그 과정의 어려움까지 이해해 주는 것이니까요. 그런 점에서 앞으로 우리는 서로 가장 냉정하면서도, 가장 애정 어린 동료가 되기로 합시다. 초심을 잃은 작품이나 노력이 부족한 작품을 태연히 내놓을 때면 누구보다 앞서서 나무라 주고, 새롭고 감동적인 작품을 써낼 때면 누구보다 따뜻하게 축하해 주는 동료가 있다면 얼마나 든든하겠어요?

어쩐지 우리는 오래도록 그럴 수 있을 것 같습니다.

- 2014. 06. 25 김하은

그동안 참 행복했어요

제게도 이 작업이 정말 특별했습니다. 사실 처음에 대담 얘기를 들었을 때는, 서로 질문에 대해 조리 있게 답하기에 글이 더 낫겠다 싶은 생각만으로 제안을 했던 건데 메일을 나누다 보니 처음 예상과는 많이 달라졌습니다. 생각을 나누는 일이라고만 여겼는데, 그보다는 오히려 마음을 더 많이 나눈 느낌이 들어 참 행복했습니다. 김하은이라는 작가를 이렇게 내밀하게 먼저 만난 기분이 대단히 좋습니다. 영광이고요. 저도 김하은 작가의 독자로서 설레는 마음으로 매번 다음 작품을 기다리겠습니다.

- 2014. 06. 26 이경혜

스물두 번째 편지

그동안 즐거웠어요!

저도 그동안 참 즐거웠습니다. 마지막 메일이라니 아쉽기만 합니다. 선생님과 얘기 나눈 이 시간들을 오래도록 잊지 못할 것입니다. 언젠가 만나 술 한 잔 나눌 날이 오기를 기대하며, 저의 애정도 듬뿍 담아 함께 보냅니다.

-2014. 06. 26 김하은

이 대담은 2014년 6월 4일에서 2014년 6월 26일까지 이메일을 통하여 이루어졌다. 대담 및 원고 정리는 이경혜, 김하은이 맡았다.

이 모든 프로젝트가 가능하도록 도움을 준 프랑스 문화부 독서 서적과
와 주한 프랑스 문화원 그리고 함께 했던 한국과 프랑스의 작가 여러분
께 우정 어린 감사를 전합니다.

Nous tenions à remercier ici, pour leur aide précieuse, la Direction du
Livre du Ministère de la Culture français, l'Institut Français en Corée,
les auteurs et les éditeurs français et coréens qui ont participé à ces
entretiens.